AF236213

Staila

SABINE WELK-SOMM

Staila

Bibliografische Information der Deutschen Nationalbibliothek:
Die Deutsche Nationalbibliothek verzeichnet diese Publikation in
der Deutschen Nationalbibliografie; detaillierte bibliografische Daten
sind im Internet über dnb.dnb.de abrufbar.

© 2021 Sabine Welk-Somm
Lektorat: Anke Höhl-Kayser
Umschlaggestaltung: Anna Gansau

Satz, Herstellung und Verlag:
BoD – Books on Demand, Norderstedt
ISBN: 978-3-7534-9369-5

»Sich um die Liebe zu betrügen, ist der fürchterlichste Betrug; es ist ein ewiger Verlust, der sich nie ersetzen lässt, weder in der Zeit noch in der Ewigkeit.«

Søren Kierkegaard

1. TEIL

Davos 1965

Es war so nicht geplant. Sie hatte nicht vorgehabt, heute noch den Weg zur Hütte hoch zu unternehmen.

Der Schnee wurde immer tiefer, ihre Schuhe versanken bereits darin und ihre Hose war nass, die Beine schmerzten vor Kälte.

Gestern hatte sie noch mit den anderen Teilnehmern der Tagung an der Bar in ihrem Hotel gesessen und den Tag mit einem Drink ausklingen lassen. Niemals wäre sie auf die Idee gekommen, am nächsten Tag einen so beschwerlichen Fußweg auf sich zu nehmen.

Sie erinnerte sich daran, wie sie vor einem Dreivierteljahr die Einladung zu dieser Tagung bekommen hatte:

»Thomas Mann und Davos«.

Der Name Davos provozierte in ihr immer völlig gegensätzliche Gefühle, ebenso frohe wie tieftraurige. Manchmal hatte sie das Empfinden, dass dieser Ort der Dreh- und Angelpunkt ihres Lebens war. Seit 27 Jahren versuchte sie, diesen Fleck Erde in den Schweizer Bergen zu vergessen. Mal mit mehr, mal mit weniger Erfolg.

Ihre Beziehung zu Thomas Manns »Zauberberg« konnte man durchaus als ambivalent bezeichnen. Sie hatte sich all die Jahre erfolgreich dagegen gewehrt, das Werk in ihre Arbeit als Literaturwissenschaftlerin aufzunehmen.

Wie oft hatte sie schon Einladungen für Tagungen zu diesem Roman bekommen. Solche Angebote vernichtete sie normalerweise sofort. Doch dieses Mal war der Brief in ihrer Hand ruhig liegen geblieben, und sie wertete es als Zeichen, dass sie nun bereit war, diesen Ort wieder aufzusuchen. Vielleicht hatte auch erst der Tod ihres Vaters vor über einem Jahr dafür gesorgt, dass sie bereit war, diesen Abschnitt ihres Lebens zu Ende zu bringen.

Daraufhin hatte sie sich angemeldet. Sie wollte einmal in ihrem Leben den Stier an den Hörnern packen.

Es fing an zu schneien. Zuerst ganz sacht, dann immer heftiger. Die Landschaft verdunkelte sich, die Tannen am Waldrand, die eben noch deutlich zu sehen gewesen waren, verschwanden im Schneegestöber. Nun setzte auch noch ein scharfer Wind ein, der ihr den Schnee ins Gesicht blies. Sie zog ihre Mütze tiefer in ihr Gesicht und versuchte mit dem Schal es zu schützen.

Die Frage umzukehren stellte sich ihr nicht. Die Idee, die Hütte von Erich aufzusuchen, hatte sich heute Morgen früh beim Lesen der morgendlichen Zeitung in ihr Gehirn eingebrannt.

Wie immer war sie morgens vor dem Speisesaal der erste Gast gewesen. In Hotels war so früh manchmal sogar noch die Küche geschlossen. Sie wartete auf die Geräusche, die ihr signalisierten, dass das Personal das Frühstück vorbereitete. Schließlich öffnete ihr ein Kellner die Tür zum Speisesaal, und sie konnte sich einen Tisch am Fenster aussuchen.

Sie schlug die »Davoser Zeitung« auf, und ihr fiel das Bild einer Hütte ins Auge, die sie sehr gut kannte.

Die Zeit stand still, und sie fand sich mit einem Mal zurückversetzt ins Jahr 1938. Eva Rubin aus Frankfurt am Main, damals war sie ein junges Mädchen von 17 Jahren gewesen, schüchtern und unsicher. Die Jahre, die hinter ihr lagen, hatten einen Riss in ihrem Leben verursacht: der Wegzug aus Deutschland, das Zurücklassen ihrer Freunde, ihrer vertrauten Umgebung, ja, ihrer Heimat.

Sie las: »Noch ist die Saison in der Hütte *Staila* nicht eröffnet, doch zu Pfingsten erwartet Erich Capun die ersten Gäste.« Weiter kam sie nicht. Sie legte die Zeitung zitternd zur Seite, kramte aus ihrer Handtasche ein Päckchen Pall Mall, fischte sich eine Zigarette heraus und zündete sie an. Sie nahm einen tiefen Zug und zog den Rauch in ihre Lunge. Ihr Blick ging nach draußen. Die Berge waren in den tief hängenden Wolken nur zu erahnen.

Konnte es sein, dass das »ihr« Erich war, der immer noch in dieser Hütte lebte und arbeitete? In der *Staila*, die einmal für eine kurze Zeit in ihrem Leben alles bedeutet hatte, was sie sich wünschte? Heimat, Geborgenheit, Sicherheit, Zufriedenheit und die erste große Liebe? Manchmal redete sie sich ein, dass es die einzige gewesen war. Vielleicht war es ja auch die einzige gewesen. Das war der Grund, weshalb sie nie mehr nach Davos hatte kommen wollen. Sie fürchtete sich davor, dass Erich vielleicht immer noch hier leben könnte. Die Möglichkeit bestand. Das hatte sie sich auch immer wieder gesagt. Doch an dem Tag, an dem sie die Einladung zu dieser Thomas-Mann-Tagung bekommen hatte, schien ihr diese Chance nicht mehr so allgegenwärtig wie die Jahre zuvor.

Eva drückte die Zigarette im Aschenbecher aus. Sie klammerte sich an der Stuhlfläche fest. Plötzlich waren es nicht mehr 27 Jahre, die dazwischenlagen. Es war, als ob sie erst gestern die Hütte verlassen hätte. Sie konnte sich sogar an die Schuhe erinnern, die sie damals getragen hatte. Geborgte alte Wanderschuhe von der Gastfamilie in Davos. Sie waren so wunderbar bequem und eine Wohltat im Vergleich zu ihren unbequemen Stadtschuhen gewesen.

Mit einem Mal waren ihre Empfindungen von damals, das Gefühl der Ohnmacht, des unbedingten Gehorsams wieder da. Sie hatte das schon fast vergessen gehabt. Oder verdrängt?

Sie hatte tun müssen, was ihre Eltern für sie bestimmten. Sie schluckte und schüttelte im selben Moment sanft ihren Kopf. Ihr wurde klar: Nein, ihre Eltern hatten auch keine andere Wahl gehabt. Sie waren genauso fremdbestimmt gewesen, und wahrscheinlich hatten sie dieses Gefühl noch viel intensiver und schlimmer empfunden, als sie es mit ihren 17 Jahren konnte.

Sie mussten Deutschland verlassen, weil die Familie plötzlich jüdisch war. Ja, *plötzlich* war der richtige Ausdruck. Ihre Eltern waren Juden, aber die Religion wurde schon in zweiter Generation in der Familie nicht gelebt. Sie sahen sich vor allem als Deutsche. Stolze deutsche Ärzte, Anwälte, Kaufleute und, wie ihr Vater, Professor an einer deutschen Universität. Man sprach zu Hause nicht über das Juden-Sein. Man feierte wie die christlichen Nachbarn Weihnachten und Ostern. Es gehörte einfach zum Jahreskalender dazu. Jüdische Rituale und Bräuche waren Eva so fremd wie einem getauften Christen auch. Es war typisch für viele wohlhabende jüdische Familien, sich weit von den Ursprüngen ihrer Religion zu entfernen. Dieser Schritt, auch wenn nicht unbedingt bewusst und zunächst emotional, erleichterte vieles. Ohne Frage. Der soziale und wirtschaftliche Aufstieg war nicht mehr so beschwerlich.

Eine Konversion kam aber für ihre Familie zu keinem Zeitpunkt infrage. Die Eltern wollten keine opportunistische Entscheidung oder eine Wahl zugunsten eines materiellen Vorteils treffen. Genutzt hätte das in der aufgeheizten Stimmung der Dreißigerjahre auch nichts. Die Nationalsozialisten nahmen nicht die Religion für die Identität und den Wert eines Menschen als Kriterium, sondern die Rasse. Das Blut sollte nun entscheiden. Den Rassengedanken hatten die Nazis per Verordnung verbreitet. So wurden Christen jüdischer Abstammung zu »Nicht-Ariern«.

Später in New York, als sie zum ersten Mal vor einer Synagoge standen, meinte ihr Vater, dass er froh sei, nie »seinen« Gott verraten zu haben. Er sei nie schwach geworden, und dass, obwohl sein Glaube auf keinem festen Fundament gestanden habe.

An diese Worte musste sie noch oft in ihrem Leben denken. Sie hatten sie sicherlich sehr geprägt. Sie versuchte, geradlinig und aufrichtig zu sein, ob im Beruf oder in ihrem Privatleben. Es war ihr fast heilig, ihrem Spiegelbild mit einem guten Gefühl begegnen zu können. Dabei hatte sie schmerzliche Entscheidungen fällen müssen. Unter anderem die, alleinerziehende Mutter zu sein. Sie war für eine 17-jährige Tochter verantwortlich. Ohne die Hilfe ihrer Eltern hätte sie das nie geschafft. Dafür war sie ihnen unendlich dankbar.

Sie legte die Zeitung beiseite und trank in langsamen Zügen ihren Kaffee. Nach einem Blick auf die Uhr stand sie auf und ging hoch in ihr Zimmer. Sie wollte in ihrem aufgewühlten Zustand keinem anderen Tagungsmitglied begegnen.

Sie verschloss die Zimmertür und setzte sich auf ihr Bett. Sie musste zur *Staila*, sie musste sich endlich Klarheit darüber verschaffen, dass ihr Leben sich schon lange von diesem Ort entfernt hatte und es kein Anknüpfen mehr gab. Nur so hatte sie die Chance, endlich ihr Leben zu leben. Jetzt oder nie. Sie stand auf, nahm ihren Mantel vom Haken, steckte sich Schal, Mütze und Handschuhe in die Tasche und verließ ihr Zimmer.

Sie war aufgewühlt. Ihr Plan riss alte, nie richtig verheilte Wunden auf. Zum Heilen hatte sie sich nie Zeit gelassen.

Es war nur immer dieses Gefühl, dass es eben auch anders hätte sein können. Die Frage »Was wäre, wenn … ?« stand immer im Raum. Was wäre gewesen, wenn ihre Eltern nicht dieses Telegramm in Davos von einem guten Freund ihres Vaters bekommen hätten, in dem ihnen zu einem schnellen Verlassen der Schweiz geraten wurde? Die Situation spitzte sich 1938 mit dem Anschluss Österreichs zu. Hitler hatte wahrgemacht, was viele nicht für möglich gehalten hatten. Er holte Österreich »heim ins Reich«. Das Land war nun ein Teil des Großdeutschen Reiches und hatte faktisch aufgehört, zu existieren.

Tausende Juden befanden sich auf der Flucht in die Schweiz. Diese sah sich als Transitland und gewährte den Flüchtlingen nur einen kurzfristigen Aufenthalt, damit sie ihre Weiterreise in ein anderes Land planen konnten.

Fast hätte Eva die entscheidende Weggabelung verpasst, so tief hatte sie ihr Gesicht in ihren Schal gesteckt. Nichts hatte sich verändert. Sie kannte nach all den Jahren den Weg wie im Schlaf. Unverdrossen stapfte sie weiter durch die immer kompakter werdende Schneedecke. Vorbei an den alten Tannen, knorrig und behangen mit grüngrauen Flechten wie in einem Trollwald. Schnee im Mai war in den Bergen nichts Ungewöhnliches. Sie hatte es nur über die Jahre vergessen.

Der Wald begann allmählich sich zu lichten, und nun sah sie in der Ferne durch das Schneegestöber, geduckt an einer Steilwand, die *Staila-Hütte*. Eva blieb stehen und atmete schwer. Plötzlich wurde sie sich der unbeschreiblichen Ruhe bewusst. Nichts war zu hören. Kein Auto, kein Zug, kein Vogel, nicht einmal der Wind. Um sie herum war absoluter Frieden. Wie lange hatte sie dieses Gefühl nicht mehr gehabt? War es zuletzt am 8. Mai 1945 gewesen, als Deutschland kapitulierte? War es, als sie 1949 am Frankfurter Bahnhof ankamen? Sie wusste nur, dass sie gerade jetzt in diesem Moment, 500 Meter von der Hütte ihrer Jugend entfernt, denselben Frieden wie damals empfand. Und Dankbarkeit, dieses Haus nach all der schrecklichen Zeit wiederzusehen.

Frankfurt 1935

Es war einer dieser Novembertage, die die meisten Menschen nicht mochten. Der Nebel hing tief in den Gassen Frankfurts, die Straßenlampen warfen ein schwaches Licht auf die nassen Pflastersteine, und eine für diese frühe Morgenstunde untypische Ruhe machte sich in der Stadt breit. Durch den Nebel schien die Stadt wie in Watte gepackt. So empfand es Eva jedenfalls immer, wenn sie in dieser Jahreszeit zur Schule ging. Sie hatte keinen langen Weg. Sie musste nicht mit der Straßenbahn fahren, sich nicht von fremden Menschen aus ihren Tagträumen reißen lassen. Niemand konnte ihre geliebten Nebeltage schlechtmachen.

Doch an einem dieser Nebeltage veränderte sich ihre Welt entscheidend. Am 6. November 1935 kam ihr Vater früher von der Uni und verzichtete, ganz entgegen seiner Gewohnheit, auf seinen späten Nachmittagstee. Sogleich nach dem Betreten der Wohnung ging er mit Evas Mutter ins Wohnzimmer und schloss hinter sich die Tür. Eva sah ihm liebevoll nach. Er war trotz seiner 51 Jahre und den fast ergrauten Haaren mit seiner geraden Haltung und den stattlichen einen Meter fünfundneunzig eine beeindruckende Erscheinung.

Sie wunderte sich. Etwas stimmte nicht. Sie blieb am Tisch in der Küche sitzen, rührte ihren Tee um und hörte dem knisternden Geräusch des sich auflösenden Zuckers zu.

Nach einer Weile hörte sie ihre Mutter lauter sprechen. Irgendetwas geschah in diesem Raum, das nicht für Eva bestimmt war. Sie wusste, dass man nicht an Türen lauschen durfte, aber die Neugierde war größer. Sie schlich zur Wohnzimmertür und presste ihr Ohr dagegen.

Laut und deutlich war die Stimme ihrer Mutter zu hören: »Jacob, was heißt das?«

»Das, was ich gesagt habe. Ich – wir müssen weg. Wir müssen das Land verlassen. Hier sind wir nicht mehr sicher.«

»Nein, das nicht, bitte das nicht!«, schrie ihre Mutter.

Eva konnte nicht glauben, was sie da hörte. Am ganzen Körper zitternd, schlich sie sich in ihr Zimmer, schloss die Tür hinter sich und warf sich auf ihr Bett. Sie vergrub das Gesicht im Kissen. Was geschah hier? Hatte ihr Vater sich etwas zuschulden kommen lassen? Das konnte sie sich nicht vorstellen. Nicht ihr Vater. Jacob Rubin, Professor der Literaturwissenschaft an der hiesigen Johann Wolfgang Goethe-Universität, arbeitete unermüdlich. Wieso fühlte er sich hier nicht mehr sicher? War es wegen der neuen Regierung? Wegen dieser Nazis?

Eva drehte sich auf den Rücken und starrte an die hohe Stuckdecke ihres Zimmers. Eva lauschte in die Wohnung hinein, doch es war Stille eingekehrt. Irgendwann vernahm sie das Pfeifen des Teekessels. Ihre Eltern schienen den Nachmittagstee heute, auch außerhalb jeder Gewohnheit, im Esszimmer einzunehmen. Zwar hatte Ruth, ihr Dienstmädchen, heute Nachmittag frei, trotzdem wurde dann immer der Tee im Salon serviert.

Eva mochte die Regelmäßigkeiten, die ihren Alltag bestimmten, und die liebgewonnenen Rituale. Doch heute war nichts so wie immer. Dieser Nachmittag begann, ihr Leben durchzurütteln. Eva stand auf, ging zum Fenster und blickte auf die Straße hinunter. Die Platanenallee trug schwer ihre nebelfeuchten Blätter. Die Dämmerung war schon stark vorangeschritten, und die Straßenlaternen brannten noch nicht. Ein Trupp braun uniformierter junger Männer näherte sich auf dem Bürgersteig ihrem Haus. Lautstark johlend und sich gegenseitig auf die Schultern klopfend, marschierten sie unter ihrem Fenster durch. Einer von ihnen rülpste provozierend, und die anderen grölten. Eva zog sich angewidert vom Fenster zurück und setzte sich an ihren Schreibtisch. Eigentlich erübrigte sich die Frage. Sie war vierzehn Jahre alt und hatte mitbekommen, dass Deutschland in zwei Jahren ein anderes Land geworden war. Es fing beim morgendlichen Grüßen ihrer Lehrer an. Sie schauten demonstrativ in eine andere Richtung. Und es ging mit Evas Ausschluss von feierlichen Versammlungen weiter. Fast alle ihrer Klassenkameradinnen waren im »Bund deutscher Mädel« organisiert. Sie bildeten eine Gemeinschaft, zu der Eva nicht gehörte. Sie wollte auch nicht dazugehören. Sie fand die Gesänge und Schwärmereien für den Führer einfach nur absurd und fühlte sich im Kreis ihrer Schulkameraden nicht mehr wohl. Geburtstage wurden ohne sie gefeiert, und der Gipfel dieser kleinen Erniedrigungen war ihr dreizehnter Geburtstag am 16. April 1934 gewesen. Gemeinsam mit ihrer Mutter saß sie am gedeckten Esstisch, und sie warteten und warteten. Beide wussten, als die verabredete Zeit verstrichen war, dass heute niemand mehr kommen würde. Eva erinnerte sich in diesem Moment an die schmerzliche Erkenntnis, dass man nicht zu ihr kam, weil man nicht zum Geburtstag einer Jüdin ging. Die Eltern ihrer Freundinnen hatten das für ihre Töchter entschieden. Eva konnte den Mädchen nicht böse sein. Sie taten es, weil ihre Eltern auf den Zug, der »Nieder mit dem Judentum« hieß, aufgesprungen waren.

Zur Abendbrotzeit ging Eva in das Esszimmer. Als sie den Raum betrat, saßen ihre Eltern bereits am Tisch und ihre Mutter füllte gedankenverloren die Suppenteller auf.

Martha Rubin entstammte einer alten jüdischen Ärztefamilie, Vater und Großvater hatten beide diesen Beruf ausgeübt. Martha war die mittlere von drei Töchtern. Sie hätte gerne auch Medizin studiert, meinte aber, dass ihr das viele Lernen wohl doch nicht so liegen würde. Martha backte mit großer Leidenschaft und träumte von einer eigenen Zuckerbäckerei. Diese Pläne hatte Jacob durchkreuzt. Martha hatte sich in ihn verliebt. Marthas Eltern gaben der Heirat ihrer Tochter mit einem Geisteswissenschaftler, der auch noch ein paar Jahre älter war als Martha, ihren Segen, wohl auch, um ihren Flausen als angehende Bäckerin zuvorzukommen.

Martha war eine zartgliedrige Frau von mittlerer Größe, Eva war schon fast so groß wie sie. Ihre Mutter war immer sorgfältig, aber nie extravagant gekleidet, die dünnen Haare, die sie in scherzhaftem Neid mit Evas Haarfülle verglich, waren, egal, zu welcher Tageszeit, immer frisiert. Eva bewunderte die Eleganz ihrer Mutter und stellte sich vor, später einmal schick wie Martha durch die Straßen Frankfurts zu flanieren.

»Würdest du mir bitte das Brot reichen, Eva?« Ohne Eva dabei anzuschauen, tauchte sie ihren Löffel in die Suppe ein. Jeder aß wortlos. Das Schweigen war unerträglich. Normalerweise erzählten sie einander zu dieser Gelegenheit von ihrem Tag. Jacob unterhielt die beiden Frauen mit Geschichten aus der Uni, Martha berichtete von Patienten aus der Praxis ihres Vaters, in der sie gelegentlich aushalf, und Eva erstattete Bericht aus der Schule. Aber heute wollte niemand etwas sagen und niemand wollte etwas hören. Die Eltern hingen offensichtlich noch in Gedanken dem nachmittäglichen Gespräch nach, und Eva fühlte sich von den beiden nicht eingeweiht. Fragen konnte sie nicht, weil sie sich dann verraten hätte, und ein möglicher Vorwurf, gelauscht zu haben, wog für sie schwerer, als nicht in die Probleme der Eltern miteinbezogen zu werden.

Jacob stand bereits nach einem Teller Suppe auf.

»Ich habe noch eine Promotion durchzusehen. Entschuldigt mich bitte.«

Mit diesen Worten ging er in sein Studierzimmer. Martha versuchte, eine Unterhaltung in Gang zu bringen. Es schien, als ob sie das Schweigen während des Essens wiedergutmachen wollte.

»Stell dir vor, Eva, Frau Seger von unten reist nächste Woche an die Ostsee zur Kur. Ich stelle mir das wunderschön vor. Ich war noch nie an der See. Und jetzt, im Herbst, muss es doch auch sehr reizvoll sein mit den leeren Stränden und Cafés.« Sie wartete die Antwort ihrer Tochter gar nicht ab und schob geräuschvoll ihren Teller in die Mitte des Tisches. Dabei stieß sie mit ihrem Ellenbogen ungeschickt gegen ihr Wasserglas, das umkippte. Schnell breitete sich ein großer Fleck auf der weißen Tischdecke aus. Martha saß wie gelähmt da. Eva rannte in die Küche und sagte Ruth Bescheid. Als sie mit ihr zurück in das Esszimmer kam, erhob sich Martha, bedankte sich schnell bei Ruth, dass sie das Malheur beseitigen würde, und verließ den Raum. Eva konnte in den Augen ihrer Mutter Tränen sehen.

»Danke, Eva. Ich weiß auch nicht, was heute mit mir los ist.« Mit diesen Worten ließ sie sie zurück. Eva hörte die Schlafzimmertür zuklappen.

Das Verhalten ihrer Eltern ließ keinen Zweifel mehr zu: Etwas Fürchterliches war geschehen. Nur sie sollte dem Anschein nach nichts davon wissen. Evas Eltern bestimmten über ihr Leben und trafen Entscheidungen, ohne sie zu fragen. Nachfragen oder Zweifel waren unerwünscht. Eva fühlte sich wie ein kleines Kind.

Nach ein paar Tagen wuchs in Eva die Überzeugung, einem Missverständnis aufgesessen zu sein. Alles war wieder so wie immer. Jacob kam von der Uni abends zwar nur noch mit wenigen Geschichten nach Hause, aber er war auch sehr müde. Martha ging vormittags in die Praxis ihres Vaters, um ihm bei seinen Bürosachen zu helfen.

Am Ende der Woche zeigte sich, dass Eva sich doch nicht geirrt hatte. Wie immer war sie, zwei Stufen auf einmal nehmend, in den dritten Stock hochgestürmt. Als sie die Wohnung betrat, hörte sie gedämpfte Stimmen aus dem Wohnzimmer. Für den Nachmittag war niemand angekündigt, also schlich sie sich mit schlechtem Gewissen erneut zur verschlossenen Salontür. Sie hörte die Stimme ihres Vaters. Warum war er zu dieser frühen Stunde schon zu Hause? Er sprach nun laut und deutlich, wohl in der Annahme, dass Eva nicht da sei, obwohl er eigentlich wissen müsste, dass sie zu dieser Zeit nach Hause kommen würde.

»Ja, sie haben mich fristlos entlassen. Meine Schonfrist ist vorbei. Die Nürnberger Gesetze lassen keine Ausnahmen mehr zu. Ich bin Jude, ich muss weg und einem Arier meinen Arbeitsplatz überlassen.«

»Welches Gesetz sagt das denn?« Die Stimme ihres Großvaters! Was tat er hier?

»Das ›Gesetz zur Wiederherstellung des Berufsbeamtentums‹ von 1933. Das haben die Nazis gleich nach ihrer Machtergreifung eingeführt. Es sieht vor, dass Beamte nicht arischer Abstammung, und das bin ich als ordentlicher Professor, entlassen oder vorzeitig in den Ruhestand versetzt werden können.«

»Was für eine widerwärtige Wortschöpfung, um gestandene Menschen loszuwerden!« Das war die aufgebrachte Stimme von Evas Großmutter.

Dass sie alle hier waren, bedeutete, dass es sich wirklich um etwas entsetzlich Schlimmes handeln musste. Bebend legte Eva wieder ihr Ohr an das Holz.

»Bitte, Gertrud, bleib sachlich«, sagte der Großvater. »Aber wie stellen sich die Herren das denn vor? Dann werden ja ganze Lehrstühle unbesetzt sein.«

»Ja, es werden mit einem Schlag mehr als 5000 Stellen frei werden. Die Zeit der Nichtsnutze, der politisch überengagierten und an neuen Methoden und Fachrichtungen interessierten Assistenten ist gekommen.« Jacobs Stimme versagte, und eine beängstigende Stille trat ein.

»Und weshalb jetzt? Zwei Jahre nach Einführung dieses Gesetzes? Du schienst doch sicher zu sein?«, hakte Großvater nach.

»Für mich kam anfangs noch zugute, dass ich schon vor dem Stichtag August 1914 verbeamtet worden bin. Diese ›Altbeamtenregel‹ wurde aber durch die Nürnberger Gesetze aus diesem Jahr ausgehebelt.« Wiederum Stille.

»Ach Kinder, diese Zeiten sind schrecklich. Wann ist dieser Spuk bloß vorbei?«, fragte Großmutter Gertrud.

»Nenn es nicht Spuk! Ein Spuk ist eine geisterhafte Erscheinung. Was hier geschieht, ist kein Treiben von irgendwelchen Geistern. Es ist das Tun unserer frei gewählten Regierung«, sagte Jacob entrüstet.

Die Stimme von Evas Großmutter klang kläglich: »Aber, wo sollt ihr denn hin? Es wird doch vorbeigehen, es wird wieder alles wie vorher.«

Jacob unterbrach sie zornig: »Nichts wird vorbeigehen. Es wird nur schlimmer. Was meinst du, was ich tagtäglich an der Universität erleben muss?« Er hielt inne. »Ich werde verhöhnt von den Studenten, und meine alten Kollegen schauen demonstrativ weg. Die wirklich Einzige, die zu mir hält, ist meine Sekretärin Frau Meise. Ich sage euch, der Antisemitismus ist angekommen. Die Saat der Nazis ist aufgegangen.«

Großvater Karl räusperte sich. »Jacob, ich bitte dich, sei nicht so pessimistisch. Deutschland ist unsere Heimat. Es ist unsere Kultur. Egal, ob wir Christen, Juden oder was weiß ich sind. Der Antisemitismus ist ein Vehikel aus dem letzten Jahrhundert. Er passt nicht mehr in unsere säkulare, wissenschaftliche Zeit.«

»Karl, du täuschst dich – leider. Ich sage euch, dieses Land ist dabei, seine Seele zu verlieren.«

Eva war erschüttert. Sie schlich in ihr Zimmer und setzte sich an ihren Schreibtisch. Vor ihr lag ihre Weihnachtswunschliste. Alles vorbei, dachte sie bitter und zerknüllte sie. Vielleicht würden sie an Weihnachten schon nicht mehr in dieser Stadt sein. Eva legte den Kopf auf den Tisch. Tränen liefen ihr über die Wangen. Sie schloss die Augen.

Jacob rührte in seinem Tee, als die Wohnungstür schwungvoll geöffnet wurde.

»Da ist sie«, sagte Martha. Er nickte und stand schwerfällig auf.

Er ging hinaus in den Flur zu ihr, wo sie gerade ihren Schulranzen abstellte.

»Eva, ich muss dir etwas sagen. Bitte komm mit in mein Arbeitszimmer.« Jacob ging voran. Das Fenster war leicht geöffnet, aber sein Refugium roch trotzdem nach den Aberhunderten von Büchern, die in vier bis unter die Decke reichenden Regalen aufgestellt waren. Jacob liebte diesen Geruch nach abgenutztem Papier und nach Staub, der sich trotz Marthas strengem Putzregiment auf den Büchern niederließ.

Martha war ihnen gefolgt. Schweigend nahmen sie Platz. Jacob betrachtete seine Tochter. Eva war auf dem Weg, eine bildschöne junge Frau zu werden, mit ihrem ebenmäßigen Gesicht, den übermütig blitzenden grünblauen Augen und ihren üppigen braunen Haaren, die sie wie immer in einem Zopf gebändigt hatte. Und da saß er nun mit seinen 51 Jahren und musste ihr nicht nur das abrupte Ende seiner wissenschaftlichen Karriere erklären, sondern auch den Verlust ihres Zuhauses. Er betrachtete die vergilbte Schwarz-Weiß-Fotografie auf dem mit Akten und Büchern übersäten Tisch: das Bild seiner Eltern. Die beiden standen vor ihrem Lebensmittelgeschäft in Frankfurt. An der Fassade war der Schriftzug zu lesen: »Rubin – Kolonialwaren«. Sie stammten beide aus ostjüdischen Krakauer Familien, die, seit man zurückdenken konnte, im Handwerk und Handel tätig gewesen waren. Seine Eltern waren fleißig, aber bitterarm gewesen. An diese Form der Armut konnte sich Jacob nur noch schwach erinnern. Seine Eltern sahen im Deutschen Reich, das nach der Reichsgründung das Leben vieler Juden erträglicher machte, die Chance auf ein besseres Leben für ihre vier Kinder. Sie ließen Freunde, Verwandte und Heimat zurück, zogen nach Frankfurt, in die schon damals große jüdische Gemeinde, und eröffneten ein Lebensmittelgeschäft. Jacob, der Älteste, durfte aufs Gymnasium und danach studieren. Er enttäuschte die Hoffnungen seine Eltern nicht. Am Tag der Übergabe seiner Habilitationsurkunde fühlten sie sich da angekommen, wo sie immer hatten sein wollen – im deutschen Bürgertum.

Jacob räusperte sich. Er versuchte, sich seine Nervosität nicht anmerken zu lassen. Für Eva bedeutete er Verlässlichkeit und Sicherheit. Und genau diese Eigenschaften würde er ihr mit diesem Gespräch zerstören. Er war wütend auf diese Menschen, die ihm seine Würde und seinen Stolz auf seine Errungenschaften nehmen wollten. Die ihn zwangen, ein solch demütigendes Gespräch mit seiner Tochter zu führen.

»Meine liebe Eva«, fing er an und stockte. »Es hat keinen Sinn das Unvermeidliche weiter hinauszuzögern.« Er vermied ihren Blick und fuhr fort: »Deine Mutter und ich haben uns entschieden, in die Schweiz zu gehen. Ich kann hier nicht mehr in meiner Stellung als Universitätsprofessor bleiben.« Jetzt schaute er Eva direkt in die Augen. Seine Tochter wirkte auf unerklärliche Weise gefasst. Hatte sie es geahnt?

»Weshalb?«, brachte sie hervor.

Martha stand auf und drückte Evas Kopf an ihre Brust.

»Ach Kind, diese Zeiten sind nicht so einfach für uns. Für uns Juden«, fügte sie gepresst hinzu.

Jacobs Blick fiel auf die Menora seiner Eltern, die auf dem Fensterbrett stand. Er wünschte, er könnte daraus Kraft für sich und seine Familie ziehen. Ja, Martha hatte recht, die Zeiten für Juden waren schlecht. Aber war er denn überhaupt Jude? Nicht einmal seine gläubigen Eltern hatten ihn vor diese Frage gestellt.

Es half nichts. Die Entscheidung war getroffen. Martha strich ihrer Tochter über die Haare und ging zur Tür. Aber Eva konnte sich offensichtlich mit dem Gedanken nicht abfinden.

»Du meinst, weil wir Juden sind, müssen wir gehen?«

Jacob nickte.

»Aber wir sind doch gar keine Juden!«, rief Eva verzweifelt. »Wir sind doch Deutsche!«

Jacob wiegte den Kopf. »Ja, du hast recht, wir sind Deutsche. Aber wir sind auch Juden.«

»Und was ist daran so schlimm?«, fragte Eva.

»Eigentlich nichts, wenn da nicht viele im Lande die Schuld für alles, was schiefgeht, bei anderen suchen würden.« Er seufzte. »Und diese Schuldigen sind wir Juden.«

»Woran sollen wir schuld sein?« Eva wartete seine Antwort nicht ab. »Gut, wir sind Juden. Aber gehen wir in die Synagoge? Feiern wir Sabbat? Liest du die Thora?«

Jacob lächelte seine Tochter an. Ihr Aufbegehren gefiel ihm.

»Nein, wir sind nicht gläubig, das stimmt. Wir haben uns von unseren Wurzeln schon lange entfernt.« Er lehnte sich

in seinem Schreibtischstuhl zurück und schaute gedankenverloren aus dem Fenster.

Wie ist es dazu gekommen? Seit der Weimarer Republik
war die Religion in den Hintergrund getreten und durch
eine moderne, rationale und wissenschaftliche Welt ab-
gelöst worden. Er und Martha hatten für Eva ein protes-
tantisches Gymnasium ausgewählt, weil ihnen der protes-
tantische Gedanke zusagte, der dem Menschen von Gott
verliehene Kräfte einschließlich Verstand und Vernunft zur
freien Entfaltung gab. Es galt der Gleichheitsgrundsatz, der
direkt aus der Bibel abgeleitet wurde – im Gegensatz zu den
Katholiken, die Gehorsam und Zustimmung zu den Wahr-
heiten der Kirchenlehre höher werteten als intellektuelle
Autonomie. Der lutherische Protestantismus war für Jacob
und viele Juden die »nationale« Religion Deutschlands.

Jacob profitierte von den turbulenten Jahren nach dem
Ersten Weltkrieg. Juden traten nun offen in der Gesellschaft
auf. Sei es in staatlichen Ämtern, im Journalismus, in Ver-
lagen, in der Justiz und eben auch an Universitäten. Jacob
genoss sein Leben als Wissenschaftler. Natürlich war es
nicht so, dass Jacob nichts vom Antisemitismus mitbekommen hätte. Martha und er hatten sich mit den Vorurteilen
gegen Juden abgefunden. Es beeinträchtigte sie in ihrem
Alltag nicht.

Nur manchmal erinnerte sich Jacob noch an die Erzählungen seiner Eltern aus Krakau. Sie kannten die Vor-
urteile Juden gegenüber, den Antisemitismus aus Krakau.
Das war auch ein Grund gewesen, weshalb sie diese Stadt
verlassen hatten. Die Großeltern hatten schlimme Dinge
erlebt. Jacobs Vater wurde auf offener Straße von Bauern,
die in die Stadt kamen, um Jagd auf Juden zu machen ver-

prügelt. Die Mutter getraute sich an manchen Tagen nur bei Dunkelheit aus dem Haus, weil der Mob in der Stadt tobte. Nach den Pogromen 1881 in Russland war das Leben für Juden auch in Polen, das damals russisch war, nicht mehr sicher. Trotzdem wäre das allein nicht der Anlass gewesen, Krakau zu verlassen. Jacobs Eltern hielten es mit dem Talmud, dass man in einer Stadt, in der es keine Schule gebe, nicht wohnen dürfe. Ihre Überzeugung, dass sie mit Bildung in einem richtigen Umfeld den Schlüssel zur Überwindung ihres Elends in Händen hielten, sollte sich später bewahrheiten.

Jacob war froh, dass sie das Unglück, das ihr Sohn nun in Frankfurt zehn Jahre später erfahren sollte, nicht mehr erleben mussten.

Sein Blick ging zu Eva zurück. Er spürte ihre Verzweiflung.

Er konnte ihr den Grund für seine Entscheidung nicht länger vorenthalten.

»Wir können nicht hierbleiben, weil ich weder die Familie ernähren noch garantieren kann, euch zu beschützen.«

Eva horchte auf.

»Wie meinst du das?«

»Ich habe sehr feine Antennen für Stimmungen. Diese Pöbeleien und die unzähligen kleinen Schikanen Juden gegenüber. Das aggressive Auftreten der deutschen Regierung im Ausland. Die Untätigkeit der restlichen Welt. Hitler hat in ›Mein Kampf‹ alles haarklein beschrieben, aber niemand nimmt es ernst. Das ist der größte Fehler.«

Am Montag ging Eva wie immer in die Schule. Es fiel ihr schwer, niemandem von ihren Ausreiseabsichten zu erzählen, besonders, weil sie ahnte, dass sie nicht in ein paar Wochen wieder zurück sein würde.

Die Eltern selbst konnten diese Frage nicht richtig beantworten. Ihr Vater wollte sich als ewiger Pessimist auf keine Prognose einlassen, die er selbst nicht glauben konnte.

Eva ging die breite Treppe mit den anderen Schülerinnen zu ihrem Klassenzimmer hoch, als jemand ihr von hinten die Hand auf die Schulter legte.

»Sag mal, Eva, weißt du eigentlich, dass mein Vater nun auch Professor ist?« Das war die freche Stimme von Mathilde.

»Nein, wie schön für deinen Vater«, entgegnete Eva ruhig.

»Ja, und nicht schön für deinen Vater!«, Mathilde grinste Eva unverschämt an. »Mein Vater hat nämlich die Stelle deines Vaters bekommen. Einem Juden kann man schließlich nicht die hohe deutsche Literatur anvertrauen.«

Eva hatte das Gefühl, als ob ihr jemand eine Faust in den Bauch geschlagen hätte. Mathilde rannte lachend davon. Eva versuchte, sich zusammenzureißen. Niemand sollte Zeuge ihrer Demütigung werden. Sie betrat das Klassenzimmer. Sogleich wurde ihr klar, dass Mathilde die Kunde bereits verbreitet hatte. Alle schauten Eva erwartungsvoll an. Dachten sie, sie würde heulend rausrennen oder wütend ihre Sachen auf den Tisch werfen? Sie ignorierte ihre Klassenkameradinnen und verhielt sich so, als ob nichts geschehen wäre.

Der Lehrer betrat das Zimmer, und sie war froh über eine unverfängliche Stunde Mathematik. Dieses Fach ließ keine rassentheoretischen Abhandlungen zu.

Die Pausenglocke schrillte. Die Schonzeit war vorbei. Sie packte ihre Sachen zusammen, als sich eine kleine Traube von Mädchen um ihren Platz scharten.

»Stimmt es, dass dein Vater nicht mehr Professor ist?«, fragte Monika.

»Ja, mein Vater hat jetzt die Stelle. Mein Vater ist Deutscher und in der NSDAP. Ihr Vater ist Jude!« Mathilde schrie es beinahe heraus.

Die Mädchen schauten Eva mitleidig an und verließen das Zimmer. Eva blieb allein zurück. Ihr war eiskalt. Am meisten schmerzte sie, dass niemand Mathilde widersprochen hatte. Alle hatten es hingenommen. Es schien normal, dass ein angesehener Wissenschaftler, der sich um die Frankfurter Universität so manches Mal verdient gemacht hatte, von einem Tag auf den anderen den Hut nehmen musste – nur weil er Jude war.

Sie fragte sich, wie sie die nächste Stunde überstehen sollte, und ging in den Physikraum. Wahrscheinlich war auch die Relativitätstheorie nun nicht mehr von Einstein, dem Juden, entwickelt worden. Diese Welt war absurd.

Am Abend erklärte Jacob knapp, dass er Eva heute beim Schuldirektor abgemeldet hätte. Eva wollte nicht wissen, was der Mann gesagt hatte. Er war schon immer ein überzeugter Gegner der Weimarer Republik, der »Judenrepublik«, gewesen. Vermutlich war er nur froh, eine weitere Jüdin los zu sein.

»Wann reisen wir in die Schweiz?«, fragte sie ihren Vater.

»Am Sonntag. Am Samstag nehmen wir Abschied von Großvater und Großmutter. Greta, Hannah und Hans werden auch da sein.« Das waren die Schwestern ihrer Mutter mit Hannahs Ehemann.

Beim Gedanken an den Abschied von ihren geliebten

Großeltern und Tanten stiegen Eva Tränen in die Augen. Jacob sah es und nahm sie still in den Arm. Eva konnte sich nicht erinnern, wann er so etwas das letzte Mal getan hatte. Jacob als Mann des vergangenen Jahrhunderts hatte seine Gefühle immer unter Kontrolle. Man zeigte anderen gegenüber keine Gefühlsregungen und noch weniger Zärtlichkeiten. Eva fühlte sich in den Armen ihres Vaters geborgen. Zum ersten Mal hatte sie das Gefühl, dass die Entscheidung ihrer Eltern richtig war. Sie vertraute ihrem Vater. Er würde das Richtige tun.Seit dem Vorfall mit Mathilde in der Schule hatten sich ihre Klassenkameradinnen von Eva zurückgezogen. Manche ganz demonstrativ, andere eher verhalten. Eva scherte sich so wenig wie möglich darum. Ab nächster Woche würde der Platz von Eva Rubin leer sein und niemand würde sich wundern. Keiner stellte Fragen, warum Menschen plötzlich ihre Arbeit verloren, Kinder ihre Schulen, Familien das Land verließen. Das war das Schlimmste: diese Passivität.

Die letzten Tage in Frankfurt brachen an. Die letzten Male, dass sie den so liebgewonnenen Schulweg einschlug, das letzte Mal, dass sie der netten Bäckersfrau »So wie immer!« sagte. Sie fühlte sich schlecht, weil sie keine Traurigkeit empfinden konnte, sie wollte es nur hinter sich bringen. Sie sagte sich: »Ich komme wieder, nächste Woche sehen wir uns wieder.« Das nahm dem Ganzen die Endgültigkeit. Nur nachts, wenn sie nicht einschlafen konnte, kamen diese »Nie-wieder-Gedanken« auf. Ihre Strategie des Verdrängens, die sie in späteren Jahren vervollkommnen würde, half ihr, den Moment zu überstehen, und ließ sie hoffen, irgendwann in Ruhe über das

Vergangene nachdenken zu können. Sobald es nicht mehr so wehtat.

Nur dem Abschied von ihren geliebten Großeltern konnte sie nicht entfliehen. Das Abendessen im Hause der Eltern ihrer Mutter sollte an ihrem letzten Abend in Frankfurt stattfinden.

Evas Vater hatte ein Taxi bestellt. Sie ließen sich zur Wohnung der Großeltern fahren. Keiner sagte etwas. Damals wusste sie nicht, dass sie ihre Großeltern und Tanten zum letzten Mal in ihrem Leben sah.

Zunächst verhielten sich alle so, als ob es sich um ein gewöhnliches Abendessen im Kreis der Familie handeln würde.

Greta, die Älteste, war gelernte Krankenschwester, unverheiratet und die Chefin im Haus und in der Praxis des Vaters. Die jüngste der drei Schwestern, Hannah, war mit ihrem Mann Hans gekommen. Ein Deutscher, der sich zu einer Zeit in eine deutsche Jüdin verliebt hatte, in der man noch keine Gesetze über »Mischehen« kannte.

Es war ein Henkersmahl. Das Essen wurde schweigend eingenommen. Allen schien bewusst, wie nah der Moment des Abschieds war.

Eva stocherte ohne Appetit in ihrem Essen herum, bis ihr Vater endlich seinen Stuhl nach hinten schob und aufstand. Er räusperte sich.: »Ihr Lieben.«

Eva sah, wie er um Fassung rang, ehe er weitersprechen konnte.

»Ich finde momentan keine eigenen Worte und zitiere deshalb meinen liebsten deutschen Dichter, Johann Wolfgang von Goethe.« Er hielt inne und schaute mit schwerem Blick in die Familienrunde.

»*Es gehört zu den traurigsten Bedingungen, unter denen wir leiden, uns nicht allein durch den Tod, sondern auch durch das Leben von denen getrennt zu sehen, die wir am meisten schätzen und lieben und deren Mitwirkung uns am besten fördern könnte.*«

Jacob hob sein Glas und sagte feierlich: »Nächstes Jahr in Jerusalem!«

Die Familie wiederholte seine Worte: »Nächstes Jahr in Jerusalem!«

Niemals zuvor hatte Eva diesen Ausspruch in ihrer Familie gehört. Sie wusste, was er zu bedeuten hatte: *Vielleicht werden sich dieses Jahr unsere Bemühungen, uns selbst und die Welt besser zu machen, erfüllen. Dieses Jahr sind wir hier, nächstes Jahr werden wir im Lande Israel sein. Dieses Jahr sind wir Sklaven, nächstes Jahr werden wir frei sein.*

Nächstes Jahr in Jerusalem … wortwörtlich.

Es sollte ihre letzte Nacht in ihrem geliebten Zimmer sein. Hier hatte sie mit ihren Freundinnen gespielt, hier lagen sie später auf dem Bett und erzählten sich den neuesten Klatsch und Tratsch. In diesem Raum hatte einst ihre Wiege gestanden, später ihr Kinderbett und nun ihr jetziges Bett. Der Schrank, der ihr früher riesig vorgekommen war. Sie konnte sich erinnern, dass sie als kleines Kind vor dem großen dunklen Möbelstück Angst gehabt hatte. Er war ihr nachts wie ein Riesenmonster erschienen, das sie beobachtete. Schaltete sie dann ihre Nachttischlampe an, war der Spuk vorbei, und es war wieder nur ein Schrank.

Zu ihrem achten Geburtstag hatte sie von der Großmutter mütterlicherseits einen Schreibtisch bekommen, an dem sie ihre Schularbeiten machen konnte. Sie liebte ihn. Er hatte einen Aufsatz auf der Tischplatte mit vielen kleinen Schubladen. Jede einzelne Schublade war mit Holzornamenten verziert und hütete ihre kleinen Schätze. Darunter ein schwarz-weißer Stein mit einem Loch in der Mitte. Den hatte sie von ihrer Tante Greta von einem Urlaub auf der Insel Rügen bekommen. Sie hatte Eva erklärt, dass es sich um einen »Hühnergott« handeln würde, der das Vieh vor Unglück schützen soll. Eva kroch aus ihrem Bett und nahm den Stein aus der Schublade. Wenn er das Vieh beschützen konnte, dann half er bestimmt auch Menschen. Sie legte ihn unter ihr Kopfkissen und würde ihn morgen in ihre Tasche stecken.

Und schließlich die schweren, tiefroten Vorhänge an den Fenstern. Sie tauchten das Zimmer in den Morgenstunden in ein wunderbar warmes Licht.

Sie lag mit offenen Augen in ihrem Bett und hörte, wie ihre Eltern die letzten Sachen packten. Die Geräusche klangen nicht hektisch. Für jeden zwei Koffer mit Kleidern und Sachen, die nicht zurückgelassen werden durften. Für ihren Vater waren es seine wissenschaftlichen Dokumente und ein Buch signiert von seinem akademischen Mentor. Für ihre Mutter war es ihr Lieblingsbuch, Fontanes »Effi Briest« und ein winzig kleiner Schmuckkasten mit Schmuckstücken. Eva hatte »Die wunderbare Reise des kleinen Nils Holgersson mit den Wildgänsen« von Selma Lagerlöf eingepackt. Es war ihr liebstes Buch aus der Kinderzeit. Sie hatte es schon unzählige Male gelesen. Sie liebte die Beschreibungen Schwedens, die spannenden

Geschichten von Nils und seinem treuen Begleiter, dem Gänserich Martin, auf dem Weg nach Lappland. Einem Land, für sie so fern wie das Land, in das sie nun ziehen sollten.

Wo würden sie Unterschlupf finden? Die Eltern hatten Eva von einem Freund in Zürich erzählt. Sie wusste nichts von ihm, weder, wie er hieß, noch, ob er Familie hatte.

Martha saß auf ihrem Bett mit der großen Schmuckschatulle auf dem Schoß. Drei Menschen würden hier morgen mit einem Bruchteil ihrer Habe ausziehen. Das Mitnahmegut der Auswanderer war von den Nazis perfide geregelt. Mitgenommen werden durften die Eheringe, silberne Arm- und Taschenuhren, gebrauchtes Tafelsilber, und zwar je Person zwei vierteilige Essbestecke, darüber hinaus sonstige Silbersachen bis zu einem Gewicht von 40 Gramm je Stück bis zu einem Gesamtgewicht von 2000 Gramm je Person. Martha öffnete die samtbezogene Kiste und betrachtete die vielen, ordentlich sortierten Schmuckstücke. So viele Erinnerungen waren damit verbunden. Zitternd nahm sie die kleine silberne Uhr in die Hand. Sie war noch von ihrer Großmutter, ein Geschenk zur Hochzeit. Eine Schweizer Uhr. Das passte. Da war das Armband, das sie zu ihrem 18. Geburtstag von ihren Eltern bekommen hatte und das sie an Eva weitergeben wollte, oder die Perlenohrenringe, die Jacob ihr zur Verlobung gegeben hatte. Bezahlt von seinem ersten Gehalt. Martha klappte die Schatulle zu. Genauso fühlte sich ihr Leben in diesem Moment an. Schluss und vorbei. Ihr Leben, ihre Eltern, ihre Schwestern, ihr Frankfurt, wie zugeklappt. Jacob hatte sie mit seinen Plänen überrumpelt.

Er hatte nie offen mit ihr darüber gesprochen. Nie von den Demütigungen an der Universität erzählt, von seinen Befürchtungen, von seinen Ängsten. Warum hat er das nie getan? Hatte er sie damit schonen wollen? Ihr Altersunterschied von 16 Jahren zeigte sich vor allem im Umstand, dass Jacob stets versuchte alle Sorgen, die seine Familie betrafen, fern von Martha zu halten. Er traute ihr deren Bewältigung durchaus zu, hatte aber als Mann seiner Zeit die Haltung, dass es dem Mann obliegt, Unheil von der Familie abzuwenden. Martha war eigentlich stets offen für Neues und ließ sich gerne dafür begeistern. Jacob war dann derjenige, der sie wieder auf den Boden der Realität zurückholen musste.

Die plötzliche Wendung in ihrem Leben, Deutschland zu verlassen, bereitete ihr weniger Kummer als ihrem Mann. Der einzige Wermutstropfen war ihre Familie. Sie konnte sich ein Leben ohne ihre Eltern und Schwestern nicht vorstellen. Martha war ein unpolitischer Mensch und sah die Entwicklung in Deutschland nicht so schwarz wie ihr Mann. Sie war der Meinung, dass Regierungen kommen und gehen. Auch diese würde wieder gehen. Als Jacob seine Professorenstelle an der Universität verlor, sah sie ein, dass er nur im Ausland beruflich weitermachen konnte. Sie beruhigte sich mit dem Gedanken, dass ihre Eltern, sollte sich die Lage verschlimmern, immer nachkommen könnten. Ärzte brauchte jedes Land. Literaturwissenschaftler eher weniger und deshalb war es für sie jetzt Zeit zu gehen.

Jacob hatte ihr vorgeworfen, sie merke nicht, was in diesem Land vorging. Das stimmte nicht. Sie hatte mitangesehen, wie die Patienten ihres Vaters immer weniger wurden. Zu einem jüdischen Arzt ging man nur noch zu später Stunde, wenn keiner es sehen konnte.

Martha ging in den Salon. Hier deutete nichts darauf hin, dass sie morgen fort sein würden. Keine gepackten Kisten, keine abgebauten Möbel, keine eingewickelten Bilder.

Martha schenkte sich einen Sherry ein. Sie setzte das Glas, anders als sonst, hastig an ihre Lippen und leerte es in einem Zug. Dann füllte sie das Glas erneut.

Jacob erwachte und wusste sofort, dass er etwas vergessen hatte. Er stand auf, ging in sein Arbeitszimmer und nahm die Menora seiner Eltern von der Fensterbank. Er umschloss sie mit den Händen. Er wünschte sich nichts sehnlicher, so glauben zu können, wie es seine Eltern getan hatten. An einen Gott, der ihm beistehen und ihm Kraft geben würde. Einen Moment lang hatte er das Gefühl, Gott wäre ihm nahe. Ein Gefühl der Freude durchströmte ihn. Mit der Menora ging er zurück in sein Schlafzimmer. Er war sich des Segens seiner Eltern gewiss, wenn er und seine Lieben morgen dieses Haus verlassen mussten.

Frankfurt/Zürich 1935

Der Zug fuhr in den Bahnhof ein, Dampf stieg in Wolken bis unter die gläserne Kuppel. Die Türen öffneten sich für die drängenden Menschenmassen. Darunter befanden sich Eva mit ihren Eltern. Viele Reisende verabschiedeten sich durch die heruntergeschobenen Abteilfenster von den auf dem Bahnsteig Zurückbleibenden. Eva beobachtete von ihrem Fensterplatz die ganze Szenerie. Das Gefühl, sich auf eine große Reise zu machen, war ebenso beängstigend wie aufregend.

Endlich setzte sich der Zug in Bewegung. Eva schaute aus dem Fenster und nahm von Frankfurt Abschied. Die Stadt zeigte sich heute von ihrer besten Seite. Der Nebel, der seit Tagen keinen Blick zum Himmel zugelassen hatte, war heute wie weggefegt. Blauer Himmel, die letzten goldenen Blätter von der Sonne erleuchtet und die Luft klirrend kalt. Was für ein herrlicher Tag. Nur nicht für die, die fortgehen mussten. Es schien Eva, als ob Frankfurt es ihr besonders schwermachen wollte. Die Hand ihrer Mutter legte sich sanft auf ihre Schulter. Die Berührung zeigte Eva: Ihre Mutter wusste um ihre Traurigkeit und würde sie damit nicht alleinlassen. Getröstet nahm Eva ihr Buch aus der Tasche und schlug es auf.

Stunden später fuhr der Zug in einen Bahnhof ein. Eva

sah ihrem Vater zu, wie er aus seiner Aktentasche ihre Papiere herausholte.

»Sind wir schon in der Schweiz?«, fragte sie.

»Ja und nein. Wir sind zwar auf Schweizer Boden, aber der Bahnhof gehört noch zur Deutschen Reichsbahn, und hier ist die Passkontrolle.« Sein ernster Blick verriet Eva, dass ihn die Tatsache nervös machte.

»Man wird uns als jüdische Familie, die Deutschland verlassen will, sofort erkennen. Ihr werdet sehen, dass die patrouillierende Grenzpolizei uns nochmals genau kontrollieren wird. Die Papiere müssen gültig sein und der Nachweis über die bezahlte Reichsfluchtsteuer muss vorgelegt werden«, erklärte Jacob.

»Was für eine Steuer ist das?«, wollte Eva wissen.

Martha antwortete: »Man könnte doch annehmen, dass die Nazis über jeden Juden, der freiwillig das Land verlassen möchte, jubeln würden. Das tun sie auch, aber nicht ohne sich zuvor den Wegzug vergolden zu lassen. Wir müssen eine Steuer bezahlen, um dieses Land verlassen zu können.«

Als der missgelaunte Kontrolleur die Abteiltür öffnete, zeigte Jacob Rubin ihm die Papiere.

Der Uniformierte überzeugte sich beängstigend langsam davon, dass alles seine Ordnung hatte. Dann richtete er seinen Blick ernst auf die drei Familienmitglieder, nahm eine stramme Haltung an und rief: »Heil Hitler!«

»Heil Hitler«, antworteten Eva und ihre Eltern wie aus einem Munde.

»Nur, dass ich das nie mehr sagen muss, schon deshalb lohnt sich alles«, brachte Evas Vater zwischen zusammengepressten Lippen hervor, als der Grenzpolizist in sicherer

Entfernung war. Martha tätschelte seine Hand. »Jacob, es ist gut. Du hast recht, alles wird besser.«

Eva hatte das Gefühl, dass ihre Mutter diesen Satz mehr zu sich selbst, als zu ihrem Mann gesagt hatte. Auch Eva hatte das sichere Gefühl, dass alles richtig war.

Endlich verließen die Grenzpolizisten den Zug und die Reise konnte fortgesetzt werden.

»Eva, schau doch, das ist der Rhein. Wir sind gleich in Basel. Wir haben es geschafft!« Das vertraute Strahlen in den Augen ihres Vaters war zurückgekehrt. Es schien eine schwere Last von ihm abgefallen zu sein.

Der Zug fuhr langsam in den Basler Bahnhof ein. Eva fiel als Erstes auf, dass hier, anders als an öffentlichen Plätzen in Deutschland, die Hakenkreuzflagge fehlte. Stattdessen hingen von der Decke der Bahnhofshalle große rote Fahnen mit dem Schweizerkreuz.

Ein Grenzpolizist in grauer Uniform betrat das Zugabteil und forderte sie auf, ihre Papiere zu zeigen. Der Vater gab ihm die Pässe. Der Polizist nahm sie entgegen.

»Jacob Rubin?« Er blickte Evas Vater prüfend an, der sich kerzengerade aufrichtete und nickte. Der Beamte klappte den Pass zu und nahm den nächsten. »Martha Rubin, geborene Mandelbaum?«

»Richtig«, erwiderte Martha leise. Die Miene des Beamten verriet, dass er sich seiner Macht durchaus bewusst war und sie genoss. Die Luft im Abteil wurde immer stickiger, die Fenster waren beschlagen, die Vorhänge hatte der Polizist bei seinem Eintreten zugezogen. Die Angst war fast greifbar.

»Eva Rubin?«

Sie nickte heftig. Nahm das kein Ende? Doch der Beamte

ließ sich nicht hetzen. Er legte die drei Pässe in aller Ruhe auf den Abteiltisch und zog ein kleines graues, speckiges Büchlein und einen Bleistift hervor. »Gut, und Ihr Aufenthaltsort in der Schweiz?« Er klang ungeduldig.

»Rämistraße 50 in Zürich. Wir wohnen bei einem Freund.«

»Name des Freundes?«

»Herrmann Wuest, Professor für Germanistik an der Universität Zürich.«

Der Beamte trug alles in sein Buch ein und gab Jacob die Pässe zurück. »Melden Sie sich morgen in Zürich bei der Fremdenpolizei. Umgehend!«

Jacob nickte. Die erste Euphorie war verflogen. Eva sah, wie verunsichert ihre Eltern waren. Martha schob das Fenster hinunter und schnappte wie eine Ertrinkende nach Luft.

»Dürfen wir denn nicht in die Schweiz?«, fragte Eva ihren Vater.

Jacob wich ihrem Blick aus. Er strich über das glatte schwarze Leder seiner Aktentasche, die immer noch auf seinem Schoß lag und antwortete: »Früher schon. Aber dann hat Hitler uns Juden zu Menschen gemacht, die in Deutschland nicht mehr geduldet sind. Seitdem wird die Schweiz von vielen Juden als Ziel gewählt. Die Schweizer haben Angst, von uns überrannt zu werden.«

Es war eindeutig, was dieser Schweizer Zollbeamte ihnen gegenüber zum Ausdruck gebracht hatte. Es war deutlich zu spüren gewesen, dass er Ressentiments gegenüber ihnen hegte. Jetzt verstand Eva dessen Verhalten auch.

»Weshalb wollte er die Adresse wissen?«

»Es darf nur einreisen, wer gültige Papiere besitzt und einen Aufenthaltsort in der Schweiz vorweisen kann. Juden gelten nicht als Flüchtlinge, deshalb können wir auch kein Asyl, sondern nur einen befristeten Aufenthalt beantragen. Ich werde auch keine Erwerbsbewilligung bekommen. Die Schweiz will damit die jüdischen Auswanderer zu einem Weiterzug in ein Drittland bewegen.«

»Nur ein befristeter Aufenthalt ist möglich? Das heißt also, dass wir in der Schweiz nicht bleiben können?«

Jacob sah den ängstlichen Blick seiner Tochter. Martha strich Eva über den Kopf und sagte ruhig: »Erst mal sind wir sicher bei den Wuests, und Vater kennt zum Glück in der Schweiz viele ihm wohlgesonnene Kollegen.«

»Wer sind die Wuests?«, fragte Eva.

»Herrmann Wuest ist ein alter Freund und Kollege von mir. Wir haben eine Weile zusammen in Frankfurt studiert. Seine Frau Clara hat er dort kennengelernt. Er hat mir schon lange seine Hilfe angeboten. Sie ist Jüdin. Daher auch sein Engagement.«

»Was für ein Engagement?«

»Er unterstützt die ›Notgemeinschaft deutscher Wissenschaftler im Ausland‹, die versucht, uns neue Arbeitsplätze zu vermitteln.« Jacob sah auf die Uhr: »In einer Stunde sind wir in Zürich. Herrmann holt uns ab, und dann werden wir sehen.«

Eva lehnte sich auf ihrer Bank zurück. Sie hatte gehofft, in der Schweiz bleiben zu können, bis sich die Massen in Deutschland wieder beruhigt hatten. Doch nun sah alles ganz anders aus. Sie waren hier nur geduldet. Eva war klar: Früher oder später würden sie ihre Reise fortsetzen müssen.

Herrmann Wuest war ein kleiner Mann mit einem strahlenden Lachen. Er war Eva auf Anhieb sympathisch, denn er gab sich alle Mühe, die gestrandete Familie in der Schweiz herzlich willkommen zu heißen. Jacob und er schienen wirklich gute Freunde zu sein. Eva hatte ihren Vater lange nicht mehr so ausgelassen gesehen. Martha und sie standen etwas abseits da und warteten.

»Nein, Jacob, jetzt haben wir die Gemahlin und das Fräulein Tochter fast vergessen. Pardon, die Damen, es ist sonst nicht meine Art, so unhöflich zu sein, aber die Freude, Jacob wiederzusehen, hat mich meine ganze gute Erziehung vergessen lassen.« Er sprach so freundlich und mit einem breiten Schweizer Akzent.

»Herrmann, das ist meine Frau Martha und das ist Eva, meine Tochter.« Jacob hakte sich bei seiner Frau und Eva ein. Herrmann schüttelte ihnen beiden die Hände.

»Jetzt aber schnell nach Hause. Clara wartet schon. Ich werde einen Gepäckträger rufen.« Er pfiff laut auf den Fingern, und nach einer Weile näherte sich ein junger Mann mit einem Transportwagen. Die Koffer wurden aufgeladen. Herrmann drückte dem Mann eine Münze in die Hand und bat ihn, das Gepäck zum Taxi zu bringen.

Sie folgten Herrmann durch die Bahnhofshalle zum Ausgang, und Eva bewunderte wieder die vielen Schweizerfahnen, bevor sie auf den Vorplatz traten, auf dem eine Statue stand.

»Tja, meine liebe Eva, daran musst du dich gewöhnen«, sagte Herrmann, der anscheinend ihrem Blick gefolgt war. »Bei uns in der Schweiz gibt es keine Monumente von Kaisern und Königen. Wir sind Demokraten durch und durch. Bei uns kommt nur auf den Sockel, wer fürs Volk etwas geleistet hat. Wie der hier.«

Er zeigt auf das Denkmal vor ihnen. »Das ist Alfred

Escher, einer der wichtigsten Politiker und Unternehmer unseres Landes im 19. Jahrhundert. Aber das wirst du alles noch lernen, wenn du erst einmal in die Schule gehst.«

Eva erschrak bei seinen Worten. Sie sollte hier in die Schule gehen? Daran hatte sie nicht gedacht. Aber natürlich, sie konnte doch nun nicht einfach mit ihren vierzehn Jahren alle Tage zu Hause verbringen und hoffen, der liebe Gott werde es ihr im Schlafe geben. Eva schaute noch einmal zu diesem Alfred Escher hoch. Sein Gesicht war auch nicht weniger dramatisch dargestellt, als sie es von den Denkmälern gekrönter Häupter zu Hause kannte.

Während der Fahrt durch das mittlerweile dunkle Zürich, wies Herrmann Eva und ihre Eltern auf Sehenswürdigkeiten der Stadt hin. Er wandte sich dabei vor allem an Martha und Eva, da Jacob ja schon ein paar Mal in Zürich gewesen und wahrscheinlich schon in den Genuss von Herrmanns Stadtführungen gekommen war.

»Morgen zeige ich euch dann die Stadt bei Tageslicht und natürlich vor allem den See.« Er machte eine Pause. »Der Zürichsee mit den Bergen in der Ferne ist etwas vom Schönsten. Glaubt mir, es wird euch gefallen.«

Bei so viel Euphorie über die eigene Stadt fühlte sich Eva richtig heimatlos. Müde vom langen aufregenden Tag, hätte sie am liebsten geschlafen. Sie war jedoch zu aufgewühlt, um sich durch das Schaukeln des Taxis in einen Schlaf wiegen lassen zu können. Sie fühlte sich mehr denn je entwurzelt und konnte kein Licht am Tunnel dieser unbestimmten Reise sehen.

Das Knallen einer Autotür ließ Eva hochschrecken. Sie musste doch eingenickt sein. Sie waren angekommen. Ihr

Vater, Herrmann Wuest und der Taxifahrer schleppten die Koffer zu einem Hauseingang. Das Licht der Straßenlaterne beleuchtete eine breite, mit Quadersteinen eingefasste und mit Holzranken verzierte Tür. Herrmann öffnete und sie konnte in ein gediegenes Treppenhaus sehen.

»Eva, wir sind da«, sagte ihre Mutter und hielt ihr die Hand hin. »Komm, wir gehen rein.«

Im obersten Stock wurden sie von einer zierlichen kleinen Frau in Empfang genommen.

»Herzlich willkommen in Zürich! Treten Sie ein, bitte.«

Sie trat auf die beiden zu und nahm Evas Hände in ihre und schaute Eva mit ihren erstaunlich hellblauen Augen freundlich an.

»Ach, Sie haben sich schon bekannt gemacht!« Herrmann kam mit Jacob aus einem der hinteren Zimmer. »Das ist meine Frau Clara, auch eine waschechte Frankfurterin.«

Clara lachte. »Bitte, treten Sie ein. Sie müssen bestimmt hungrig sein. Ich habe ein paar Kanapees vorbereitet.«

Eva setzte sich an den großen runden Tisch und schaute sich um. Das Zimmer war ausgesprochen nobel eingerichtet. Die eben erwähnten Kanapees erwiesen sich als kleine belegte Brötchen. Clara reichte Eva das Tablett und lächelte sie an.

Während die Erwachsenen sich unterhielten und den morgigen Tag planten, überlegte Eva, wo Herrmanns und Claras Kinder waren. Hatten sie keine oder waren sie schon im Bett? Vom Alter ihrer Gastgeber her schien das wenig wahrscheinlich, Herrmann war so alt wie ihr Vater und Clara älter als ihre Mutter. Eva schwirrte der Kopf, sie war sehr müde.

Clara war das nicht entgangen.

»Ich glaube, die junge Dame scheint müde zu sein.«

Nun erhoben sich alle hektisch, und Clara zeigte Eva ihr Zimmer.

»Ich hoffe, es gefällt dir. Ich habe extra noch von meiner Nachbarin von unten ein paar Bücher für junge Mädchen geholt. Wir haben zwar die ganze Wohnung mit Büchern voll, aber die interessieren sicher nur Professoren wie deinen Vater und Herrmann.«

Sie zeigte auf ein Regal, das direkt neben dem Bett stand. Das Zimmer war klein, aber gemütlich. Am besten gefiel Eva die kleine rosafarbene Glaslampe, die über dem Nachttisch von der Decke hing. Sie war in der Form einer Blüte gegossen und tauchte den Raum in ein gemütliches Licht. Hier würde sie wunderbar lesen können.

»Es gefällt mir sehr, danke.« Die Stimme versagte ihr und sie schaute zu Boden. Das war nun ihr neues Zuhause. Jetzt gab es kein Zurück mehr. Claras Hand legte sich auf ihre Schulter.

»Das ist alles nicht so einfach für dich, ich weiß, Eva. Ich verstehe sehr gut, was in dir vorgeht.« Ihre Stimme klang so ruhig.

Eva war nicht imstande, mehr zu sagen als: »Danke.«

Clara nickte ihr zu, dann verließ sie das Zimmer.

Das Aufwachen an einem neuen fremden Ort ist etwas Besonderes. Bevor man die Augen öffnet, umgibt einen die neue Umgebung schon mit unbekannten Gerüchen, Geräuschen und der Neugierde, den Ort, an dem man gestern Abend einschlief, bei Tageslicht sehen zu können. Eva nahm mit Erstaunen wahr, dass »ihr« kleines Zimmer bei Tage viel größer wirkte. Sonnenlicht drang durch die hellen Vorhänge. Sie sprang aus ihrem Bett und zog sie zurück, um einen Blick aus dem Fenster werfen zu können. Sie sah eine Straße und in einiger Entfernung ein Haus. Aus der Küche hörte sie Tellerklappern und das durchdringende Pfeifen eines Wasserkessels.

»Guten Morgen, du Schlafmütze.« Martha umarmte sie, als sie eintrat.

»Und, Eva, hast du gut geschlafen in deinem neuen Reich?«, wollte Clara wissen.

»So tief wie lange nicht.«

»Dann bist du jetzt bestimmt hungrig. Greif zu.« Clara deutete auf den bereits üppig gedeckten Frühstückstisch und wies ihr einen Stuhl zu. Sie reichte ihr den Brotkorb. »Ich habe heiße Schokolade für dich gemacht. Schau mal, diese Hörnchen nennt man ›Gipfeli‹, die dürfen in der Schweiz am Wochenende auf keinem Frühstückstisch fehlen. Jetzt frühstücken wir erst einmal in aller Ruhe. Die Herren sind bereits an der Uni.«

Eva nahm ein Gipfeli und biss in das Gebäck. Es war weich und bröselig, und sie mochte den durchdringenden Buttergeschmack.

Während sie aß, beobachtete sie Clara und ihre Mutter. Die beiden Frauen schienen sich gut zu verstehen. Sie plauderten so vertraut, als würden sie sich schon lange kennen.

Eva trank ihre heiße Schokolade und aß noch eines von den köstlichen Gipfeli.

Sie fühlte sich wohl hier. Doch sie würden nicht hierbleiben können. Bisher hatte Eva immer getan, was man ihr sagte, ohne es zu hinterfragen. Sie vertraute ihren Eltern und war überzeugt, dass sie für sie nur das Beste wollten. Doch auf einmal schossen ihr zahllose Fragen durch den Kopf, und sie fühlte sich mit einem Mal nicht wahrgenommen. Herrmann Wuest hatte gestern von einer Schule gesprochen. Sie wollte hier nicht zur Schule gehen – alles war viel zu fremd. Warum konnte sie nicht mehr wie jeden Morgen ihren gewohnten Schulweg gehen, die endlosen Kastanienalleen entlang. In der Erinnerung sah sie die beschmierten Schaufenster jüdischer Läden und die grölenden SA-Männer vor sich. Sie erschrak. Wie konnte sie jene Unsicherheit gegen die hier herrschende Sicherheit eintauschen wollen, nur weil sie sich fremd fühlte?

In dieses Gedankenwirrwarr drang Claras Stimme.

»Eva, hast du Lust, mit mir und deiner Mutter zusammen Zürich zu erkunden? Wir wollen uns zu Mittag mit deinem Vater und Herrmann in einem Restaurant am See treffen. Zuvor möchte ich euch ein paar schöne Stellen Zürichs zeigen.« Beide Frauen schauten sie erwartungsvoll an.

Eva war froh über diese Ablenkung. »Ja, gerne. Ich bin doch schon so gespannt.«

Kurze Zeit später waren sie alle für den Ausgang bereit. Martha in ihrem schicken blauen Kostüm, auf dem Kopf den unverzichtbaren Hut und am Arm ein kleines schwarzes Täschchen, sah elegant aus. Clara trug ebenfalls einen eng geschnittenen Rock, der bis zur Wade reichte, und eine taillierte Jacke. Die Kleidung unterstrich ihre feine Statur. Sie hatte auf den Hut verzichtet und stattdessen ihr blondes Haar besonders kunstvoll um den Kopf geflochten.

Auf der Rämistraße teilten sich Straßenbahn und Autoverkehr die Fahrbahn. Die drei Frauen gingen Richtung Innenstadt. Clara führte sie durch verschlungene Gässchen und über kleine Plätze, und auf einmal gaben die Häuser den Blick auf einen See frei. Er breitete sich vor ihnen wie eine glitzernde Schärpe aus, eingefasst auf beiden Seiten von sanft ansteigenden Hügeln.

»Das ist das ›Bellevue‹, und es trägt seinen Namen zurecht.«

Martha und Eva betrachteten stumm diesen wunderschönen See.

Nach einer Weile ergriff Martha Claras Hand. »Ach, Clara, wie unendlich dankbar ich Ihnen und Ihrem Mann bin, kann ich nicht in Worte fassen. Es erscheint mir so unwirklich, dass uns hier nichts mehr geschehen kann.«

Eva sah Tränen in den Augen ihrer Mutter glitzern. Martha senkte den Kopf. Sie ging ein paar Schritte zum Ufer des Sees, um der Mutter die Situation zu erleichtern.

Möwen kreisten über dem See, und im Wasser paddelnde Schwäne erhofften sich von den Promenierenden ein paar Happen. Eva durchsuchte ihre Manteltaschen, die nichts weiter als Stofffusseln enthielten. Auf einmal standen Martha und Clara neben ihr, und Clara drückte Eva eine kleine Tüte mit Brotkrumen in die Hand.

»Die stecke ich mir immer in die Handtasche. Ich liebe es, diese wunderschönen Tiere zu füttern.«

Eva streute ein paar Bröckchen ins Wasser. Die zuvor noch ruhigen Schwäne, die nur mal ganz lässig mit einer ihrer großen Füße einen Stoß machten, wurden nun plötzlich hektisch und schlugen aufgeregt mit ihren Flügeln, um die Krümel zu ergattern. Doch sie bekamen vom Himmel Konkurrenz. Die Möwen schossen im Sturzflug herab. Der Kampf ums Futter war voll entbrannt. Fasziniert schauten die Frauen dem Treiben zu. Nachdem die Tüte leer war, spazierten sie weiter am See entlang. Die Wolken rissen auf und gaben den Blick auf die Alpen frei. Schon verschneit, ganz nah und doch weit entfernt, erschienen sie den Betrachtern.

»Na, habe ich euch zu viel versprochen?«, unterbrach sie eine bekannte Stimme in ihrer Bewunderung. Lachend kamen Herrmann Wuest und Jacob auf sie zu.

»Nein, nicht im Geringsten«, antwortete Evas Mutter mit leuchtenden Augen.

Gemeinsam wanderten sie noch ein Stück an der Uferpromenade entlang, bevor Herrmann sie zu einem Restaurant führte, wo er ihnen einen Fensterplatz mit Blick auf den See sicherte.

Jacob schien in diesen paar Stunden, um Jahre jünger geworden zu sein. Er bestellte sein Essen in bester Laune und konnte es kaum abwarten, bis der Kellner den Tisch verließ, um den Frauen seine Neuigkeiten zu erzählen.

»Ich habe heute andere wichtige Mitstreiter von Herrmann kennengelernt. Solche, die auch bei der von Herrmann initiierten ›Notgemeinschaft für deutsche Wissenschaftler im Ausland‹ mitarbeiten. Ich bin nun offiziell in deren Liste aufgenommen worden.«

Er wirkte auf Eva so glücklich, als sei er schon Inhaber eines neuen Lehrstuhls. Eva konnte seine Begeisterung nicht verstehen. Eine Liste war geduldig.

Herrmann klopfte anerkennend auf Jacobs Schulter und verkündete: »Bei deinen beruflichen Qualifikationen sehe ich keine Probleme.«

»Jetzt gehen wir Schritt für Schritt weiter. Als Nächstes schauen wir uns die Schule für Eva an, dann suchen wir bei mir im Büro einen schönen Arbeitsplatz für dich, Jacob, und dann müssen wir nur noch abwarten, was die ›Notgemeinschaft‹ für dich findet. Aber keine Angst, langweilen wirst du dich nicht.« Er hob seinen Zeigefinger: »Du wirst meine unzähligen Promovenden betreuen.«

Eva sah aus den Augenwinkeln den gesenkten Kopf ihrer Mutter. Herrmann wandte sich an sie: »Sie, Martha, werden die Privatsekretärin meiner Frau.« Er schaute befriedigt in die Runde. Eva war angesichts der zufriedenen Gesichter ihrer Eltern glücklich.

Davos 1965

Das durchdringende Krächzen einer Bergdohle riss Eva aus ihren Gedanken. Es schneite nach wie vor. Sie stapfte immer schneller durch den Schnee. Dann blieb sie abrupt stehen. War es richtig, hierherzukommen und diesen einen Menschen wiederzusehen? Sie atmete tief durch. Ja, es musste sein.

Vorsichtig ging sie über die bereits zugeschneite Terrasse. Der Holzboden unter dem Schnee war zu einer Rutschbahn geworden. Dass die Stühle an den massiven Holztischen lehnten, verriet ihr, dass heute schon jemand hier gewesen war. Evas Herz pochte laut, ihre Ohren dröhnten, und sie musste innehalten. Die Höhe ist schuld, dachte sie, wohl wissend, dass es nicht so war. Sie gab sich einen Ruck und ging die letzten Schritte bis zur Tür, drückte die eiserne Klinke herunter. Erschrocken, dass sie nachgab, und fast schon wieder bereuend, trat sie in den dunklen Vorflur. Von drinnen war nichts zu hören. Durch die Glasscheiben einer Tür am Ende des Flurs drang Lampenlicht herein. Jemand war da. Es gab kein Zurück mehr. Sie klopfte zaghaft an die Tür und wartete ab. Niemand reagierte, und sie klopfte energischer, erneut erfolglos. Eva öffnete die Tür und trat in die Gaststube. Sogleich umgab sie dieser unverkennbare süßliche Geruch des Arvenholzes. Wie konnte sie das vergessen haben? Aber genau das war geschehen, sie hatte ihn am anderen Ende der Welt, in New York, auf ihren hektischen Dienstreisen, in ihren kurzen Urlauben vergessen. Sie zog das intensive Aroma dieses Holzes wie eine Süchtige ein und genoss es.

»Wir haben noch geschlossen.«

Abrupt drehte sie sich um und blickte geradewegs in seine Augen. Es war Erich. Sie hätte ihn immer wieder erkannt. Sie wollte etwas sagen, aber ihre Stimme versagte.

»Hallo, Sie, wir haben noch zu«, wiederholte Erich. Seine Stimme. Diese warme, melodiöse Klangfärbung, deren Erinnerung sie so lange in sich getragen hatte. Sie konnte immer noch nichts sagen, ging stattdessen langsam auf ihn zu und hielt seinen Blick fest. An seiner Miene sah sie, wie er versuchte, diese Frau, die nichts sagte, einzuschätzen. Wer mochte sie sein? Wer war sie, was wollte sie? Eine verirrte Wanderin vielleicht, die vom plötzlichen Wintereinbruch überrascht worden war?

Eva stammelte: »Erich, ich bin es, Eva. Eva Rubin ... «

Er erstarrte bei ihren Worten. Sie spürte, was er dachte. Wie konnte es sein, dass sie hier vor ihm stand? Vielleicht hatte er sich diesen Moment in den vergangenen Jahren in seinen Träumen herbeigesehnt?

Er ging einen Schritt auf sie zu. Nun waren sie nur noch eine Handbreit voneinander entfernt. Erich strich mit seiner Hand langsam und zart Evas Wangenknochen nach.

»Ja, Eva, du bist es wirklich.« Er schloss sie in seine Arme. Sie vergrub ihr Gesicht an seiner Schulter, sie hatte nicht vergessen, wie groß er war, aber er schien ihr stärker als damals. Ein Schluchzen bahnte sich seinen Weg durch ihre Kehle. Erich strich ihr durchs Haar.

Sie konnte sich nicht beruhigen. Langsam sank sie auf die Knie, kauerte auf dem Boden, der nach frischem Bohnerwachs roch, und weinte und weinte. Sie hatte das Weinen nicht zugelassen, als sie die Hütte vor über 27 Jahren verlassen musste, als sie die Schweiz verließ, um nach New York zu fahren. Doch jetzt drang es wie aus einem gebrochenen Damm aus ihr hervor. Erich kniete sich neben sie und half ihr, sich auf einen Stuhl zu setzen. Er legte seinen Kopf in ihren Schoß. Sie neigte sich vor und verbarg ihr Gesicht in seinem Haar. Endlos schien es, dass Eva mit Erich verschlungen in der verlassenen Gaststube saß. Mit ihren Gedanken bei ihm, diesem Menschen, den sie all die Jahre nicht vergessen konnte, der irgendwie immer zugegen, aber doch nicht da war.

Sie wusste nicht mehr, wie lange sie so dagesessen hatten, aber irgendwann erhob sich Erich.

»Ich kann es nicht glauben. Ich habe nach dir gesucht, Gott weiß, wie viele Suchkarteien vom Roten Kreuz ich ausgefüllt habe, um dich zu finden. Meine einzige Information war, dass ihr nach New York gehen wolltet. Aber ich kannte nicht mal deine Adresse in Zürich. Wir wussten eigentlich nichts voneinander, außer, dass ... « Er stockte und schaute sie hilflos an. Ja, sie hatten nichts voneinander gewusst, außer, dass sie sich heillos ineinander verliebt hatten. Er zog sie vom Stuhl hoch und nahm sie in die Arme. Diesmal drückte er sie so stark an sich, dass sie glaubte, keine Luft mehr zu bekommen.

»Ich habe dich gesucht. Manchmal dachte ich schon, dass du auch im KZ umgekommen bist und ... « Seine Stimme versagte. Sein Weinen empfand sie als Erlösung. Wärme breitete sich in ihrem Körper aus. Sie hätte diesen Augenblick so gern festgehalten. Er nahm ihren Kopf in seine Hände und küsste sie. Er küsste anders als in ihrer Erinnerung. Damals waren sie zwei junge Menschen gewesen, die ihr ganzes Leben noch vor sich hatten. Die ungestüm der Zukunft entgegenfieberten, die gemeinsam Pläne schmiedeten – obwohl die Welt um sie herum sich von ihrer düstersten Seite zeigte. Die dachten, das wäre die Liebe für immer. Aber sie hatten sich verändert. Sie waren erwachsen geworden, hatten ohne einander gelebt und sich – zumindest was Eva betraf – zwischenzeitlich in andere Menschen verliebt. Trotzdem sagte ihr dieser Kuss, dass auch Erich das Gefühl der ersten Liebe nicht vergessen hatte.

Erich schob sie ein Stück von sich weg und betrachtete sie, als wolle er sich vergewissern, dass sie es wirklich war.

»Ich weiß nicht, ob ich dich auf der Straße wiedererkannt hätte.«

»Weshalb? Habe ich mich so verändert?«

»Vor meinem inneren Auge sehe ich immer noch die kleine Eva, die mir in vielem so überlegen war und mich vom ersten Tag an in ihren Bann gezogen hatte, dass ich mich nicht wiedererkannte. Du warst so … unbeschreiblich. So wütend, und du stelltest viele Fragen, die niemand dir beantworten konnte. Du warst ganz anders als die Mädchen, die ich bis dahin kennengelernt hatte. Du schienst aber auch so traurig, deine Augen waren voller Melancholie, ein Geheimnis umgab dich, das mich anzog, um es zu ergründen. Und … «, er unterbrach und zog Eva nah an sich. »Du warst so schön. Ich liebte deine Haare.«

Eva musste lachen. Ja, ihre Haare hatte er von Anfang an bewundert. Sie sollte sie nicht hochstecken oder flechten, sondern immer offen tragen, hatte er sich gewünscht.

»Ich hätte dich immer wiedererkannt. Du bist immer noch der von der Natur verwöhnte junge Mann mit seinen wirren blonden Haaren. Du warst damals für mich der Inbegriff von Kraft, Lebensfreude und Optimismus. Etwas, das ich nicht mehr kannte.«

Erich musste bei der Beschreibung schmunzeln. »Wie schön, dass du mich so siehst. Ach, Eva, wieso hast du mich so lange auf dich warten lassen?«

Sie löste sich von ihm, ging zum Fenster und blickte in das Schneegestöber hinaus. Sie hörte wie er Gläser auf ein Tablett stellte und sich an einen der Tische setzte.

»Lass uns einen Grappa auf unser Wiedersehen trinken.« Eva trank den Schnaps mit einem Zug und legte ihr Gesicht auf ihre aufgestützten Hände. Erich schaute sie mit einem feinen Lächeln an. Es war dieses Lächeln, das Eva all die Jahre nicht vergessen konnte. Jetzt wusste sie es wieder. Ein unbeschreibliches Glücksgefühl, das sie meinte in dieser Hütte schon einmal empfunden zu haben, breitete sich in ihr aus.

»Du bist glücklich. Stimmt es?«

Sie nickte und streckte ihm ihre Hand über den Tisch. Er ergriff sie und küsste sie sanft.

»Wieso können wir das Glück nicht halten?«

Erich lachte. »Oh, wie ich deine Fragen vermisst habe.«

»Ich habe dich damals viel gefragt. Ich weiß.« Eva drückte seine Hand und seufzte.

Es gab nur zwei Männer in ihrem Leben, denen sie sich je offenbart hatte. Der eine saß vor ihr. Erich setzte sich neben sie und legte seinen Arm um ihre Schultern. Seine Wärme tat ihr gut. Ihre Fragen verschwanden. Er küsste sie auf die Wange. Sie drehte ihm ihr Gesicht zu und küsste ihn leidenschaftlich. Es erregte sie, auch wenn er ihr fremd geworden war. Nein, er war ihr nicht fremd. Die Gefühle hatte sie fast 30 Jahre mit sich herumgetragen. Lange hatte diese Erinnerung verhindert, dass sie sich auf einen anderen Mann wirklich einlassen konnte.

Sie schaute ihm in die Augen und sah dieses Verlangen, das sie damals verstörte, weil sie es so noch nie gesehen hatte. Jetzt hielt sie nichts mehr davon ab, seinem und ihrem Verlangen nachzukommen. Sie stand auf und zog ihn mit sich. Wie selbstverständlich gingen sie zur hinteren Tür der Gaststube.

Sie wusste, wohin die führte. Jenseits einer schmalen hölzernen Treppe lagen die Privaträume der Familie Capun: eine kleine Stube und drei Schlafzimmer, eins für seine Eltern und die anderen beiden kleinen für seine jüngere Schwester und ihn. Das hinterste im Flur gehörte Erich, das mit dem Blick an die hinter der Hütte steil ansteigende Felswand. Im Zimmer wurde es durch den Schatten der steinernen Wand nie richtig hell. Sie hatte es damals über alles geliebt, weil es ihr das Gefühl von Geborgenheit gab. Er öffnete die Tür und schob sie nach drinnen. Ihr blieb keine Zeit, sich umzuschauen. Seine Hände waren überall, und sie ließ sich mitreißen. Er schälte sie aus ihrem Mantel, sie zog ihm seinen dicken Pullover über den Kopf und streifte gleichzeitig ihre nassen Schuhe von den Füßen. Sie ließen sich langsam auf sein Bett fallen und liebkosten und küssten sich. Eva hielt Erich fest umschlungen, nur um sicher zu sein, dass es wirklich dieser so schmerzlich vermisste Mensch war.

Für Eva wurde nach all diesen Jahren der Sehnsucht, etwas, was damals in ihren Jugendjahren nicht sein durfte und unbefriedigt blieb, zu Ende gebracht. Sie wusste nicht, dass sie zu einer solchen Leidenschaft fähig war. Erich war damals der junge rücksichtsvolle Liebhaber und jetzt war er für sie der Mann, dem sie sich bedingungslos hingab. Sie liebten sich, lagen erschöpft nebeneinander, schauten sich an und ließen ihre Hände bereits wieder über den Körper des anderen gleiten. Es fühlte sich so vertraut an.

Es war mittlerweile dunkel geworden. Sie konnte seine Konturen nur noch schwach erkennen. Erich stand auf, zündete eine Kerze an und stellte sie auf die kleine Kommode, die neben dem fast den ganzen Raum einnehmenden Bett stand. Eva blickte sich im Zimmer um.

»Es hat sich nicht viel verändert. Nur das Bett ist größer geworden«, sagte Erich auf ihren Blick hin.

»Ich bin glücklich, dass es fast noch so aussieht wie damals. Es lässt mich die dazwischenliegenden Jahre auf wundersame Art und Weise vergessen. Ich war so froh, als ich sah, dass du immer noch dieses Zimmer bewohnst.«

Er küsste sie und streichelte ihr Haar.

»Ich weiß nicht, weshalb ich immer noch in dieser Dunkelkammer wohne. Ich hätte schon längst in das Zimmer meiner Eltern oder in das Wohnzimmer ziehen können. Das mit dem wunderschönen Blick ins Tal, den du immer heimlich mit mir bewundert hast.«

Sie konnte sich gut an diese Momente erinnern. Wie sie schon im dunklen Flur den Lichtstrahl unter dem Türspalt wahrgenommen hatte. Nach dem Öffnen der Tür fühlte sie sich wie auf einer Panoramaterrasse. Die eine ganze Zimmerseite einnehmenden Fenster gaben einen atemberaubenden Blick auf die gegenüberliegenden Berge frei.

Eva fischte nach ihrem Mantel, der achtlos auf dem Boden zwischen ihren anderen Kleidern lag. Sie zog aus der Manteltasche ihre Pall Mall, zündete sich umständlich eine Zigarette an der Kerze an und kuschelte sich dann genüsslich wieder zurück zwischen die Kissen. In langen Zügen stieß sie den Qualm aus und schaute den Rauchschwaden nach.

»Eva raucht, wer hätte das je gedacht.«

Eva schaute ihn amüsiert von der Seite an. »Das ist wohl ein Laster, das ich nicht mehr ablegen werde.«

Sie nahm seine Hand und küsste die Innenfläche.

»Ich frage mich die ganze Zeit, warum du nach all den Jahren immer noch hier wohnst. Vielleicht bist du nicht umgezogen, weil du auf mich gewartet hast. Erich, ich habe immer auf dich gewartet.« Sie zögerte und dachte: Habe ich wirklich die letzten Jahre, in denen ich mit Paul zusammen war, auf ihn gewartet? Sie war nicht ehrlich gewesen. Sie hätte sich längst nach ihm in Davos erkundigen können.

Erich erwiderte: »Wir waren noch so jung und haben uns immer wieder gesagt, dass man nicht mit 17 oder 18 die Liebe seines Lebens finden kann, dass es da noch was geben muss. Ich bin bis zum Ende dieser Erde, bis nach Australien, gegangen, um wieder eine Eva zu finden.«

»Und hast du sie gefunden?«, fragte sie ihn neckend. Sie hoffte zutiefst, dass er ›Nein‹ sagen würde. Er schaute sie verzweifelt an, und sein Blick bestätigte ihre Hoffnung. Sie seufzte befriedigt und zog an ihrer Zigarette.

Kurze Zeit später saßen sie unten in der Gaststube und aßen das von Erich zubereitete Mahl. Eva hatte schon lange keinen solchen Hunger mehr gehabt.

»Soll ich dir noch ein Spiegelei braten?«, fragte Erich. »Du musst mehr essen, Eva, du bist zu dünn.«

Sie erschrak bei seinen Worten. Sie hätte sich eher als schlank bezeichnet. Aber es stimmte, sie musste sich zum Essen immer wieder ermahnen, sie war zu ruhelos. Diese Freude am Genuss war ihr schon lange abhandengekommen. Wie so vieles in den vergangenen Jahren, dachte sie wehmütig. Wie hatte sie nur so leben können? Es gab nur ihre Tochter, immer wieder ihren Beruf, ihre Ersatzleidenschaft, wie sie sich jetzt eingestehen musste, und ihre Eltern. Sie war bislang durch ihr Leben gerannt. Mit 24 Jahren das Studium erfolgreich abgeschlossen, mit 27 Jahren Mutter und verheiratet, mit 28 bereits wieder geschieden, mit 30 promoviert, mit 35 habilitiert und mit nun 44 Jahren Lehrstuhlinhaberin an der Johann Wolfgang Goethe-Universität in Frankfurt.

Sie nickte Erich dankbar zu. Er verschwand wieder in der Küche, doch schon diesen kurzen Moment der Abwesenheit konnte sie nicht ertragen und folgte ihm. Sie beobachtete ihn, wie er zwei Eier sorgfältig an der Kante der Bratpfanne aufschlug und sie dann in die Pfanne gleiten ließ. Seine Hände waren die eines Mannes, der sein ganzes Leben körperlich gearbeitet hatte.

Die letzten Stunden erschienen ihr auf einmal wie ein Rausch. Sie hatte zum ersten Mal ihren Kopf ausgeschaltet, sie hatte sich diesem Mann mit ihrem ganzen Körper hingegeben, so, wie sie es sich in ihren kühnsten Träumen nie hatte vorstellen können. Und nun kam sie langsam zu sich. Sie beobachtete all seine geübten Handbewegungen, nahm die Ruhe, die von ihm ausging, wahr und versuchte, sich ihn wieder als den schlaksigen jungen Mann zu vergegenwärtigen, der er damals gewesen war. Er war so anders als andere Jungen. Sein unbegrenzter Optimismus, seine ansteckende Heiterkeit waren für sie wie eine Tür zu einer anderen Welt. Gleichzeitig war er ihr gegenüber so unendlich zart, lieb und fürsorglich. Sie war sehr schüchtern gewesen und hatte sich in ihn verliebt, bevor sie wusste, was dieses Gefühl bedeutete. Er hatte es ihr sagen müssen. Eva war damals in dem Bewusstsein in die Hütte gekommen, nichts wert zu sein. Sie wollte keinem zur Last werden und bloß nicht auffallen. Wie war es möglich, dass er sie überhaupt wahrgenommen hatte?

Zürich 1935/1936

Jacob hatte, kurz nachdem sie in Zürich angekommen waren, einen Antrag auf einen befristeten Aufenthalt gestellt. Sie hatten noch keine Zusage, als bereits der Brief der Schulbehörde eintraf. Eva hatte sich im Gymnasium »Hohe Promenade« vorzustellen, das sich fußläufig zur Wohnung der Wuests befand.

Sie schlief die Nacht vor ihrem ersten Schultag unruhig, wurde von immer wiederkehrenden Albträumen gequält. Als ihre Mutter sie am nächsten Tag weckte, fühlte sie sich unfähig aufzustehen, so hundemüde war sie. Martha zog energisch die Vorhänge zurück.

»Nun aber auf, Evalein. Wir wollen doch nicht an deinem ersten Schultag zu spät kommen? In zehn Minuten gibt es Frühstück, bitte sei pünktlich.«

Am liebsten wäre Eva wieder unter ihrer Decke verschwunden. Sie hatte Angst, etwas falsch zu machen, sie fürchtete sich vor den anderen Kindern, vor den neuen Lehrern. Vielleicht würde sie sich lächerlich machen, weil sie kein Schwyzerdütsch sprach, weil sie ein Flüchtling war, weil sie Jüdin war. Niemandem konnte sie diese Ängste anvertrauen. Nicht ihren Eltern, die sich schon genug sorgten, und erst recht nicht Herrmann und Clara Wuest. Sie wollte niemanden mit ihren kindischen Empfindungen belasten. Ihre Kümmernisse schienen ihr unwichtig im Vergleich zu den Sorgen ihrer Eltern und denen aller jüdischen Flücht-linge.

In Frankfurt war sie beliebt gewesen, auch wenn sie nicht so offenherzig auf andere zugehen konnte wie ihre Mutter. Eine Freundin hatte ihr damals gesagt, bevor die große Judenverachtung losging: »Man kann sich immer auf dich verlassen. Du hast für jeden Kummer ein offenes Ohr und bleibst immer so ruhig.«

Sie wusste, dass sie diese Art von ihrem Vater geerbt hatte, im Gegensatz zu ihrer lustigen, impulsiven Mutter, die nie ganz in dieser Welt zu leben schien und gern träumte.

Eine halbe Stunde später gingen sie eilig die Rämistraße in Richtung des Bellevues hinunter. Nebel verhüllte den See und die Berge. Die Schule lag ein wenig oberhalb der Rämistraße. Eva beobachtete die Menschen, Erwachsene liefen gehetzt zu ihren Arbeitsstätten, Kinder gingen mit Ranzen auf dem Rücken zur Schule und allen war gemein-sam, dass sie ihre Mienen dem tristen Wetter angepasst hatten. Niemandem schien diese Witterung zu gefallen. Nur Eva, die Nebel liebte, hätte sich jetzt gerne die Zeit ge-nommen und wäre weiter zum Bellevue gegangen, um die Schwäne zu füttern.

Doch sie waren schon fast an der Schule angekommen. Das Gebäude schien schon durch die strenge Bauweise den Schülern die Ernsthaftigkeit, die sich hinter diesen Mauern abspielte, vermitteln zu wollen. Graue große Quaderklötze, die sich nach oben hin optisch verjüngten, türmten sich vor Eva auf. Ihre Vorahnungen schienen sich zu erfüllen. Der Schulhof wurde von einem hohen Eisenzaun begrenzt.

Weder Bäume noch Sträucher nahmen dem Gebäude die Strenge. Der Hof war beinahe vollkommen leer, nur am anderen Ende harkte ein älterer Mann in Arbeitskleidung Laub.

Martha erklomm zielstrebig die breite Treppe und öffnete die Tür zu diesem Furcht einflößenden Tempel des Wissens. Es war totenstill, Eva vernahm keinen Laut aus den Klassenzimmern. Nur ihre klappernden Schuhabsätze waren in der Stille erschreckend laut zu hören. Ihre Mutter schien der Lärm, den sie verursachte, nicht zu stören. Sie ging entschlossen den Flur entlang bis zu einer Tür, auf der ein weißes Emaille-Schild »Schulrektor« angebracht war. Sie schaute Eva an, nickte ihr aufmunternd zu und klopfte. Sogleich ertönte von drinnen eine Frauenstimme: »Herein, bitte.«

Martha öffnete die Tür, und eine Dame sah von den vor ihr liegenden Briefen auf.

»Ja, bitte?«

»Wir sind zu Herrn Direktor Odermatt bestellt. Rubin mein Name.« Martha kramte aus ihrer Lederhandtasche den Brief der Schule hervor.

»Ach, ja. Sie werden von Rektor Odermatt bereits erwartet.«

Mit der Betonung auf »Rektor« zeigte sie auf die gegenüberliegende Tür. Sie stand auf, klopfte zaghaft und hielt dabei ihr Ohr an die Tür. Schon diese Geste ließ Eva erahnen, was sie hinter dieser Tür erwartete, und das schroffe »Herein« bestätigte ihre Befürchtungen. Die Sekretärin öffnete die Tür und deutete Eva und ihrer Mutter an, dass sie eintreten durften.

»Das ist Frau Rubin mit Tochter, Herr Odermatt.«

»Aha, ja danke. Bitte eintreten.«

Martha schob Eva vor sich her in das Zimmer des Rektors. Hinter einem ausladenden Tisch saß ein übergewichtiger Mann, dessen grimmige Miene vermuten ließ, dass Lachen nicht zu seinem Repertoire gehörte.

»Eva Rubin, wenn ich recht annehme?«

Beide nickten und setzten sich auf die ihnen zugewiesenen Stühle.

Herr Odermatt räusperte sich: »Sie wird in die 8b gehen. Herr Moser wird ihr Klassenlehrer sein. Welche Fremdsprachen spricht sie?«

»Englisch, Latein und seit diesem Schuljahr auch Französisch.«

»Das ist nicht gut.«

»Weshalb? Eva hat eine Eins in Latein und Englisch und in Französisch eine Zwei.«

Dass Herr Odermatt sich über den Einwand der Mutter ärgerte, sah Eva an seinem noch finsterer werdenden Blick.

»Französisch ist bei uns die erste zu erlernende Fremdsprache. Wir sind ein Land, in dem drei Sprachen gesprochen werden. Von allen dreien müssen mindestens zwei in Wort und Schrift perfekt beherrscht werden. Nur so wird ein mehrsprachiges Land zusammengehalten, Frau Rubin. Die Mitschüler ihrer Tochter haben seit drei Jahren Französisch.«

»Eva ist eine gute Schülerin. Sie wird die möglichen Defizite aufholen, das verspreche ich Ihnen.«

»Sie müssen mir gar nichts versprechen, gute Frau. Sie müssen mir nur versprechen, dass nicht noch mehr von Ihrem ›auserwählten Volk‹ hier auftauchen.«

Martha lief rot an. Eva spürte, wie ihre Mutter sich zusammennahm, um dem unverschämten Kerl keine passende Antwort zu geben. Zweifellos wusste Martha, dass ein Aufbegehren die Situation nur verschlimmert hätte. Früher hätte ihre Mutter sich so etwas nicht bieten lassen. Die vergangenen Jahre hatten auch bei Martha ihre Spuren hinterlassen. Sie ertrug die Anfeindungen und teilte so das sich ständig verschlimmernde Schicksal von Tausenden von Juden, denen diese Welt nicht wohlgesonnen war.

Auch hier, dachte Eva, verfolgt uns diese Abneigung.

Was für ein Irrglaube, zu denken, dass hier in der Schweiz alles anders geworden wäre!

Auch in diesem Land gab es Menschen, die von den modernen Zeiten, der zunehmenden Industrialisierung, der Urbanisierung und dem sozialen Aufstieg durch Bildung, nicht profitieren konnten. Und schuld an dieser Misere waren, wie so oft in der Geschichte – die Juden!

»So, genug der Worte. Ich bringe Eva jetzt in ihre Klasse.« Damit erhob der Rektor sich.

Eva musste sich von ihrer Mutter an der Treppe verabschieden. Ihr Blick sprach Bände, aber Eva wusste, dass ihre Mutter ihr diesen Gang auch nicht abnehmen konnte.

Eva stieg schweren Herzens hinter Herrn Odermatt die Treppe hoch und folgte ihm bis zur letzten Tür. Der Rektor klopfte kurz und laut an, und trat ein, ohne eine Antwort abzuwarten. Vor der Tafel stand ein Mann mittleren Alters mit krausem Haar und einer runden Nickelbrille. Er schaute sie aufmerksam an. Die Klasse nutzte die kurze Störung, um durchzuatmen. Unruhe entstand.

Der Lehrer schlug mit seinem Zeigestock auf sein Pult und brüllte: »Ruhe!«

Augenblicklich trat Schweigen ein, und alle Schülerinnen starrten Eva an.

»Moser, hier ist der Neuzugang aus Frankfurt.« Der Rektor drehte sich auf dem Absatz um und schloss die Tür hinter sich.

Herr Moser musterte Eva wie bei einer Armeeinspektion. Sie fühlte sich unwohl und konnte nichts anderes tun, als die Blicke ihres neuen Lehrers und der Kinder über sich ergehen zu lassen.

»Aha, der Neuzugang aus Frankfurt. Name?«

Eva wurde rot und stotterte: »E-va Ru-bin.«

Die Klasse lachte schallend.

»Ruhe!«, schrie der Lehrer. Sein Stock durchschnitt pfeifend die Luft. »Also jüdisch!« Eva nickte und blickte zu Boden. »Du setzt dich da hinten neben Elisabeth.« Der Lehrer sagte es auf Schweizerdeutsch, aber Eva verstand und ging schnell zum angewiesenen Platz in der hinteren Reihe. Dort saß ein blondes Mädchen, das sie aufmerksam betrachtete, während Eva sich so leise wie möglich hinsetzte.

Herr Moser ging zur Tafel zurück und zeichnete mit Kreide Stellungen irgendwelcher Armeen ein. Dabei erklärte er langsam und eintönig eine Schlacht am Morgarten. Eva war klar: Das war Geschichtsunterricht, aber um was für eine Schlacht es sich handelte, wusste sie beileibe nicht. Ihre Sitznachbarin trug alles feinsäuberlich in ihr Heft ein. Eva entschied, es ihr gleichzutun und nahm ihr neues Heft hervor. Die Stunde zog sich endlos hin, und Eva schrieb und schrieb. Sie trug alle verwirrenden Tafelbilder ein und ließ auch keinen Satz der vorgetragenen Erläuterungen aus. Zu Recht, wie sich am Ende der Stunde herausstellte. Die Schulklingel schrillte, und Eva wollte wie die anderen Mädchen schon aufstehen, als Herr Moser kommandierte: »Eva, nach vorne!«

»Die Schlacht am Morgarten 1315 ist eine wichtige Schlacht in der Schweizer Geschichte. Erstmals wurde der Widerstandswille der alten Eidgenossen gegen die Habsburger mit Erfolg gekrönt«, dozierte Herr Moser. »Es ist die erste ›Freiheitsschlacht‹ der Eidgenossenschaft. Wir gedenken dieses Ereignisses jedes Jahr, und gerade in Zeiten wie diesen kann man nicht oft genug den Geist von Morgarten beschwören.« Er schaute sie streng durch seine Brille an.

»Ich werde dich in der nächsten Stunde über diese Schlacht abfragen, lege größten Wert auf Details, verstanden?« Eva nickte und wusste jetzt schon nichts mehr von dieser ominösen Schlacht. In ihrem bisherigen Geschichtsunterricht hatte die kleine, unbedeutende Schweiz keine Rolle gespielt.

Die Pause verbrachte Eva in einer Ecke des Schulhofs und beobachtete, wie die anderen Schülerinnen spielten, sich unterhielten, lachten und schubsten. Die Lehrer standen zusammen etwas abseits. Eva fühlte sich allein, traute sich aber auch nicht, zu den Mädchen aus ihrer Klasse zu gehen. Sie spürte die Blicke. Man flüsterte hinter vorgehaltener Hand, und Eva war sich sicher, dass sie das Thema war. Sie vergrub ihre Hände in ihren Manteltaschen und zerbröselte die Reste des Schwanenbrots. Sie war damit so beschäftigt, dass sie erst nach einem Moment wahrnahm, dass das blonde Mädchen, das neben ihr gesessen hatte, vor ihr stand.

Sie lächelte sie scheu an und hielt ihr die Hand hin: »Hallo, ich bin Elisabeth.«

Eva ergriff sie, ohne an die Brotkrümel zu denken. Elisabeth, klopfte sich die Rechte erstaunt an ihrem Mantel ab und lächelte breiter. Zu Evas Erstaunen holte Elisabeth aus ihrer Manteltasche eine kleine Papiertüte. Eva staunte: Es waren auch Brotkrumen! Sie begann zu lachen, und Elisabeth fiel ein. Als die Schulklingel wieder ertönte, gingen die beiden Mädchen Seite an Seite in das Schulgebäude hinein.

Die anderen Lehrer erwiesen sich als ebenso wortkarg und streng wie Herr Moser. Niemand war freundlich zu ihr oder erweckte den Eindruck, dass sie willkommen sei. Einzig die Begegnung mit Elisabeth war ein Lichtblick für Eva gewesen an diesem sonst so düsteren Tag. Er gab ihr Hoffnung, diese Schule überstehen zu können.

Als Eva die Wohnung der Wuests betrat, saßen die Erwachsenen im Salon bei Tee und Kuchen – Patisserie, wie man hier sagte.

Alle drehten sich zu ihr um und fragten wie aus einem Munde: »Wie war es?«

So viel Interesse hatte Eva nicht erwartet. Selbst an ihrem allerersten Schultag war diese Frage nicht so offen gestellt worden. Schule war für ein Kind Pflicht, egal, ob es einem gefiel. Aber jetzt war das anscheinend anders.

Eva wusste nicht, was sie sagen sollte.

Sie schaute in die erwartungsvollen Augen und antwortete schließlich: »Es ist anders als in Frankfurt. Irgendwie … «

»Strenger?«, fragte Herrmann.

Eva schüttelte den Kopf. »Nein, das kann man so nicht sagen. Bei uns waren die Lehrer auch streng. Ich weiß nicht, wie ich es ausdrücken soll.«

Eva konnte ihren Gastgebern nicht von der Feindseligkeit

und mangelnden Herzlichkeit, die sie in der Schule erlebt hatte, erzählen.

Herrmann kam ihr zu Hilfe: »Anders muss ja nicht schlecht heißen. Wir Schweizer sind halt verschieden von euch Deutschen. Gemütlicher und … «, er erhob seinen Zeigefinger und fuhr mit einem süffisanten Lächeln fort: »Und wir drücken uns manchmal nicht so geschliffen aus, wie ihr es könnt.«

Nun lachten alle und wandten sich wieder ihrem Tee und ihren Gesprächen zu. Eva war froh, dass sie damit entlassen war. Die Eltern, Herrmann und Clara wären bestimmt entsetzt gewesen, wenn sie geahnt hätten, was für eine Tortur Eva an diesem Tag hinter sich gebracht hatte.

Doch der erste Tag brachte Eva auch die Freundschaft zu Elisabeth. Elisabeth der große Seelentrost Evas. Eva wäre gerne wie Elisabeth gewesen. Klein, ein bisschen rundlich, blond und so richtig schweizerisch. Doch sie war das pure Gegenteil.

Schon nach kurzer Zeit fragte Elisabeth Eva, ob sie nicht am nächsten Tag nach der Schule zu ihr nach Hause kommen möchte. Eva war erstaunt über diese Einladung. Wusste Elisabeth denn nicht, dass sie Jüdin war? Natürlich wusste sie es. Die Lehrer, allen voran Rektor Odermatt, ließen keinen Tag vergehen, an dem sie nicht auf Evas Abstammung angespielt hätten. Sie war die Einzige in der Klasse, die jüdisch und auch noch deutsch war. Eva wusste manchmal selbst nicht, was schlimmer war.

Zu Hause erzählte Eva aufgeregt von der Einladung ihrer neuen Bekanntschaft. Jacob und Martha freuten sich für sie und ermunterten sie, hinzugehen. Wie lange war Eva nicht mehr bei einem befreundeten Mädchen eingeladen worden?

Martha seufzte: »Ach, wie bin ich froh, dass unser Kind endlich eine halbwegs normale Jugendzeit erleben darf.« Ihr Mann nickte. Sie saßen alleine im Wohnzimmer der Wuests. Jacob mit einem Buch auf dem Schoß und Martha mit einer Handarbeit vor sich liegend auf dem kleinen Salontisch.

»Denk doch nur an unsere Jugend zurück, Martha.«

»Ja, aber vergiss nicht die sechzehn Jahre Altersunterschied zwischen uns«, bemerkte Martha süffisant. »Deine Jugend fiel in die Jahrhundertwende, in eine Zeit des Aufbruchs, in eine Zeit, in der das Judentum zum aufstrebenden Bürgertum gehörte.«

»Aber das vergesse ich doch nicht, meine Liebe.« Er strich sich durch seine Haare und fuhr fort. »Wie enthusiastisch waren wir dem Fortschritt gegenüber. Nichts konnte uns aufhalten. Was für Zeiten waren das! Wir haben an die Allmacht der Naturwissenschaften geglaubt, materialistisches Wirtschaftsdenken hat uns geprägt. Natürlich zogen da religiöse Weltanschauungen den Kürzeren. Es war einfach altmodisch.«

»Ja, da hast du recht. Uns ging es damals gut.«

Jacob schaute gedankenverloren aus dem Fenster. »Juden konnten Offiziere im Ersten Weltkrieg werden und danach erstmals in höchste Staatsämter aufsteigen. Den Antisemitismus haben wir doch nur als Randerscheinung erlebt.«

»Ja, Jacob, das stimmt. Eigentlich waren die Zwanzigerjahre eine gute Zeit für Deutschland und auch für uns Juden.«

Jacob nickte und erhob sich, um ans Fenster zu treten.

»Und jetzt ist alles anders. Es reicht nicht mehr, dass man sich als Jude nicht zu erkennen gibt, dass man ein bürgerliches Leben führt, dass man vielleicht während des Ersten Weltkrieges miteinander auf dem Schlachtfeld gestanden hatte. Man ist Jude oder nicht. Dazwischen gibt es nichts. Schwarz und Weiß. Gut und Böse.« Jacob starrte auf die Handarbeit seiner Frau, die sie wieder in ihren Händen hielt.

Am darauffolgenden Tag gingen die beiden Mädchen nach der Schule zu Elisabeth nach Hause, die mitten im Niederdorf, der verschlungenen Altstadt Zürichs, wohnte. Elisabeths Vater hatte eine Bäckerei, mit ihren vier jüngeren Geschwistern musste sie viel zu Hause helfen. Sei es, auf die Geschwister aufzupassen, wenn die Mutter im Laden mithalf, oder sei es das Austragen von Brötchen für die feineren Herrschaften.

Elisabeth ging geradewegs auf ein schmales hohes Haus zu, in dessen Erdgeschoss sich die Bäckerei befand. Über dem Ladeneingang hing eine Brezel aus Kupfer, und auf der gläsernen Eingangstür stand in geschwungenen Lettern: »Bäckerei Künzli«.

Beim Eintreten in das Geschäft ertönte eine Klingel, die oben an der Tür befestigt war. Eine Frau mit weißer Rüschenschürze kam aus dem Hinterzimmer in den Laden. »Ach, du bist es, Elisabeth. Wieso kannst du nicht den Hauseingang benutzen?« Erst jetzt fiel der Blick der Frau auf Eva.

»Ach, herrje, dich habe ich ja gar nicht gesehen. Du musst Eva sein, von der Elisabeth nur noch erzählt. Grüezi, ich bin Elisabeths Mutter.« Sie kam mit energischen Schritten hinter der Ladentheke hervor und gab Eva die Hand. Elisabeths Mutter war eine kleine rundliche Frau, deren Haltung und Gesichtsausdruck Energie verrieten. Elisabeth griff in einen der Körbe und gab Eva ungefragt eine Semmel.

»Das ist unsere Spezialität, man nennt es ein ›Weggli‹.« Eva betrachtete das helle runde Brötchen, durch das sich in der Mitte eine Furche zog. Elisabeth forderte sie auf, es zu probieren. Eva biss in das Brötchen.

»Schmeckt sehr gut.«

Die Mutter lachte und meinte: »Was bleibt dir auch anderes übrig, du kannst sie nur gut finden.«

Elisabeth ging vor Eva in das Hinterzimmer, das eine Art Büro war, und deutete auf eine weiße Tür. »Dort ist die Backstube. Magst du mal reinschauen? Jetzt ist niemand da, mein Vater und die Gesellen schlafen alle noch.«

Eva war neugierig und blickte über Elisabeths Schultern in den Raum. Entlang der Wände standen mehrere große Backöfen, in der Mitte befanden sich große Arbeitstische, die zu dieser Tageszeit noch sauber und aufgeräumt waren. Von der Decke hingen allerlei Gerätschaften, die man für das Formen und Backen der Backwaren brauchte. Eva stellte sich vor, wie diese Backstube in einigen Stunden aussehen würde. Sie sah einen von Mehl eingestaubten Raum mit hektisch arbeitenden Bäckern, glühenden Öfen und sich füllenden Brotkörben.

Elisabeth schloss die Tür wieder, und sie stiegen eine steile Treppe hoch, die in die über der Bäckerei liegende Wohnung führte. Eva kam es vor, als betrete sie eine andere Welt. Der Flur war mit Schuhen aller Größen, Schultaschen, Einkaufstaschen, Jacken, Mützen und Handschuhen übersät. Elisabeth seufzte und stopfte alle herumliegenden Utensilien in einen großen Korb.

Die Schuhe schob sie mit ihrem Fuß zur Seite und meinte: »Ach, es ist immer dieselbe Leier mit diesen Gören. Immer muss man ihnen hinterherräumen. Hast du Geschwister?«

Eva verneinte und war im ersten Moment über die Frage erstaunt. Sie hatte sich noch nie Gedanken darüber gemacht, ein Einzelkind zu sein. Die meisten Familien in ihrem Bekanntenkreis hatten mehrere Kinder. Eva hatte es aber nie bedauert, keine Geschwister zu haben. Das war einfach so.

Von einem an den Flur angrenzenden Raum ertönte Lärm. Elisabeth schrie um Ruhe: »Der Vater schläft!«

Eva befürchtete, dass er durch ihr Brüllen erst recht geweckt worden war. Die Tür wurde aufgerissen, und zwei Jungen rannten polternd auf die beiden Mädchen zu. Elisabeth versuchte, sie zu bändigen. »Das sind Caspar und Melchior. Die schlimmsten ›Könige‹ nördlich der Alpen.« Sie griff den beiden in ihre wilden Haare und lachte. Elisabeths Brüder schienen eineiige Zwillinge zu sein, denn sie waren nicht voneinander zu unterscheiden. Sie streckten Elisabeth frech die Zunge heraus und rannten ins nächste Zimmer. Wie bei diesem Krach überhaupt der Gedanke an Schlaf möglich war, war Eva ein Rätsel. Elisabeth schüttelte nur den Kopf und meinte, dass sie vielleicht besser in ihr Zimmer gehen würden, weil sie die Rückkehr der Jungen befürchte und es dann mit der Ruhe wieder vorbei sei.

Sie führte Eva über den Flur, und sie stiegen eine noch steilere und schmalere Treppe hinauf. Der Vorraum war stockdunkel, und Elisabeth drehte am Lichtschalter. Eine an der Decke befestigte Lampe beleuchtete spärlich den kleinen Vorflur und ließ zwei Türen erkennen.

Elisabeth öffnete eine davon: »Mein kleines bescheidenes Reich.«

Sie ließ Eva in ihr Zimmer eintreten. Es war ein gewaltiger Kontrast zum Rest der Wohnung. Alles war penibel aufgeräumt, das Bett mit einer weißen Tagesdecke zugedeckt, auf dem unter dem Fenster stehenden Schreibtisch lagen geordnet Schulsachen, und eine Vase mit getrockneten Blumen zierte eine alte Kommode.

»Gefällt es dir?«

»Ja, es ist wunderschön.«

»Ich habe alles selbst ausgesucht. Das Bett ist von einer Tante meiner Mutter. Ich liebe diese altmodischen Dinge.« In der Tat schien das Bett aus dem letzten Jahrhundert zu stammen. Es glich ein wenig einem Schlitten mit seinem am Kopf- und Fußteil hochgezogenen Ende.

»Den Schreibtisch habe ich mir hart erkämpfen müssen.«

»Weshalb das denn?«

»Meine Eltern waren der Meinung, dass ich in meinem Zimmer keinen eigenen Schreibtisch brauche.«

»Aber wo solltest du denn deine Schulaufgaben machen?«, fragte Eva verständnislos.

»Na, ich sollte doch gar keine mehr machen müssen.«

»Das verstehe ich jetzt überhaupt nicht.«

Elisabeth musste lachen. »Das glaube ich dir. Weißt du, meine Eltern sind nicht so für Mädchen auf dem Gymnasium. Sie finden, dass das vergeudete Zeit ist.«

»Vergeudete Zeit?«

»Ja, weil wir Mädchen eh heiraten werden, und dann nützt uns dieser ganze Wissenskram nichts, sagen sie.

Dann müssen wir gut kochen, putzen, mit dem Geld des Mannes rechnen können und nicht schlaue Bücher lesen und uns in eine Welt flüchten, die es für uns nie geben wird.«

Eva schaute ihre Freundin erstaunt an.

Elisabeth schmunzelte ein wenig. »Das hast du wohl von deinen Eltern bestimmt nicht gehört?«

Eva nickte. »Eher das Gegenteil. Wir haben zu Hause noch nie darüber gesprochen, was ich mal machen werde. Es war klar, dass ich aufs Gymnasium gehe, Abitur mache und danach … « Sie stockte und blickte aus dem kleinen Sprossenfenster. »Und danach vielleicht studieren werde.« Sie hielt inne, weil ihr bewusst wurde, dass sie sich selbst keine Gedanken über ihre Zukunft gemacht hatte. In Frankfurt war sie zu jung gewesen, um sich mit solchen Themen zu beschäftigen. Und jetzt beschäftigte sie sich automatisch mehr mit der aktuellen Situation. Die Flucht aus Deutschland, das neuen Leben hier in Zürich und die ungewisse Zukunft der Familie, das waren die Dinge, die im Vordergrund standen.

Elisabeth bemerkte ihre niedergedrückte Stimmung und strich ihr sanft über den Arm. »Erzähl doch mal etwas über dein Leben in Frankfurt. Oder magst du nicht?«

Eva freute sich sehr, dass Elisabeth etwas über ihre Heimat erfahren wollte. Sie setzte sich auf das Bett und begann, zu berichten. Von der großen Stadt am Main mit den vielen schönen Gebäuden, ihrer alten Schule und natürlich über ihre Wohnung mit den hohen Platanen vor den Fenstern. Sie beschrieb minutiös die Einrichtung ihres Zimmers, weil sich Elisabeth so sehr dafür interessierte. Am Ende erzählte sie auch von ihren Großeltern und von ihren Tanten. Stockend schilderte sie die Besuche dort und das innige Verhältnis, das sie mit den Großeltern verband. »Aber du wirst sie doch wiedersehen?«, fragte Elisabeth. Eva senkte den Kopf. Leise sagte sie: »Ich weiß es nicht.«

»Was, du weißt es nicht?«

Eva wusste nicht, was sie ihr antworten sollte. Sie hatte keine Ahnung, ob sie die Großeltern je wiedersehen würde. Mit ihren Eltern konnte sie nicht darüber sprechen. Sie hatte aber an Jacobs und Marthas Mienen und ihren gelegentlichen Äußerungen erkannt, dass sich die Lage in Deutschland verschlechterte. Eva konnte nur hoffen.

»Ich weiß nicht, wann. Aber ich werde sie bestimmt wiedersehen«, sagte sie mehr zu sich selbst als zu Elisabeth.

Die beiden Mädchen saßen noch eine Weile auf Elisabeths Bett, erzählten und lachten. Später aßen sie unten in der Küche mit den Zwillingen und Elisabeths zwei Schwestern, Vreni und Ursel, »Zvieri«, eine Vesper, und spielten mit der kleinsten Schwester Vreni »Mensch ärgere dich nicht«. Vor Eintritt der Dunkelheit verabschiedete sich Eva.

Sie verließ das Bäckershaus ganz selig. Eva hatte an diesem Tag eine für sie ganz neue Welt erlebt. Es war eine so andere, als diejenige aus der sie kam. Eva empfand sie als nicht so vergeistigt wie die ihre. Elisabeths Eltern sorgten sich nicht um einen Hitler, sondern um den Brotpreis, um das eingenommene Tagesgeld und um den bevorstehenden Winter, in dem sie für ihre fünf Kinder Garderobe kaufen mussten. Zu Hause bei Elisabeth war es immer laut. Die jüngeren Geschwister schwirrten durchs Haus wie Hummeln, der Vater, der tags schlafen wollte, schrie aus dem Schlafzimmer, und die Mutter führte die Familie durch das Chaos mit einer Ruhe, dass man vor der Zukunft keine Angst haben musste.

Frohen Mutes ging Eva in Richtung Bellevue. Der See schimmerte grau an diesem kalten Dezemberabend, ein kalter Wind schlug Eva ins Gesicht, sie zog ihren Mantel enger um sich. Aber zum ersten Mal, seit sie in Zürich angekommen waren, hatte sie nicht das Gefühl, alle Menschen würden ihr ansehen, dass sie fremd war und nicht dazugehörte. Sie hatte nun eine Schweizer Freundin, und Elisabeth war für sie die Verbindung zur Welt der Menschen hier.

Der ganz normale Alltag der Familie Rubin wollte sich nur langsam einstellen.

Jacob verließ früh die Wohnung der Wuests, oft noch vor Herrmann, und ging zur Uni. Dort setzte er sich an den Schreibtisch in Herrmanns Vorzimmer, las Artikel durch, schrieb an seinen Publikationen, die wahrscheinlich nie veröffentlicht werden würden und half mit beim Redigieren von Promotionsarbeiten. In der Mittagspause fuhr er mit dem Tram auf den Zürichberg, um spazieren zu gehen und den Blick auf den See und die Berge genießen zu können. Er wollte einfach nur alleine sein und den mitleidigen Blicken der Kollegen Herrmanns ausweichen.

Martha ging, nachdem sie zusammen mit Clara den Haushalt erledigt hatte, meistens in die Stadt. Sie liebte es, durch die Gassen zu schlendern, einen Blick in die Auslagen der Schaufenster zu werfen, den Menschen bei ihrem geschäftigen Alltag zuzusehen. Anschließend kehrte sie in die Wohnung zurück, ging Claras Büroarbeit durch und beantwortete sie. Clara arbeitete im Opernhaus Zürich als Sekretärin des Veranstalters. Sie hatte eine klassische Pianisten-Ausbildung in Frankfurt durchlaufen, sprach sich aber selbst das nötige Talent für eine Musiker-Karriere ab und war so bei dem heillos überforderten Rudolf Keller an der Zürcher Oper gelandet, der für das Organisieren der zahllosen Aufführungen an der Spielstätte zuständig war. Im Grunde machte sie seine Arbeit, ließ ihn das aber auf elegante Art nicht spüren, sodass beide mit dieser Konstellation sehr zufrieden waren. Das Ganze hatte nur den Haken, dass Claras eigentliche Tätigkeit, die der Sekretärin, zu kurz kam und sie an manchen Tagen nicht wusste, wie sie mit ihrer Arbeit fertig werden sollte. Für sie kam Martha als rettender Engel, die ihr einen großen Teil der Büroarbeit abnahm.

Und Eva ging zur Schule, machte sich mit den Eigenarten des schweizerischen Schulsystems vertraut, kniete sich in die hiesige Geschichte, sodass die Schlacht am Morgarten für sie nicht länger ein Mysterium war, hatte die anfängliche von Herrn Odermatt so bemängelte Lücke im Französischen längst aufgeholt und versuchte, mit den Anspielungen auf ihre Rassenzugehörigkeit umzugehen, indem sie sie geflissentlich überhörte.

Dieser Zürcher Alltag gewann allmählich eine gewisse angenehme Vertrautheit, die Eva nicht wieder verlieren wollte.

Doch es gab auch Tage, an denen Eva und ihre Familie aus dem angenehmen Alltagsfluss herausgerissen wurden. So ein Tag war ein kalter Wintertag im Februar 1936.

Es hatte über Nacht geschneit. Der Blick aus dem Wohnzimmer der Wuests auf die weiß verschneiten Dächer, den tiefgrauen Himmel, der nur von senkrecht aus den Schornsteinen aufsteigenden Rauchwolken durchzogen wurde, ließ Evas Tag gut beginnen.

Schon vor dem Schultor bewarfen sich die Kinder mit Schneebällen. Es war, als ob jemand einen Startschuss abgegeben hätte. Der Hauswart positionierte sich vor der großen Eingangstür und überprüfte penibel, ob sich auch ja jede Schülerin vor dem Eintritt den Schnee von den Mänteln entfernt hatte. Ein Handfeger für die Schuhe stand ebenfalls zur Verfügung. Die Schlange der Wartenden wurde immer länger. Eva stellte sich in die Reihe, geriet durch den Schneebeschuss aber immer weiter nach hinten, bis sie sich am Ende der Schlange wiederfand. Sie traute sich nicht, sich vorzudrängeln. Von Weitem sah sie noch die knallrote Mütze Elisabeths im Innern des Gebäudes verschwinden. Die Schulklingel schrillte, die Schlange wurde kürzer, aber Eva war immer noch die Letzte. Endlich war sie an der Reihe und wollte den Handfeger nehmen, da hinderte sie jemand daran. Sie schaute verwundert auf. Der Hauswart hielt mit grimmiger Miene den Feger fest.

»Du brauchst nicht zu versuchen, dir die Schuhe sauber zu machen. Es lohnt sich nicht.«

Auf Evas verwirrten Blick hin hakte er nach: »Die Schuhe von Juden können niemals sauber werden.«

Er nahm den Handfeger an sich, drehte Eva den Rücken zu und ging. Ein Blick auf die Schuluhr ließ Eva hochfahren und sich beeilen, in ihr Klassenzimmer zu kommen. Die Tür war bereits geschlossen und hätte Eva zum Umkehren veranlassen müssen, doch sie war zu aufgewühlt, um daran zu denken. Das Erlebnis hatte sie so durcheinandergebracht, dass sie leise anklopfte und auf das »Herein!« ihres Lehrers eintrat. Alle saßen schon an ihren Tischen und Herr Welti stand breitbeinig mit Kreide in der Hand vor der Wandtafel.

Er schaute streng auf seine Armbanduhr. »Es ist genau zwanzig Minuten vor acht, und Fräulein Rubin denkt, es könne hier wie der Schnee in der letzten Nacht hereinschneien, Chaos verbreiten, meine Erläuterungen stören und die Mitschülerinnen aus ihrer Konzentration reißen. Nur mit dem kleinen, aber entscheidenden Unterschied, dass ich dem Schnee gegenüber machtlos bin, aber nicht einem frechen Judenmädchen. Raus hier!«

Eva war schon auf dem Weg zu ihrem Platz neben Elisabeth gewesen. Die letzten beiden Worte trafen sie wie ein Schlag. Sie war fassungslos und konnte sich nicht mehr rühren.

»Raus, habe ich gesagt! Wird's bald, oder braucht es noch eine schriftliche Aufforderung!«

Eva umklammerte ihre Schulmappe. Tränen schossen ihr in die Augen. Sie wusste, dass ihr niemand, nicht einmal Elisabeth, helfen konnte. Es ging hier nicht mehr um ihr Zuspätkommen, sondern um die Tatsache, dass sie als Jüdin sich anmaßte, hier an dieser Schule zu sein, statt sich dem ihrem Volk zugedachten Schicksal zu stellen.

Eva warf Elisabeth einen verzweifelten Blick zu und verließ den Raum. Mit bleischweren Beinen ging sie den langen Flur zur Treppe entlang.

Sie konnte keinen klaren Gedanken fassen. Wie ferngesteuert verließ sie das Schulgebäude und ging geradewegs zum See. Ein paar tapfere Schwäne trotzten der Kälte und schaukelten auf dem leicht gekräuselten Wasser. Mit Futter schienen sie nicht zu rechnen. Eva fasste in ihre Manteltasche und zog eine Papiertüte mit Schwanenbrot hervor. Elisabeth hatte sie ihr gestern mitgebracht. Die Schwäne erkannten das Geräusch und drehten ihre Köpfe in Evas

Richtung. Nun kam Bewegung in die Tiere, und sie paddelten näher ans Ufer. Eva versuchte wie immer, das Brot gerecht zu verteilen.

Gerechtigkeit wollte sie auch für sich. Warum bekam sie keine? Was war an ihrem »Blut« so verwerflich, dass man sie so behandelte? Sie nahm niemandem etwas weg, sie klagte niemanden an, sie verhielt sich wie alle anderen auch. Weil es so unbegreiflich war, war es umso schwerer zu ertragen. Sie wäre all dem so gern entflohen. Ein Gedanke kam ihr, während sie den hungrigen Schwänen zusah, wie sie sich um die Brotstücke stritten. Wie wäre es, wenn sie an einem anderen Ort unter anderem Namen neu anfangen könnte? Ein Beginn ohne Judentum, ohne Emigrantenstatus, in einem anderen Leben, das die Chance hatte, normal zu sein.

Davos 1938

Jacob wartete immer noch auf eine für ihn passende Stelle. Er hatte die Hoffnung immer noch nicht aufgegeben, als Professor an einer Universität arbeiten zu können. Es hatte durchaus Angebote gegeben. Aus Istanbul zum Beispiel oder aus Hongkong. Aber Jacob konnte sich ein Leben als Germanist in einer ihm völlig fremden Kultur nicht vorstellen. Die deutsche Sprache war für ihn nach dem Jiddischen seine Muttersprache, sie war der Mittelpunkt seines Daseins. Sie war die Sonne, um die er kreiste. Im Stillen hoffte er auf eine Stelle an einer Schweizer Uni, und sei es auch nur die eines außerordentlichen Professors oder sogar eines Assistenten. Doch die Stimmung in der Schweiz wurde immer schlechter. Das »Boot sei voll«, hieß es von der Regierung. Seit dem Anschluss Österreichs im März 1938 beschränkten die meisten europäischen Länder die Einwanderung, und der Druck auf die Schweiz nahm täglich zu. Die Anzahl der jüdischen Flüchtlinge hatte schlagartig zugenommen. Der Ring zog sich immer mehr zu. Sie saßen in der Falle. Jacob wusste es. Er hütete sich aber, mit seiner Frau darüber zu sprechen. Marthas heiteres Auftreten täuschte. Sie war ein geselliger Mensch, ging auf andere zu und fand schnell Kontakt. Diese Gabe war hier von Vorteil. Doch Jacob kannte seine Frau. Martha war entwurzelt, musste ohne Eltern und Geschwister weit weg von zu Hause leben. Er wusste, dass dieser Wegzug aus Frankfurt ihr viel Leid zugefügt hatte. Sie hatte ein behütetes Leben als Ehefrau, Tochter und Schwester geführt. Nun waren alle Sicherheiten fort, ihr blieb nur noch Jacob, der seinerseits keine Sicherheit mehr zu bieten hatte. Marthas Welt war ins Wanken geraten. Ihm war nicht entgangen, dass sie in letzter Zeit immer wieder ein Glas zu viel trank. Jacob machte sich Sorgen.

Sie wohnten immer noch bei Clara und Herrmann. Jacob hatte kein Einkommen, ohne die beispiellose Großzügigkeit und Hilfsbereitschaft des Ehepaars Wuest hätten sie längst das tägliche Leben nicht meistern können. Erspartes war noch da, aber das war die eiserne Reserve für den Tag, an dem sie in ein anderes Land auswandern würden.

Jacob ging nach wie vor jeden Tag an die Uni und half Herrmann bei der Betreuung der Promovenden. Herrmann tat sein Bestes, um seinem Freund zu helfen. Doch Jacob war klar, dass ihm allmählich die Ideen ausgingen, weil er alle bisher eingegangenen Angebote abgelehnt hatte. Trotzdem schien Herrmann ihn verstehen zu können.

Das Angebot eines Freundes vom Schweizerischen Israelitischen Gemeindebund kam genau zur richtigen Zeit. Jüdische Flüchtlinge bekamen die Gelegenheit auf einen Monat Urlaub in Davos. Für Jacob, Martha und Eva war diese Einladung wie ein Geschenk. Sie waren noch nie außerhalb Zürichs gewesen. Ein paar Ausflüge mit Herrmann und Clara in die nähere Umgebung waren die einzigen Unternehmungen gewesen, die sie sich hatten leisten können.

Der Gedanke, in Davos, dem Schauplatz von Thomas Manns »Zauberberg«, Ferien zu machen, elektrisierte Jacob und gab ihm seine alte Zuversicht und seinen Optimismus zurück.

Es war im Juni 1938, der Frühling in den Alpen hatte eben begonnen, die Wiesen erstrahlten in saftigem Grün und waren mit bunten Blumen übersät. Sie würden den ganzen Juni hier verbringen. Eva war froh, nicht mehr zur Schule zu müssen. Sie fühlte sich alles andere als wohl auf dem Mädchengymnasium.

Seit Chur fuhren sie nun mit der Rhätischen Bahn, einer Schmalspurbahn, den Bergen entgegen. Eva betrachtete aufmerksam die sich laufend verändernde Landschaft. Die vereinzelt stehenden Bauernhäuser, die gemütlich grasenden Kühe und die grünsatten Wiesen waren eine solch wohltuende Abwechslung von der Großstadt mit ihren Häuser- und Straßenschluchten. Sie kamen den von Zürich aus nur fern erkennbaren Bergen immer näher. Beim Anblick dieser Riesen kam sich Eva ganz klein vor. Ihr Vater saß neben ihr mit einer Landkarte auf dem Schoß, die Herrmann ihm geschenkt hatte, und betrachtete konzentriert die vor ihnen auftauchende Bergwelt.

»Ist es nicht faszinierend, die Berge aus dieser Nähe sehen zu können?«, rief er begeistert.

Martha schien sich nicht für die an ihrem Abteil vorbeiziehende Landschaft zu interessieren. Sie schlief.

Ihre Mutter schien über eine Unbeschwertheit zu verfügen, die Eva völlig abging.

Sie fühlte sich nach wie vor als Flüchtling und nicht nur das, sondern als jüdischer Flüchtling. Sie hatte das Gefühl, in den Blicken ihrer Mitmenschen spüren zu können, wie sie es ihr übelnahmen, dass sie hier war. Sie versuchte, möglichst wenig zu sprechen, damit keinem ihr Hochdeutsch auffiel. Trotz der zweieinhalb Jahre, die sie nun schon in Zürich zur Schule ging, sprach sie nach wie vor kein Schwyzerdütsch. Das hatte nichts damit zu tun, dass diese Sprache für sie zu schwer gewesen wäre. Es war der Ausdruck für eine innere Rebellion gegen dieses neue Zuhause, das für sie immer noch keine Heimat geworden war.

Vom Quietschen der Bremsen wurde auch Martha wach. Jacob schob das Fenster herunter, um besser sehen zu können
»Wir sind in Klosters. Die letzte Station vor Davos.«
Er schaute interessiert den Ein- und Aussteigenden zu.
»Ich kann es immer noch nicht glauben, dass wir bald in Davos sein werden«, sagte er. »Was für eine herrliche Landschaft, was für eine Luft!«
Martha stand auf und schloss lachend das Fensterabteil.
»Na, so gut ist die Luft im Windschatten einer Dampflokomotive nun auch wieder nicht, Jacob. Lass uns erst mal in Davos ankommen und dort die gesunde Bergluft einatmen, dann kannst du erneut in Begeisterungsstürme ausbrechen.«
Jacob setzte sich hin und strich seiner Frau zustimmend über den Arm. »Hast ja recht, Marthalein.«
So nannte er sie höchst selten, jedenfalls nicht im Beisein Evas.

Der Zug fuhr wieder an und nahm seinen Weg nach Davos auf. Es ging durch Lärchenwälder, über Brücken und durch Tunnels. Der höchste Punkt der Strecke war bereits erreicht, als er am Davosersee entlang in den Ort einfuhr. »Davos Dorf« stand auf dem Bahnhofsschild, und die Familie packte ihr Reisegepäck zusammen und verließ das Abteil. Der Zug kam zum Halten. Als die Türen geöffnet wurden, stiegen sie aus. Die Sonne schien und Eva spürte ihre Wärme auf der Haut. Mit einem Mal fühlte sie sich befreit. Sie wusste auch nicht, weshalb sie dieses Gefühl hatte, aber es war, als ob eine Last von ihr abgefallen wäre. Sie schaute blinzelnd in das Licht und hatte das Gefühl, dem Himmel ein Stück näher zu sein.

»Herrmann hat mir gesagt, dass wir auf dem Bahnsteig von einem Walter Defuns abgeholt werden.«

Eva blieb beim Gepäck stehen, während ihre Eltern nach dem Mann Ausschau hielten, und betrachtete die Menschen. Es war leicht auszumachen, wer mit dem Zug aus dem Unterland angekommen war und wer Einheimischer war. Die Angereisten trugen feine Stoffe und Straßenschuhe. Die Kleider der Davoser waren eher aus derbem Stoff, die Schuhe flach und praktisch. Die Menschen hatten eine gesunde Gesichtsfarbe, im Gegensatz zu den frisch Eingetroffenen. Sicher fiel auch Eva den Davosern auf, so blass, wie sie war. Eva sah ihr Spiegelbild in der Glastür des Bahnhofs an. Ihre Kleider waren ihr viel zu weit. Und sie war in den vergangenen beiden Jahren noch mal kräftig gewachsen, was ihre hagere Figur zusätzlich betonte. Die Großmutter hatte zum letzten Weihnachtsfoto geschrieben, Eva sei ein »dünner Hering«. Trotz ihrer 17 Jahre wirkte sie wenig fraulich. Das Auffälligste war nach wie vor ihr kräftiges Haar, das sie meistens geflochten trug.

Evas Gedanken wurden von den Stimmen ihrer Eltern unterbrochen. Die beiden kamen in Begleitung eines Mannes, der etwa im gleichen Alter wie Jacob war, auf sie zu.

»Eva, das ist Herr Defuns.«

Eva gab dem Mann, dessen braun gebranntes Gesicht mit tiefen Furchen durchzogen war, die Hand, und er schüttelte sie.

»Sie bringen uns den Frühling. Noch letzte Woche hatten wir Frost in der Nacht und nun, seit einigen Tagen, strahlt die Sonne mit uns Davosern um die Wette.«

Er sprach einen anderen Dialekt als die Zürcher. Lachend nahm er in jede Hand einen Koffer. Jacob bemühte sich schnell, ihm zu Hilfe zu kommen.

Der Mann wehrte ab. »Aber nein, Herr Professor, lassen Sie es gut sein. Sie sollen sich doch jetzt bei uns erholen.«

Jacob schaute ihn einen Moment verdutzt an. Eva wusste genau, was ihr Vater dachte. Er sprach immer scherzhaft von der »Zwangserholung«, die ihm auferlegt worden war, seitdem er nicht mehr arbeiten konnte.

Walter Defuns ging zu einer einspännigen Pferdekutsche und hievte die Koffer auf die Gepäckablage. Unter seinem vom vielen Waschen ausgeblichenen hellblauen Hemd konnte man seine starken Oberarmmuskeln erahnen.

»Tja, für ein Auto reicht uns das Geld halt immer noch nicht, aber es hat auch was Gutes. Unser ›Rösli‹ wäre ja sonst arbeitslos.«

Er zeigte auf das braune Pferd, das seelenruhig in der Sonne döste. Eva ging darauf zu und streichelte seine warmen Nüstern.

»Ja, das hat sie gern«, sagte Herr Defuns zu ihr. »Magst du Pferde?«

»Ich habe bisher nicht viel mit ihnen zu tun gehabt.«

Er lachte: »Das kann sich ändern, wenn du möchtest. Wir haben noch drei weitere Pferde für den Hof. Auch die haben es ab und zu mal gerne, wenn man sich Zeit für sie nimmt.«

Er half ihnen auf die Kutsche und stieg dann selbst auf den Kutschbock.

Er nahm die Zügel auf, setzte sich seinen zerbeulten Hut auf und rief: »Hü, Rösli, ab nach Hause!«

Das Tier stellte seine Ohren nach vorn und zog die Kutsche an. Eva genoss die ruckelnde Bewegung, den Fahrtwind und die Sonne im Gesicht.

Davos machte nicht den Eindruck eines Bergdorfes; im Gegenteil, ein großes Hotel reihte sich an das andere. Menschen bevölkerten die Straßen, Spaziergänger in schicker Garderobe oder Wanderer mit Rucksäcken. Viele saßen vor den Cafés und genossen die Sonne. Walter Defuns ließ das Pferd im Schritt gehen und erzählte den Neuankömmlingen über Davos. Eva hörte nur mit halbem Ohr hin und hing ihren Gedanken nach. Die Stimme wurde immer mehr vom Klappern der Hufeisen übertönt, und bald war Eva ganz in ihrer eigenen Welt versunken.

Gestern hatte sie einen Brief auf dem Küchenfußboden gefunden. Er kam aus Frankfurt. Eva hatte sogleich die Handschrift ihrer Großmutter erkannt.

Frankfurt, den 25. Mai 1938

Meine Lieben,

ich schreibe Euch heute diese Zeilen in großer Sorge. Seit Österreich ab diesem März zum Deutschen Reich gehört, haben die Repressalien gegen uns erneut deutlich zugenommen. Gestern erzählte uns Hans, dass durch die vielen öster-

reichischen Juden auf der Flucht fast alle Schiffsfahrkarten nach Übersee ausverkauft sind. Besonders die jungen Leute wollen weg. Und die Situation der Alten und Kranken hier spitzt sich zu. Vater hat seit diesem Winter eine chronische Bronchitis. Im Januar bekam er Bescheid, dass alle jüdischen Ärzte aus der Ersatzkassenpraxis ausgeschlossen werden. Seine Leistungen werden nicht mehr bezahlt.

Wir verlassen kaum noch das Haus. Es ist gefährlich. Überall schwadronieren die Braunen durch die Straßen und fordern die Bevölkerung lautstark auf, nicht bei Juden zu kaufen.

Ich bete jeden Tag zu Gott und danke ihm, dass wenigstens Ihr dies alles nicht erleben müsst.

Meine liebe Martha, ich bin so froh, dass Du nicht nur einen lieben und guten Mann geheiratet hast, sondern auch einen so weitsichtigen. Wer hätte im Herbst 1935 gedacht, was geschehen würde. Wir alle dachten, dass es vorübergeht.

Und es wird vorübergehen, wenn nicht auf Erden, so doch im Himmel. Diese Gewissheit kann uns auch ein Herr Hitler nicht nehmen.

Eure Euch liebende Mutter

PS: Seit Januar gibt es übrigens ein weiteres Gesetz. Wir müssen nun zu unserem Vornamen den Namen Israel bzw. Sara tragen. Wir heißen jetzt offiziell: Gertrud Sara Mandelbaum und Karl Israel Mandelbaum

Aber kein Zuchthäusler, kein Mörder muss seinen Namen verändern.

Es schreit zum Himmel!

Eva legte den Brief sorgfältig auf den Tisch zurück und ging ins Wohnzimmer. Sie war froh, dass niemand da war, der ihre Tränen sah. Was tat man ihren Großeltern an? Warum behandelte man sie so? Ihr Großvater sollte nun Karl Israel heißen? Er hatte mit Israel doch gar nichts gemeinsam!

Sie wischte sich mit dem Ärmel über ihr Gesicht. Plötzlich kam ihr ihr eigener Kummer unwichtig vor. Sie waren hier sicher, im Gegensatz zu den Großeltern.

Die Kutsche hielt, und Eva wurde in die Gegenwart zurückkatapultiert. Waren sie schon an ihrem Ziel oder weshalb hielten sie?

»Das ist das Haus, in dem vor zwei Jahren Wilhelm Gustloff ermordet worden ist. Seither ist die Stimmung hier aufgeheizt.« Defuns hatte sich zu ihnen umgewandt und zeigte auf ein unscheinbares Gebäude.

»Wie meinen Sie das?«, wollte Jacob wissen.

»Er war so was wie der Chef der Schweizer Nazis und versuchte von hier aus, die Schweiz zu bekehren. Er kam nach Davos, um ein Lungenleiden auszukurieren. Dabei hätte er es mal lassen sollen. Was wollen wir hier oben mit diesen Nazis?« Er schüttelte verständnislos den Kopf. »Ich bin nur ein einfacher Bauer. Politik interessierte mich noch nie. Dem Herrgott sei Dank, wir haben gesunde Kinder und jeden Tag Essen auf dem Tisch.« Der Mann schaute wieder nach vorn. »Kein Mensch fragte, was der andere für ein Landsmann sei. Seitdem dieser Gustloff hier war, war das vorbei. Alle redeten nur noch von diesen Nazis.«

Er schnalzte mit der Zunge, und »Rösli« zog wieder an. Der Hof der Familie Defuns lag auf einer kleinen Anhöhe, von der man über Davos und das Tal schauen konnte. Eva gefiel die Aussicht sehr.

Eine mollige Mittvierzigerin mit freundlichem Gesicht trat aus der Tür und begrüßte sie.

»Das ist meine Frau Lisbeth«, sagte Walter Defuns.

Auch sie sprach in diesem melodiösen Dialekt. »Willkommen auf dem Defuns-Hof! Wir freuen uns, Sie für ein paar Wochen als Gäste bei uns zu haben. Wir hoffen, dass Sie sich wohlfühlen werden.«

Als Eva ihre raue, von der harten Arbeit gezeichnete Hand in ihrer fühlte, schämte sie sich. Diese Menschen waren bestimmt nicht mit Reichtum gesegnet. Die Arbeit war ihnen an den Gesichtern abzulesen. Und sie durften bei ihnen kostenlos wohnen.

Das Haus war regionaltypisch mit einem steinernen Sockel und mit einem Aufsatz aus Holz. Vor jedem Fenster hingen Blumenkästen mit üppigen Geranien in rot-rosa Tönen. Lisbeth Defuns bat sie hinein, während ihr Mann die Kutsche zum Stall fuhr. Das Innere des Hauses war dunkel. Die Stube war sehr niedrig und vollständig mit Holz vertäfelt. Ein unbekannter, angenehmer Geruch wehte Eva entgegen.

»Wonach duftet es hier denn so schön?«, fragte Martha.

»Das können Sie nicht kennen. Das ist das Arvenholz. Die Arve ist eine Kiefernart, die nur in den Alpen vorkommt. Sie ist sehr widerstandsfähig und deshalb bestens geeignet für das raue Klima hier oben.«

Lisbeth Defuns zeigte auf den Tisch, der in der Ecke der Stube stand und mit Getränken und einer Platte Käse gedeckt war.

»Bitte, Sie müssen bestimmt hungrig sein. Nehmen Sie doch Platz.«

»Eva, setz dich endlich!« Ein Zupfen an ihrer Jacke brachte Eva wieder gedanklich zurück. Ihre Mutter sah sie tadelnd an. Die Eltern hatten bereits Platz genommen.

»Hast du keinen Hunger?«, wandte sich Lisbeth Defuns an Eva.

Sie spürte Hitze in den Wangen aufsteigen.

»Oh, ich bitte vielmals um Entschuldigung – es sind so viele Eindrücke auf mich eingestürmt, ich habe mich völlig vergessen! – Doch, danke, ich habe sehr großen Hunger!« Schnell setzte sie sich zu ihren Eltern. Ihre Mutter schüttelte nur den Kopf.

Lisbeth Defuns goss allen frischen Kräutertee ein.

»Probieren Sie unbedingt den Käse, den haben wir aus der Milch unserer Kühe selbst gemacht!«

Jacob und Martha sprachen dem Angebot begeistert zu und fühlten sich sichtlich wohl.

»Ah, Sie sitzen schon, das ist gut!« Walter Defuns gesellte sich zu ihnen und aß ebenfalls mit großem Appetit. Das Ehepaar war sehr gesprächig, was Eva ungewohnt fand. Eigentlich war sie zu dem Schluss gekommen, dass Schweizer wortkarg seien. Die Defuns erzählten von ihren erwachsenen Kindern, dass ihr Sohn den Hof übernehmen sollte und die Tochter ebenfalls einen Bauern geheiratet hatte. Alles wirkte klar und vorherbestimmt. Ihr Leben schien so beneidenswert einfach. Beide waren sehr religiös und demütig ihrem Dasein gegenüber. Wahrscheinlich hatte diese Dankbarkeit dazu geführt, dass sie dem Israelitischen Bund die Unterbringung von jüdischen Flüchtlingen angeboten hatten. Eva faszinierte dieser Gedanke. Hätten sie auch so gehandelt, hätten sie Flüchtlinge einer anderen Religion aus einem anderen Land bei sich in ihrer extravaganten Frankfurter Wohnung aufgenommen?

Nach dem Essen brachte Lisbeth Defuns sie in den oberen Stock, wo sich ihre Zimmer befanden. Alles war sehr einfach, aber liebevoll eingerichtet. Evas Zimmer ging auf den Stall hinaus. Durch das offene Fenster drangen Muhen und der Geruch nach Dung herein. Eva warf sich auf das schmale Bett und versank in der üppigen Bettdecke, sie schloss die Augen und fiel fast sofort in einen tiefen Schlaf.

Jacob bemühte sich, so schnell wie möglich in die Atmosphäre des »Zauberbergs« einzutauchen. Schon am zweiten Tag machte er Erkundigungen im Dorf, kaufte die neueste Ausgabe des Werks in einer Buchhandlung. Fast triumphierend ging er den Weg zurück zum Hof, mit dem Buch in der Hand. Es kam ihm vor, als habe er für sich einen Sieg gegen das Naziregime verbucht. Seinen »Zauberberg« hatte er in Frankfurt zurücklassen müssen, weil in Deutschland die Werke Thomas Manns verboten waren. Er hatte sich nicht getraut, ein Buch, das auf der Liste stand, mit in die Schweiz zu nehmen.

Martha stand, zu Jacobs Freude, bereits in der Küche und ließ sich in die Bündner Backkunst einführen. Sie hatte schon in Zürich den Freundinnen Claras ihre Künste vorgeführt. Es verging kaum eine Woche, an dem sie wenigstens an einem Nachmittag nicht zwei oder drei Damen im Salon der Wuests mit Kuchen, Patisserie und Konfekt bewirtete. Jacob, wahrlich kein Anhänger von süßen Sachen, war über diese Leidenschaft Marthas einmal mehr als glücklich.

Eva näherte sich währenddessen der Tierwelt auf dem Hof mithilfe von Walter Defuns.

Alle hatten ihre Beschäftigungen, und die Tage vergingen so wunderbar unbeschwert. Nach einer Woche konnte Eva schon alleine »Rösli« von der Weide holen, durfte sie striegeln und Walter Defuns beim Anspannen behilflich sein.

Am Ende der Woche verkündete Jacob seiner Familie, dass man morgen früh auf den Spuren Thomas Manns auf die Schatzalp gehen würde. Eva freute sich über den Vorschlag. Sie war gespannt auf das im Buch beschriebene Sanatorium auf der Schatzalp. Im vergangenen Winter hatte sie gemeinsam mit ihrem Vater den »Zauberberg« gelesen. Vieles war ihr zwar fremd, und sie empfand sich aufgrund ihrer Jugend noch weit von der Thematik entfernt. Aber es hatte ihr Spaß gemacht, zusammen mit Jacob die philosophischen und literaturgeschichtlichen Aspekte zu durchleuchten. Jacob hatte sie darauf aufmerksam gemacht, wie spannend es sein konnte, eine Diskussion zwischen den zentralen Figuren in einem ganz anderen Licht zu sehen.

Martha zeigte sich hingegen nicht gerade begeistert von Jacobs Plänen. Sie hätte lieber gebacken, geplaudert und sich auf der Bank vor dem Haus von der Sonne verwöhnen lassen.

Also machten sich nur Jacob und Eva auf den Weg zu Thomas Manns Zauberberg. Sie hatten sich entschlossen, zu Fuß zu gehen, statt die Standseilbahn zu nehmen. Es war wieder ein wunderschöner Tag. Die Sonne verwöhnte sie schon seit ihrer Ankunft von morgens bis abends. Im Schatten bedeckte Tau die Wiesen und ließ die Kälte der Nacht erahnen. Die Luft war frisch und rein. Eva atmete tief durch.

»Ja«, sagte Jacob daraufhin, »ich kann verstehen, dass die Lungenkranken hier ihr Heil suchen. Schon ich spüre die Wirkung, obwohl ich gesund bin.«

Der Weg schlängelte sich durch Wälder in Richtung Sanatorium. Jacob blieb immer wieder stehen und blickte gedankenverloren ins Tal. Eva hätte ihn gerne gefragt, was er gerade dachte. Doch sie traute sich nicht. Was würde sich ihr enthüllen, wenn er sie in seine Gedankenwelt einließ? War er hier oben glücklich? Dachte er an seine Zukunft? Sein Gesichtsausdruck verriet Eva nichts. Jacob war ein Mann, der seine Gefühle nur wohldosiert zeigte.

Endlich sahen sie von Weitem das Sanatorium. Der Jugendstilbau wirkte vor der Bergkulisse unwirklich.

»Wollen wir reingehen?«, fragte Eva ihren Vater.

»Das sollten wir besser lassen. Ich habe Respekt vor der Tatsache, dass das hier ein Ort der Heilung ist. Ich glaube nicht, dass die Kranken Freude daran haben, von neugierigen Thomas-Mann-Anhängern beäugt zu werden. Ich möchte aber gern vorne bei der Liegeterrasse langgehen, um den Ausblick zu sehen und empfinden zu können, was Mann von hier für sein Buch mitnahm.«

Eva nickte und folgte ihm zur Terrasse. Zum Glück waren nur zwei Liegen belegt, und die Patienten schienen zu schlafen. Jacob blieb in einem gehörigen Abstand stehen.

»Eva, siehst du diese Berge? Es ist wahrlich ein Ort, an dem man die Zeit vergessen kann. Wie Hans Castorp wird man hierhergelockt und ist nicht imstande, wieder wegzugehen.«

»Ich weiß, was du meinst. Es ist ein bisschen so, als ob man aus der Zeit hinausgeschleudert worden wäre.«

Ihr Vater betrachtete sie ernst. »Wie viel würde ich geben, wenn ich wie dieser Castorp hier Jahre bleiben könnte und mich mit dem Alltäglichen nicht abgeben müsste.« Er legte ihr die Hand auf die Schulter: »Du musstest viel zu früh dieser wunderbaren zeitlosen Zeit der Kindheit entfliehen. Ich hätte dir das gern erspart.«

Heute war es erst mal nur der Blick von der Terrasse des Sanatoriums aus. Jacob wollte aber wiederkommen.

»Es gibt für mich noch so viel zu sehen und nachzuempfinden«, sagte er zu Eva. »Die Spazierwege Thomas Manns rund um die Schatzalp und vielleicht doch noch ein Besuch im Sanatorium. Man wird sehen.«

Eva ging hinter ihrem Vater den Berg hinunter. In seiner ganzen Gestalt, seiner aufrechten Haltung und seinem schwungvollen Gang lag ein Ausdruck von Zufriedenheit. Auch Eva fühlte sich gut. Für sie war dieser Ausflug ein Moment der Erkenntnis gewesen. Das Buch hatte in ihr schon beim ersten Lesen Leidenschaft entfacht. Und nun hatte sie den Schauplatz mit eigenen Augen gesehen! Der Gegensatz zwischen diesem Gebäude, das mit seinen Bewohnern etwas Morbides ausstrahlte, und der überwältigenden Landschaft, zog Eva in ihren Bann.

Sie wäre in diesem Moment am liebsten zum Vater gelaufen und hätte ihm erzählt, dass auch sie gern Literaturwissenschaften studieren wolle. Doch sie tat es nicht. Sie dachte es still für sich, und das machte sie überglücklich.

Sie hatte etwas gefunden, das sie mit Freude in die Zukunft schauen ließ. Wo immer diese Zukunft auch sein würde.

Auf Wunsch Marthas wurde am anderen Tag eine größere Wanderung zu einer Hütte geplant. Jacob musste sein Vorhaben, erneut seinen »Zauberberg« zu besuchen, hintanstellen.

»Du wirst vielleicht einen ganz neuen ›Zauberberg‹ entdecken, Jacob«, tröstete ihn Martha. »Nach den Erzählungen von Frau Defuns muss die Aussicht von der *Staila* einmalig sein.«

»Was heißt *Staila*?«, mischte sich Eva ein. »Was ist das für eine Sprache? Italienisch?«

Lisbeth Defuns war gerade zur Tür hereingekommen und hatte Evas Frage gehört. »Nein, das ist Rätoromanisch und heißt auf Deutsch ›Stern‹. Du hast diese Sprache gestern Abend, als der Melker vom Nachbarhof hier war, schon gehört.«

»Ja, stimmt. Das klang sehr außergewöhnlich.« Eva lächelte. Ihr hatten diese fremdartigen Laute gefallen, so archaisch und für sie praktisch unverständlich.

Lisbeth Defuns hatte ihnen Wasserflaschen gefüllt und eine kleine Stärkung für den Aufstieg zur Hütte vorbereitet.

»Viel trinken und wenig reden«, empfahl sie den drei Flachländlern.

Walter Defuns lachte. »Also, weißt du, Lisbeth, du redest schon, als ob sie aufs Schwarzhorn steigen würden. Die *Staila liegt* doch nur auf 1900 Metern, nicht mal über der Baumgrenze.«

Er klopfte Jacob freundschaftlich auf die Schulter: »Heute Abend werden Sie mich verwundert fragen, was meine Frau denn gemeint hätte, das sei doch nur ein etwas größerer ›Zauberberg‹ gewesen. Herr Professor, lassen Sie sich nur nicht einschüchtern.«

Eva musste schmunzeln. Den Hinweis auf den »Zauberberg« fand sie köstlich. Ihr Gastgeber hatte am Abend zuvor mit Verständnislosigkeit auf Jacobs Begeisterung für das Sanatorium auf der Schatzalp reagiert.

»Ich verstehe die Menschen nicht, die auf die Schatzalp pilgern«, hatte er gesagt. »Wie kann man sich nur freiwillig in die Nähe der Patienten begeben? Außerdem – dieses sinnlose Rumliegen ist in meinen Augen Zeitverschwendung. Und dann hat auch noch jemand ein Buch darüber geschrieben, das ein Riesenerfolg geworden ist! Unfassbar!« Er hatte dabei Jacob von der Seite angeschaut, als zweifle er an dessen Verstand. Eva fand seine Reaktion herrlich, weil er das Ganze aus einer einfachen Sicht auf den Punkt gebracht hatte.

Jacob führte die kleine Wandergruppe, mit einer Landkarte in der Hand, an. Martha blieb immer wieder stehen, um Blumen, Bäume und die Aussicht zu bestaunen und zu kommentieren.

»Schaut nur, die ganzen Heidelbeersträucher! Stellt euch die reifen Beeren im Herbst vor – was für einen wunderbaren Heidelbeerkuchen ich daraus backen könnte!«

»Oh bitte, Martha, geh weiter, sonst sind wir um Mitternacht noch nicht bei der Hütte!«

Der Weg hoch zur *Staila*-Hütte war deutlich anspruchsvoller als die kleine Wanderung zur Schatzalp. Sicherlich war es keine Bergtour, da hatte Walter Defuns schon recht gehabt, aber es kam dem schon ziemlich nahe. Lärchenwälder, durchsetzt mit Arven, wechselten sich mit lichten Wiesen ab, auf denen Kühe ihre Sommerfrische genießen durften. Die Tiere nahmen die vorbeikommenden Wanderer neugierig wahr, unterbrachen ihr Wiederkäuen und schauten mit großen, treuen Augen den Dreien nach. Silberne Disteln duckten sich an Steine, Enziane bildeten leuchtende Inseln im Grün der Wiesen und Wasserrinnsale durchzogen die Weiden. Eva liebte diese wechselnde Aussicht, die sich ihnen auf diesem Ausflug bot.

Nach einer Weile entschied ihr Vater, dass es Zeit für eine Pause sei. Er packte aus seinem Rucksack die Wasserflaschen und für jeden ein belegtes Brot aus. Man aß und schwieg, genauso wie es Lisbeth Defuns geraten hatte. Über ihnen kreiste ein Greifvogel. Die Thermik der Berge nutzend, schwang er sich mit jeder Drehung immer höher in die Lüfte, bis er über dem Bergkamm verschwand. Die Sonne stand nun schon fast in ihrem Zenit und hinterließ auf ihren bleichen Gesichtern erste Spuren. Martha setzte sich ihren von Lisbeth Defuns geborgten Strohhut auf, Jacob nahm seine geliebte Schiebermütze aus dem Rucksack, und Eva band sich ihr Halstuch als Kopfbedeckung um.

Gestärkt gingen sie weiter, stetig bergauf, über kleine reißende Bäche, auf steinigen Wegen in Richtung der *Staila*-Hütte. Der Wald lichtete sich immer mehr. Jacob blieb abrupt stehen und zeigte auf ein altes, verwittertes Holzschild: »Da ist es – *Staila*. Wir sind richtig.« Sie schritten das letzte Stück über eine Alp zur Hütte hoch. Nun konnten sie das Haus erkennen, das vor einem steilen Berghang lag. Aus dem ausladenden, mit Steinplatten gedeckten Dach ragte ein steinerner Schornstein hervor. Dunkelgrauer Rauch quoll daraus hervor. Auch hier waren die Fenster im oberen Stock mit den obligaten Geranienkästen geschmückt. Das hübsche Gebäude entlockte Martha einen bewundernden Ausruf.

Auf einer großen Terrasse vor der Hütte luden Holztische und Bänke die Wanderer zu einer Mahlzeit oder auch zu einem kleinen Schoppen ein. Es waren noch nicht viele Gäste da, und zur Freude von Jacob konnten sie so den besten Tisch ergattern. Eva hatte das Gefühl, noch nie so etwas Schönes gesehen zu haben. Diese Weite, die unten im Tal nicht einmal zu erahnen gewesen war, diese weißen Spitzen der hohen Berge, diese grünen Wälder, die sich pelzig an die Berge anschmiegten und diese sattgrünen Alpen, auf denen Vieh weidete, schufen ein unvergessliches Bild.

Eva setzte sich erschöpft und glücklich auf die Holzbank und nahm die Speisekarte zur Hand, als sie eine jugendliche Stimme aus ihren Gedanken herausriss.

Sie wusste nicht weshalb, aber sie musste sich dem Sprecher zuwenden. Sie schaute direkt in das Gesicht eines jungen Mannes mit wirren blonden Haaren, die er ungewöhnlich lang trug. Sie erschrak vor seinem freimütigen Blick und senkte ihren.

»Wir haben heute frische Bündner Torte und Apfelkuchen im Angebot. Vielleicht wollen Sie ja schon mal etwas zu trinken bestellen?«

Jacob nickte.

»Für meine Frau und mich zur Gipfelbezwingung bitte einen Schoppen Veltliner! Und für meine Tochter einen Apfelsaft.«

Der junge Mann lächelte, und Eva war sich sicher, dass

er Jacobs Bezeichnung für den Spaziergang genauso peinlich fand wie sie. Er nahm die Bestellung, ohne sich etwas anmerken zu lassen, auf und verließ den Tisch mit einem federnden Gang. Eva schaute ihm nach und wusste nicht, weshalb sie ihm so gebannt hinterherblicken musste.

»Ach herrje, Eva, ich glaube, du hast dich ein wenig verbrannt. Dein Gesicht ist feuerrot«, meinte Martha mit besorgtem Blick.

»Ich gehe mal auf die Toilette und kühle mein Gesicht.« Eva stand auf und war froh einen Augenblick der Fürsorge ihrer Eltern entkommen zu können. Martha nickte.

Eva ging in die Hütte. Nachdem sie sich in der Damentoilette gründlich die Hände gewaschen hatte, schaute sie prüfend in den kleinen Spiegel, der über dem Waschbecken hing. Das Licht, das nur spärlich durch das kleine Fenster fiel, war schummrig, aber es reichte aus, um das Fiasko zu erkennen. Ihr Gesicht strahlte leuchtend rot. Sie wollte dem Jungen unter keinen Umständen mehr so unter die Augen treten. Weshalb ihr das so viel Kopfzerbrechen machte, konnte sie sich nicht erklären. Sie kühlte ihr heißes Gesicht mit Wasser, ordnete ihre Haare und überlegte, ob sie sich einen neuen Zopf flechten sollte. Unschlüssig stand sie da, bis jemand von draußen die Türklinke herunterdrückte. Sie öffnete die Tür. Draußen stand eine Dame, die sie nett anlächelte. Eva trat zur Seite, um sie durchzulassen und ging den schmalen Flur in Richtung Ausgang, als sie plötzlich durch einen Stoß von der Seite angerempelt wurde. Sie blickte geradewegs in die Augen des Jungen, die einen Frohsinn ausstrahlten, den sie so schon lange nicht mehr gesehen hatte.

»Es tut mir so leid. Es ist meine Schuld. Ich habe dich

nicht kommen sehen. Das Licht im Flur ist grauenhaft. Entschuldige!«

»Es ist ja nichts passiert.«

Mehr fiel ihr nicht ein. Sie sah sich selbst in diesem dunklen Flur stehen, mit hochrotem Kopf, derangierter Frisur und wahrscheinlich ziemlich unintelligentem Gesichtsausdruck. Jetzt lachte er auch noch, und Eva fühlte sich in ihrer Annahme bestätigt. Ein Himmelreich hätte sie in diesem Moment dafür gegeben, dass sie der Boden verschluckt hätte.

Der junge Mann musste ihr Unwohlsein gespürt haben. »Bitte nach dir.« Er deutete Richtung Ausgang. Bei dieser Bewegung streifte er mit seiner Hand ihren nackten Arm. Seine warme Hand fühlte sich angenehm auf ihrer Haut an. Es war nur ein kurzer Moment der unbeabsichtigten Berührung gewesen, aber für Eva fühlte es sich viel länger an. Sie ging aufgewühlt zum Tisch zurück.

»Eva, Kind, wie siehst du denn aus? Dein Gesicht ist ja noch roter als vorher. Und die Haare. Lass mich dir einen neuen Zopf flechten.«

»Das ist die Höhensonne, Martha. Wir sind es einfach nicht gewöhnt. Wir hätten für Eva auch einen Hut besorgen müssen. Nicht, dass sie noch einen Sonnenstich bekommt.«

Die übereifrige Fürsorge ihrer Eltern nervte Eva in diesem Moment. Sie ließ es sich aber gefallen. Sie war froh, dass die beiden der Bergsonne und der Höhenluft die Schuld für ihren Zustand gaben. Ein nervöses Kribbeln breitete sich in ihrem Körper aus.

Sie hatte keine Zeit, sich ihrer Gefühle klar zu werden, da stand der junge Mann neben ihrem Tisch und wollte die Bestellung aufnehmen. Eva schaute hilflos auf die Karte, die vor ihr auf dem Tisch lag und tippte auf das Wort Polenta, obwohl sie keinen Schimmer hatte, was das war. Der Name gefiel ihr, und er passte so schön an diesen Ort. Ihre Eltern bestellten Rösti mit Spiegelei. Sie waren anscheinend nicht in einer solch experimentierfreudigen Laune wie Eva.

Nach dem Essen wollte sich Jacob ein wenig abseits der Hütte in die Wiese legen und ein Mittagsschläfchen halten, Martha suchte sich ein Plätzchen und lehnte sich an die von der Sonne gewärmte Holzwand, schloss die Augen und überließ sich ihren Träumen.

Eva ging los, um die Umgebung der Hütte zu erkunden. Ein wenig abseits stand ein großer hölzerner Brunnen, über dem ein eisernes Gitter für die Wassereimer angebracht war. Sie setzte sich auf den Brunnenrand und hörte dem Plätschern des Wassers zu. Sie hielt ihre Hand in das Nass. Schmerzhafte Kälte fuhr in ihren Arm. Trotzdem zog sie die Hand nicht zurück und wartete ab, dass der Schmerz nachließ.

»Den Platz mochte ich als kleiner Junge auch immer.«

Sie war so mit sich selbst beschäftigt gewesen, dass sie sein Kommen nicht gehört hatte.

Seine Stimme klang schon vertraut, obwohl Eva sie erst ein paar Mal gehört hatte. Sie hob den Kopf und blickte ihm in sein sonnengebräuntes, neugieriges, jungenhaftes Gesicht. Seine Augen strahlten voller Lebensfreude, und sie wusste, dass dieser Mensch keinen Kummer kannte. Es war alles noch in Ordnung hier oben in dieser heilen Welt. In dieser für Eva schon nicht mehr realen Welt.

Er setzte sich ganz selbstverständlich neben sie und streckte seine Hand auch ins kalte Brunnenwasser.

»Autsch, das ist heute aber eiskalt!« Er zog Evas Hand mit aus dem Wasser und schüttelte beim Anblick den Kopf. »Was machst du da? Die ist ja ganz rot. Dir sterben noch die Finger ab.«

Eva zog erschrocken ihre Hand zurück und legte sie in ihren Schoß.

»Von wo seid ihr?«

»Wir sind aus Zürich.«

»Ihr seid aber keine Schweizer?«

»Nein, wir sind Deutsche. Wir kommen ursprünglich aus Frankfurt. Wir leben aber schon über zwei Jahre in Zürich.«

Sie schwiegen, nur das gleichmäßige Plätschern des Brunnes war zu hören. Eva konnte sich ihr aufkommendes Glücksgefühl nicht richtig erklären. Sie saß an einem Bergbrunnen mit einem fremden Jungen, der ihre Hand kurz gehalten hatte und hätte die ganze Welt umarmen können. Was geschah hier mit ihr?

»Seid ihr noch lange da?«

Zurückgeholt in die Realität, antwortete Eva: »Ich weiß es nicht. Ich denke nicht. Meine Eltern wollen bestimmt nach ihrer Pause wieder los.«

Er lachte und meinte: »Du meinst, dass sie sonst den Abstieg vom Berg bei Tageslicht nicht mehr schaffen?«

Eva wusste genau, auf was er anspielte, und sie musste auch lachen. Wie gut sich dieses ungezwungene Lachen anfühlte. Als ob sie damit den Panzer um ihren Körper gesprengt hätte. Nur schon deshalb hätte sie diesen fremden Jungen umarmen mögen, dafür hätte sie ihn küssen können. Eva überraschte dieser Gedanke. Sie hatte noch nie das Verlangen gehabt, einen Jungen zu küssen. Die ganzen Schwärmereien ihrer Klassenkameradinnen waren an ihr bisher spurlos vorbeigegangen. Ihre Freundin Elisabeth zog sie mit ihrem Desinteresse stets auf. Sie fand es nicht normal, dass Eva auf das Werben mancher Jungen nicht reagierte. Eva ihrerseits verstand nicht, was ihre männlichen Altersgenossen von ihr wollten. Dieses Umwerben des anderen Geschlechts fand sie befremdlich. Ihre Gedanken waren einfach woanders. Sie hatte oft das Gefühl, nicht im Hier und Jetzt zu leben. Sie sorgte sich um die Zukunft. *Was wird sein, wo werden wir sein? Wird es Krieg geben, und was wird dann mit uns Juden?*

»Wie heißt du?«

»Erich Capun. Und du?«

»Eva Rubin.«

Er strahlte. »Unsere beiden Namen haben den gleichen Anfangsbuchstaben.«

Ja, dachte sie. Erich und Eva. Das gefiel ihr.

Eine Stille, die Eva nicht als unangenehm empfand, breitete sich zwischen ihnen aus.

Plötzlich wurde ihre Zweisamkeit am Brunnen hinter dem Haus durch einen kleinen Buben, der angerannt kam, gestört. Er lachte und wollte die beiden nassspritzen. Doch er hatte nicht mit der Schnelligkeit seiner Opfer gerechnet. Eva sprang zur Seite, und Erich rannte dem kleinen Störenfried hinterher. Beide lachten und sprachen auf Schweizerdeutsch miteinander, was Eva nicht verstand. Als der kleine Kerl schließlich das Weite gesucht hatte, kam Erich zurück und strahlte über das ganze Gesicht.

»Wo wohnst du?«

»Wir wohnen auf dem Defuns-Hof. Kennst du den?«

»Klar kenne ich den. Ich weiß eine gute Abkürzung zum Hof. Das spart über eine Stunde. Ich werde morgen früh dort sein.«

»Aber ...«

Er legte ihr sanft den Finger auf die Lippen. »Keine Angst, niemand bekommt mit, dass ich dich besuche. Du wirst sehen.« Er zwinkerte ihr zu, und sie glaubte ihm.

Von Weitem sah sie ihre Mutter, die offenbar nach ihr Ausschau hielt. Der kleine Junge, der sie eben hatte nassspritzen wollen, unterhielt sich mit Martha und zeigte in Evas Richtung. Eva drehte sich erschrocken um. Erich war schon weg, ohne dass sie es bemerkt hatte. Ihr fiel ein Stein vom Herzen. Sie hätte nicht gewollt, dass ihre Mutter sie in seiner Begleitung gesehen hätte.

»Eva, da bist du ja. Wir wollten schon vor einer Viertelstunde los. Wo warst du? Du kannst dich doch im Gebirge nicht einfach so davonschleichen. Was hast du dir dabei gedacht, deine Eltern in Angst und Schrecken zu versetzen?« Eva hörte ihren Redefluss wie durch Watte und ging zu ihrem Vater an den Tisch.

Jacob erhob sich, schulterte seinen Rucksack und deutete den Frauen an, dass sie vorgehen sollten. Martha folgte seiner Anweisung und Eva schloss sich ihr an, nicht ohne nochmals einen Blick auf die Hütte zu werfen. Mit Bedauern stellte sie fest, dass Erich nicht mehr zu sehen war.

Zur Abendbrotzeit kam Eva runter in die Küche. Ihr Vater drückte ihr einen Brief in die Hand.

»Hier, der ist für dich gekommen, von deiner Freundin Elisabeth.«

Nach dem Abwasch beeilte sich Eva so schnell wie möglich, in ihr Zimmer zu kommen, um in aller Ruhe den Brief lesen zu können.

Sie warf sich auf das Bett, öffnete den Brief und las:

Zürich, den 4. Juni 1938

Meine liebe Urlauberin,

wie geht es Dir da oben in den Bergen? Wanderst Du auch den ganzen Tag und bemitleidest uns Unterländler? Ich hoffe, Du weißt das zu schätzen, dass Du unseren »lieben« Lehrern einfach so entfliehen konntest.

Du glaubst nicht, was hier los ist. Und daran bist nur Du schuld! Jawohl, Du hast richtig gelesen! Weil Du nicht da bist, muss ich mit Renate die Deutscharbeit machen. Mit Renate!!! Mit Dir hätte ich eine glatte Eins bekommen, aber so ...

Aber ich schreibe Dir lieber was anderes als immer über die Schule.

Ich habe doch eine ganz andere Neuigkeit. Ich werde auf dem Nachhauseweg seit ein paar Tagen von Guido begleitet. Du weißt doch, der Junge aus der 11a der Rämibühl-Schule. Wie findest Du das? Schreib jetzt nicht, dass das schön für mich wäre, dann weiß ich gleich, dass es Dich überhaupt nicht interessiert. Lass mir die Freude, meine Freundin!

Davon abgesehen: Ich vermisse Dich! Schreib mir, erzähl von Deinem ersten Schritt in einen Kuhfladen, von Deinen Blasen an den von Wanderungen geschundenen Füßen, von den Alpen, von der guten Luft und natürlich von den Leuten ... !

Deine auf Antwort wartende Elisabeth

Eva lächelte. Ja, das war ein typischer Brief von ihrer Elisabeth. Sie vermisste sie gerade auch sehr. Gestern hätte sie tatsächlich noch mit ziemlicher Gleichgültigkeit auf die Neuigkeit, dass Guido Elisabeth auf dem Nachhauseweg begleitete, reagiert. Aber jetzt konnte sie die Aufregung Elisabeths verstehen und hätte ihr gerne erzählt, was sie heute erlebt hatte.

Sie holte sich Schreibblock und Stift aus der Kommode, setzte sich auf das Bett und begann zu schreiben.

Davos, den 10. Juni 1938

Liebe Daheimgebliebene,
ja, Du kannst, Du musst mich sogar beneiden. Es ist wunderschön hier oben. Ich kann es nicht beschreiben.

Und heute habe ich etwas bisher nie Gekanntes erlebt. Es fühlt sich an, als ob in meinem Körper Schmetterlinge tanzen, als ob sie mir Flügel verleihen würden, als ob der Moment so kostbar wäre, dass ihn ein Weiteratmen zerstören könnte. Und es soll nicht vergehen, dieses Gefühl!

Lach nicht! Und ich lache auch nicht über Dich und Guido. Ich freue mich für Dich.

Deine Eva

Eva steckte den Brief in einen Umschlag und legte ihn auf die Kommode. Sollte sie dieses Gefühlsdurcheinander wirklich an ihre Freundin schicken?

Elisabeth, ihre Freundin, ihre Beschützerin, ihre Mutmacherin war ihr sehr wichtig und war es wert, einem Schatz gleich behandelt zu werden.

Elisabeth war so anders als Eva und trotzdem waren sie sich sehr nah, weil sie beide spürten, dass die eine bei der anderen das suchte und fand, was sie nicht hatte. Es war ein wundervolles Geben und Nehmen.

Eva konnte den ersten Tag in der Schule auch wegen Elisabeth nie vergessen. Sie ging an diesem Tag nach Hause und wusste, da war noch jemand, für den es sich lohnte, am nächsten Tag wieder hinzugehen.

Der Morgen brach mit feinen Sonnenstrahlen, die zart über die Bergkuppen tasteten, an. Eva stand am Fenster und sah dem Naturschauspiel zu. Es war noch sehr früh, der Hof lag in vollkommener Stille, nur der Hahn war zu vernehmen. Sie konnte nicht mehr schlafen, ihre Wangen glühten beim Gedanken an Erich. Sie wusste, dass er heute kommen würde.

Sie legte sich noch einmal zurück in ihr Bett und hörte auf die Geräusche des Hauses, die ihr nun schon vertraut waren. Sich öffnende und wieder schließende Türen, knarrende Treppenstufen, Geschirrklappern und Pfeifen eines Wasserkessels waren zu hören.

Das Haus war erwacht. Der Tag konnte beginnen. Der Tag, an dem Eva ihn wiedersehen würde, war da.

Das Frühstück nahmen sie meistens ohne die Defuns ein. Walter Defuns war zum Melken, und Lisbeth Defuns ließ das restliche Vieh aus dem Stall und half beim Ausmisten.

Jacob schlug vor, heute nochmals auf die Schatzalp zu wandern.

»Ich möchte nun doch zu gern einmal ins Sanatorium hineingehen«, sagte er.

Martha war von dieser Idee überhaupt nicht angetan.

»Davos ist umgeben von wunderschönen Bergen und interessanten Zielen, die nur auf uns warten. Lasst uns nicht immer nur auf diese morbide Schatzalp wandern.«

»Martha, du verstehst gerade etwas ganz Wichtiges nicht«, meinte Jacob mit strenger Miene, und Eva konnte sich ihren Vater in diesem Moment sehr gut vor seinen Studenten vorstellen. »Beim ›Zauberberg‹ geht es nicht um Krankheit an sich, es geht um viel mehr; es geht um Philosophie, Politik, Liebe und Tod. Es ist ein unglaublich umfassendes Werk, das man nicht mit dem lapidaren Ausdruck ›morbid‹ abtun kann.«

Martha schüttelte nur den Kopf und fing an, das Geschirr in die Spüle zu stellen.

»Dann geh du auf deinen ›Zauberberg‹, und Eva und ich machen eine Wanderung zu einer anderen Hütte. Wir werden dir dann Grüße vom Leben schicken.«

Jacob antwortete nicht. Er hatte die Küche bereits verlassen.

»Ich möchte heute lieber hierbleiben. Ich habe von gestern noch Blasen an den Füßen und würde gerne Elisabeths Brief beantworten.«

Martha zog erstaunt eine Augenbraue hoch. Eva sah ihr an, dass sie die Ausrede nicht glaubte. Sie zuckte die Achseln.

»Dann erklimme ich eben allein den nächsten Berg!«

Eva dankte im Stillen dem Interesse und dem Nichtinteresse ihrer Eltern an Thomas Manns Buch. Thomas Mann war dafür verantwortlich, dass sie den heutigen Tag ohne elterliche Aufsicht verbringen konnte.

Nachdem sich ihre Eltern auf ihre unterschiedlichen Wege aufgemacht hatten, entschied sich Eva, auf der oberhalb des Hauses gelegenen Pferdeweide auf Erich zu warten. Sie nahm einen Striegel mit, um ein Alibi zu haben, falls sie jemand fragen sollte, was sie hier machte. Eva legte sich ins Gras, lauschte den Gras rupfenden Pferden, schloss die Augen und dachte an Erich.

Nach einer Weile fing sie an »Rösli« zu striegeln. Sie war so vertieft darin, dass sie zusammenzuckte, als ihr jemand über die Schulter strich. Sie erschrak, das Pferd trat einen Schritt, verstört durch die abrupte Bewegung, zur Seite, sie drehte sich um, um zu sehen, wer es war. Obwohl sie genau wusste, wessen Hände sie berührt hatten. Erich stand da und schaute sie erwartungsvoll an.

»Du bist tatsächlich gekommen!«, flüsterte Eva.

Er nickte: »Ich habe dir doch gesagt, dass wir uns wiedersehen. Nun bin ich hier nach einer schlaflosen Nacht.«

Sie standen eine Weile da, hielten sich an den Händen und spürten den Körper des anderen ganz nah. Evas ewiges Gedankenkarussell hatte aufgehört. Sie genoss diesen losgelösten Moment.

Erich deutete mit einer Kopfbewegung in Richtung des Hofes und sagte: »Ich möchte, dass du mit mir zur *Staila* hochkommst. Am besten du sagst denen Bescheid, dass du ins Dorf gehst. Nicht, dass man dich noch sucht.«

Eva lief den Hang hinunter und fand Walter Defuns auf dem Hof. Als sie ihm gesagt hatte, was sie vorhatte, lächelte er. »Das kann ich mir schon vorstellen, dass ein 17jähriges

Stadtkind auch mal einen Tag im Dorf verbringen möchte. Ich wünsche dir viel Spaß!«

Eva war froh, dass ihm ihre heißen Wangen nicht aufgefallen waren.

Kurz darauf stiegen Erich und Eva den Hang hinauf und näherten sich dem Wald. Davos lag weit unten im Tal, als sie sich nach einer Weile des stillen, aber zügigen Aufstiegs auf einen Stein setzten.

»Geht es? Gehe ich dir nicht zu schnell?«

»Nein, alles ist in Ordnung.« Sie lächelte ihn schüchtern an.

»Gefällt es euch hier oben in Davos?«, wollte Erich wissen.

»Ja, sehr. Wohnt ihr das ganze Jahr in der *Staila*?« Erich nickte. »Im Sommer arbeite ich von morgens bis abends auf unserer Hütte, im Winter versuchte ich, den Schulstoff des Sommers einigermaßen nachzuholen, diesen Frühling habe ich nun die Schule abgeschlossen und wollte als Koch nach Italien. Mein Vater ist im Winter aber schwer erkrankt, sodass ich hierbleiben muss, um meinen Eltern zu helfen.«

Eva beschlich ein schlechtes Gewissen. Sie hatte ihm Sorglosigkeit und Zufriedenheit unterstellt. Er machte auf sie einen solch glücklichen Eindruck, trotz dieses harten Lebens und des Schicksals nicht seinen Wünschen nachgehen zu können. Sie hatte sich bisher nicht vorstellen können, dass auch Nichtjuden Kummer hatten. Wie dumm von ihr.

Sie stiegen weiter den schmalen Waldweg hinauf. Nun kam er Eva auch wieder bekannt vor, und sie wusste, dass sie bald aus dem Wald treten und die Hütte vor sich sehen würden.

Es war noch still und nur ein paar Gäste saßen auf der Terrasse der *Staila*-Hütte. Kein Trubel, wie er gestern geherrscht hatte, kein Geruch von Essen, der aus der Küche drang. Alles lag verträumt da.

»Ab 11 Uhr kommen meistens die ersten Gäste. Um 14 Uhr ist es dann voll. Wir haben noch ein bisschen Zeit für uns.« Es war kurz nach 13 Uhr und Erich ging mit Eva auf die Tür der Hütte zu.

Eva stoppte und fragte ihn unsicher: »Was hast du vor? Sind deine Eltern hier? Willst du mich ihnen vorstellen?«

Er nickte. »Sie sind bestimmt in der Küche. Ich habe ihnen nur erzählt, dass du gestern da gewesen bist und heute gerne nochmals kommen wolltest, aber den Weg alleine nicht finden würdest und ich dir meine Hilfe angeboten habe.«

Eva atmete erleichtert auf. Sie wollte keinesfalls bei seinen Eltern den Eindruck erwecken, dass sie deren Sohn nachstellen würde.

Erich öffnete die Tür und rief auf Bündnerdeutsch: »Bin wieder da!«

»Ich komme gleich«, war die Antwort aus der Küche.

Eva stand mit flauem Gefühl in der Wirtsstube. Sie hatte ein wenig Angst vor der Begegnung. Was würden die Eltern zu einem dahergelaufenen Mädchen aus der Stadt sagen? Und dann auch noch Ausländerin und Jüdin.

Die Tür zur Küche ging auf, und mit ihr drang ein Schwall appetitlich riechenden Dampfes in die Stube. Eine Frau mit weißer Kochschürze und einem um die Haare gebundenen Tuch kam auf die beiden zu.

»Ah, der Gast von gestern. Grüezi, ich bin Maria Capun, die Mutter von Erich«, sagte sie schroff und schaute Eva neugierig, und Eva hatte das Gefühl, abweisend an.

Eva spürte ein ungutes Gefühl in sich aufsteigen, und sie wünschte sich mit einem Male ganz weit weg von hier.

»Das ist Eva. Sie ist zu Besuch in Davos, und es hat ihr gestern, als sie unsere Hütte besuchte, so sehr gefallen, dass sie heute nochmals herkommen wollte.«

Am Blick der Mutter konnte Eva erkennen, dass sie ihm kein Wort glaubte.

Sie nickte aber nur und meinte: »Hmm, denk dran, Erich, um 14 Uhr bereit zu sein, wenn die Gäste kommen.«

»Ja, klar. Unterdessen zeige ich Eva die Umgebung.«

Sie wartete seine Antwort nicht ab und ging schon wieder, ohne ein weiteres Wort zu verlieren, in die Küche zurück. Die Tür knallte hinter ihr zu und Eva fühlte sich in ihrem unguten Gefühl was Erichs Mutter betraf, bestätigt.

Sie gingen ein Stück weit den Weg hoch, der von der Hütte in die Berge führte.

Nach einer Weile setzten sie sich auf zwei große Steine, die am Wegesrand lagen, und Eva atmete tief durch. Ihr Herz klopfte heftig. Sie war solche Steigungen nicht gewohnt. Sie schwieg und hörte den Vögeln zu, die über den Baumwipfeln kreisten und immer wieder schreiend zu Sturzflügen ansetzten.

Erich war ihrem Blick gefolgt. »Das sind Bergdohlen, die gibt es hier zuhauf. Ihr Gekreisch hört man den ganzen Tag.«

Er drehte sich zu Eva um.

»Wieso seid ihr in der Schweiz? Musstet ihr aus Deutschland fliehen?«

Eva sagte nichts. Sie zitterte am ganzen Körper. Wieso musste er diese Frage stellen? Es traf sie mitten ins Herz. Sie wollte ihn nicht anlügen, wusste aber auch nicht, wie er reagieren würde, wenn er die Wahrheit erfahren würde.

»Seid ihr Juden?«

Eva stand abrupt auf, er sollte ihre Tränen nicht sehen. Sie machte sich an den Abstieg, als sie seine Schritte hinter sich hörte. Er legte ihr den Arm um die Schultern und hielt sie auf. Eine Weile standen sie einfach da. Eva fragte sich, ob ihm klar war, dass sie keine Chance hatten, weil das Ende schon besiegelt war.

»Du musst nicht weinen, ich wusste es schon gestern. Es spielt keine Rolle.«

Sie entwand sich seinem Griff und schrie: »Und ob es eine Rolle spielt! Ich bin Jüdin, ich habe keine Existenzberechtigung, wenn es nach den Nazis geht. Was weißt du schon davon? Du bist Christ, Schweizer, was kann einem Besseres im Leben geschehen?«

Sie vergrub das Gesicht in den Händen und wollte, dass er still war.

Aber er sprach gegen ihre Verzweiflung an. »Eva, hör auf. Als ich dich gestern auf der Terrasse gesehen habe, deine Stimme, dein klares Hochdeutsch hörte, dein zartes Gesicht und diese wunderschönen Haare gesehen hatte, war es so, als ob eine fremde Macht mein Handeln übernommen hätte. Ich bat unsere Aushilfskraft einen anderen Tisch zu übernehmen und kam zu euch. Ich blickte in deine Augen, die so interessiert, aber gleichzeitig auch traurig mich anschauten. Ich werde diesen Blick nie vergessen.« Er nahm ihr Gesicht in seine Hände. »Mir ist es egal, welcher Religion du angehörst, ob du reich oder arm bist, ob du …« Er strich ihr zerzaustes Haar hinter ihr Ohr, ließ seine Finger durch ihren geflochtenen Zopf gleiten und löste ihre schweren, dicken Haare, bis sie offen über ihre Schultern fielen. »Ich mag deine Haare offen. Sie sind zu schön, als dass man sie wegfrisieren sollte.«

Eva musste an ihre Mutter denken. Wenn sie das hören könnte!

Er beugte sich vor, und sie schloss die Augen. Erich küsste sie sanft auf die Lider.

Eva legte die Arme um ihn und hatte für einen Moment das Gefühl, dass ihr nichts mehr geschehen konnte.

Selbst die innere Stimme, die ihr zuraunte, es würde niemals so sein, wie sie es sich wünschte, war bedeutungslos. Eva empfand nichts weiter als ein tiefes Glücksgefühl und Dankbarkeit, diesen Menschen getroffen zu haben.

Schließlich löste sie sich aus Erichs Umarmung. Während sie langsam zur Hütte zurückgingen, erzählte sie Erich, weshalb sie Frankfurt verlassen hatten.

Erich betrachtete sie nachdenklich. »Ich muss zugeben, dass ich mich nie sehr für Politik und schon gar nicht für Dinge, die im Ausland geschehen, interessiert habe. Trotzdem habe ich Veränderungen bemerkt. Wir hatten immer sehr viele Gäste aus Deutschland. Auch Juden. Aber die kommen nicht mehr. Meine Mutter meinte gerade kürzlich, dass Familie Obstfeld seit drei Jahren nicht mehr hier war. Es ist alles so weit weg, und nun kommt es mit dir hier auf die Berge.«

»Ja, es ist für euch weit weg. Ich wünschte, das wäre auch für mich so.« Sie biss die Zähne zusammen. »Das Schlimmste ist, dass ich es nicht verstehen kann.«

Erich sah sie fragend an. »Was meinst du?«

»Ich verstehe nicht, was die Tatsache damit zu tun hat, dass wir Juden sind. Was ist an uns Juden schlecht? Weshalb macht man uns für alles verantwortlich und will uns aus der Gesellschaft drängen? Weshalb will man uns in ein Land schicken, das es gar nicht gibt und wahrscheinlich nie geben wird?«

Erich wirkte ratlos, aber Eva hatte auch nicht erwartet, dass er auf diese Fragen eine Antwort haben würde.

Als sie an der Hütte ankamen, waren schon mehr Gäste da, rekelten sich auf den Bänken auf der Terrasse, schnürten ihre Wanderschuhe auf und ließen sich von den mittäglichen Sonnenstrahlen verwöhnen.

»Setz dich hier unter den Baum, das ist ein schöner Platz. Ich muss jetzt arbeiten, aber ich komme immer wieder zu dir rüber.«

Er winkte ihr zu und verschwand in der Hütte. Eva genoss es, ihm bei der Arbeit zuzuschauen, die Menschen, die ankamen, zu studieren und das Glücksgefühl nach dem Spaziergang zu genießen. Erich hielt sein Versprechen. Er kümmerte sich rührend um ihr Wohlergehen, brachte ihr hausgemachten Apfelsaft und »Rösti«.

Um fünf Uhr verabschiedeten sich die letzten Gäste. Die Rechnungen waren beglichen, und man nahm den Weg hinab ins Tal. Erich, seine Mutter und eine Aushilfskraft räumten auf. Eva kam sich nutzlos vor und bot ihre Hilfe an. Erichs Mutter betrachtete sie verwundert.

»Du kannst die Sitzkissen auf der Terrasse wegräumen!« Der Ton in ihrer Stimme verriet, dass sie ungern Evas Hilfsangebot annahm. Die Arbeit war schnell getan, und Eva traute sich nicht mehr, nach einer weiteren zu fragen, so emsig liefen die drei zwischen der Küche, der Gaststube und der Terrasse hin und her. Als alles geschafft war, kam ein erschöpft wirkender Mann in der Kleidung eines Kochs vor die Hütte. Er streckte sich und setzte sich an einen der Tische. Erichs Mutter stellte ihm ein großes Bier hin und redete auf ihn ein. Eva vermutete, dass es Erichs Vater war. Würde er auch so unfreundlich und zurückhaltend wie die Mutter sein? Eva konnte nichts verstehen, weil sie zu weit weg war. Es beschlich sie das ungute Gefühl, dass man über sie sprach. Wie zur Bestätigung drehte sich der Mann in ihre Richtung und lächelte ihr zu. Erich gesellte sich zu den beiden und ging dann zu Eva hinüber.

»Eva, komm, ich möchte dich meinem Vater vorstellen.«

Eva folgte ihm langsam. Die Mutter stand breitbeinig da, ihre Hände in die Hüften gestemmt, den Blick fest auf Eva gerichtet, der Vater, abgekämpft vom langen Arbeitstag, blieb sitzen und schaute Eva interessiert entgegen.

»Das ist Eva. Ich habe sie gestern kennengelernt. Sie ist in den Ferien in Davos und war von unserer Hütte so begeistert, dass sie sie unbedingt heute nochmals sehen wollte.«

»Grüezi, Eva, herzlich willkommen auf der *Staila*. Ja, das ist wirklich ein von Gott auserwähltes Fleckchen Erde.«

»Und morgen?«, unterbrach Frau Capun demonstrativ das Geplauder ihres Mannes.

Eva wusste genau, auf was diese Frage hinausging. Die Mutter störte Evas Anwesenheit. Dass sie Jüdin war, konnte die Mutter nicht wissen, da war sich Eva sicher. Sie wollte einfach nicht, dass ihr Sohn »Mädchenbesuch« hatte und ihn von der Arbeit ablenken würde.

Erich verzog das Gesicht. »Morgen wird so sein wie heute

und wie gestern und wie vorgestern und wie alle Tage zuvor. Ich werde euch helfen, diesen Laden in Schwung zu halten.«

Eva war Erichs Verhalten unangenehm. Sie war es nicht gewohnt, dass man mit seinen Eltern öffentlich in einem solch missfallenden Ton sprach. Sie konnte zwar seine Reaktion auf die Frage seiner Mutter gut verstehen, weil sie hintergründig war, aber sie hätte nie im Leben gewagt, ihrer Mutter gegenüber so einen Tonfall anzuschlagen.

»Tsch, tsch, ihr zwei Streithähne«, griff nun der Vater ein. »Eva kann jederzeit wiederkommen, keine Frage. Und wenn du nicht nur unser Plätzchen schön findest, sondern auch unser Sohn Gefallen an deiner Anwesenheit hat, dann ist das doch etwas Wunderbares, oder?« Er schmunzelte bei seinen Worten und schaute seine Frau mit einem beruhigenden Blick an.

»Wenn die Arbeit darunter nicht leidet, kann kommen, wer will«, waren die letzten Worte der Mutter, bevor sie in der Hütte verschwand.

Herr Capun lachte, nachdem sie im Haus verschwunden war: »Immer das letzte Wort haben, so kennen wir die Mutter, nicht wahr, Erich?«

Erich nickte zustimmend, schien aber nach wie vor verärgert.

Gemeinsam machten sie sich auf zum Defuns-Hof. Die tiefliegende Abendsonne warf nun lange Schatten über den Wald. Eine eigentümliche Ruhe machte sich breit, ein Innehalten der Natur, bevor die Nacht hereinbrach. Für Eva ging ein aufregender Tag zu Ende. Sie wusste nicht, was sie morgen erwarten würde. Auf jeden Fall würden sie sich wiedersehen. Sie wusste noch nicht, ob sie ihren Eltern reinen Wein einschenken oder wieder etwas erfinden würde, aber morgen war wieder ein Tag zusammen mit Erich. Fröhlich ging sie neben ihm Richtung Tal. Sie schwiegen beide, und sie genoss seine Anwesenheit.

Kurz, bevor sie den Defuns-Hof erreichten, blieb Erich stehen, zog Eva sanft an sich und küsste sie. So einen Kuss hatte Eva noch nie erlebt. Ihre Schüchternheit schmolz dahin, sie öffnete sich ihm und wünschte sich, dass sie einander nie mehr loszulassen bräuchten. Hundegebell vom Hof holte sie wieder in die Gegenwart zurück.

»Wir sehen uns morgen. Hier, um neun Uhr?« Sie nickte und lächelte ihn an. Dann sah sie zu, wie er sich umwandte und sich wieder an den Anstieg machte. Als er schon ein gutes Stück entfernt war, ging sie zum Hof hinunter.

Eva ging nun bereits den siebten Tag in Folge den Weg zur *Staila* hoch. Sie kannte den Weg schon so gut, dass ihr die kleinsten Veränderungen auffielen. Eine Holzbeige, die sich über Nacht verjüngt hatte, Blumen auf den Wiesen, die am Vortag noch nicht geblüht hatten, kleine Bäche, die mangels Regen mehr und mehr austrockneten. Sie nahm ihre Umgebung absichtlich so intensiv wahr, weil sie einen baldigen Abschied fürchtete. Sie ärgerte sich über dieses Gefühl, das immer wieder in ihr hochstieg. Sie hatte doch in den vergangenen Tagen endlich etwas wie Beständigkeit in ihrem Leben gefunden. Der Ausflug zur Schatzalp hatte ihr eine berufliche Perspektive aufgezeigt, und die Begegnung mit Erich hatte ihr Innerstes vollkommen umgekrempelt. Sie hatte sich ihm auf nie gekannte Weise öffnen können. Mit ihm konnte sie herzhaft lachen, ohne ein schlechtes Gewissen zu haben, sie konnte genießen, sei es das einfache, aber köstliche Essen oder einfach nur die Ruhe, das träge Liegen auf der Wiese neben der Hütte, während der Sommerwind und das Vogelzwitschern sie in den Schlaf wiegten.

Als sie den Wald verließ und von Weitem schon die *Staila* sehen konnte, klopfte ihr Herz vor Freude, Erich gleich wiederzusehen. Auf der Terrasse rannte Lisa, Erichs Schwester, zwischen den Tischen und Bänken hindurch und warf lachend einen Ball in die Luft, der immer wieder auf die Holztische herunterpolterte. Das störte das Mädchen aber nicht im Geringsten. Es veranlasste sie nur dazu, den Ball noch höher zu werfen. Als Eva schon fast an der Hütte angekommen war, stürmte Frau Capun wütend aus der Gaststube, fasste Lisa unwirsch am Arm und schimpfte lautstark mit ihr. Eva hätte am liebsten kehrtgemacht. Sie mochte es nicht, wenn Frau Capun laut wurde. Sie fürchtete sich vor ihren Wutausbrüchen, die sie in den vergangenen Tagen zur Genüge kennengelernt hatte. Niemand blieb davon verschont. Sie hatte einen Ton an sich, bei dem jeder Feldwebel vor Neid erblasst wäre. Am liebsten kommandierte sie Erich rum und Eva wusste, dass er sich nur ihretwegen zusammenriss. Die Spannung zwischen Mutter und Sohn war wie ein gespanntes Seil, das jederzeit reißen konnte.

Erich kam um die Hütte, und sein finsteres Gesicht hellte sich bei ihrem Anblick auf. Er kam, ohne seine Mutter und Schwester weiter zu beachten, auf Eva zu und fasste verstohlen ihre linke Hand. Die Berührung baute Eva auf, Frau Capun war vergessen, sie wollte an keinem anderen Ort dieser Welt mehr sein.

»Erich, vergiss deine Arbeit nicht!«, ertönte die Stimme von Erichs Mutter. Eva fühlte sich unwohl. Die Abneigung, die sie von Anfang an gegenüber der Mutter empfunden hatte, hatte sich noch vertieft. Frau Capun versuchte immer, ihr Zusammensein zu stören. Tausend Dinge fielen ihr ein, um Erich abzurufen. Offensichtlich konnte sie sich am Glück, das ihr Sohn empfand, nicht erfreuen.

Erichs Schultern spannten sich an, und er drehte sich um. »Ja, ja, ich weiß. Eva kann uns helfen, dann sind wir schneller fertig.«

Frau Capun verzog das Gesicht. Sie schien nicht begeistert, aber Evas Hilfe abzuschlagen, wäre anscheinend selbst für sie ein Schritt zu viel gewesen. So ganz wollte sie es sich mit ihrem Sohn dann doch nicht verderben. Sie drehte sich um und verschwand in der Hütte. Lisa kam mit gesenktem Kopf auf Eva und Erich zu.

»Was soll ich denn nun machen? Mutter will nicht, dass ich mit dem Ball spiele und zum Helfen in der Stube sei ich noch zu klein, sagt sie.«

Eva tat die Kleine leid. Lisa, die Erich Lisi nannte, war acht Jahre alt und ging in die zweite Klasse unten im Dorf. Meistens war sie von früh morgens bis am späten Nachmittag in Davos. Über Mittag war sie bei einer Tante, wo sie auch aß. In der wenigen Zeit, wo sie dann mal hier oben in der *Staila* war, wurde sie meistens von einer Stelle zur nächsten geschubst. Nicht einmal Erich empfand für seine kleine Schwester Mitleid. Wie auch? Er kannte es ja selbst nicht anders. Seit er zwölf war, hatte er den Eltern in der Hütte geholfen. Er musste schauen, wie er nebenbei noch in der Schule einigermaßen den Anschluss hielt. Jetzt erst merkte Eva, wie privilegiert ihre Frankfurter Kindheit gewesen war.

»Lisi jetzt gib Ruhe und beschäftige dich selbst! Eva, lass uns in die Küche gehen und die Aufträge entgegennehmen.« Er klang sarkastisch.

Eva schaute in Lisis enttäuschtes Gesicht und fragte spontan: »Lisi, wollen wir ein Steinhäuschen beim Brunnen bauen?«

Die Miene der Kleinen erhellte sich. Wahrscheinlich hatte noch nie jemand, der nicht gleichaltrig war, mit ihr gespielt. Erich warf Eva einen erstaunten Blick zu.

»Meine Eltern sind bestimmt froh, wenn du dich ein wenig mit Lisi beschäftigst«, erklärte er und verschwand in die Hütte.

Nach über einer Stunde, in denen sie kleine Steine aufeinandergeschichtet hatten, mit Moos und Gras ausgekleidet und Hölzchen als Dach über die Bauwerke gelegt hatten, sehnte Eva den Augenblick herbei, dass Erich zu ihr kam und sie Zeit für sich haben würden. Doch nichts geschah. Sie hatte keine Lust mehr, mit Lisi zu spielen.

»Mach jetzt mal allein weiter«, sagte sie, erhob sich und ging unschlüssig auf die Terrasse zu. Die Tür flog auf, und Frau Capun kam ihr mit einem Eimer entgegen. Sie hatte einen hochroten Kopf. Eva nahm an, dass sie den Boden in der Gaststube gewischt hatte.

»Na, mit deiner Hilfe ist es auch nicht gerade weit her«, sagte sie im Vorbeigehen schnippisch.

Eva fiel so schnell keine passende Antwort ein. Sie ärgerte sich über Erichs Mutter und auch über sich selbst, dass sie nicht schlagfertig genug war, um ihr Paroli zu bieten. Und dann senkte sie auch noch ganz automatisch den Kopf – das musste wie ein Schuldeingeständnis wirken. Sie ballte ihre Hände zu Fäusten und bemühte sich, den Vorwurf ruhig hinzunehmen.

Hinter ihr wurde die Tür ein weiteres Mal geöffnet, und

sie hörte vertraute Schritte. Ein Arm umschlang ihre Schultern. Sie atmete tief durch.

»Es hat doch länger gedauert. Es tut mir leid, dass du so lange warten musstest. Aber jetzt habe ich Zeit.« Erich lächelte sie an und ergriff ihre Hand. Sie gingen zum kleinen Weg, der hinter der Hütte den Berg hoch führte, hielten einander an den Händen und Eva genoss die Ruhe, die sie umgab.

»Meine Eltern müssen heute Nachmittag ins Dorf runter und Ware holen. Eigentlich immer mein Part. Mein Vater springt aber für mich ein, da er noch ein paar wichtige Dinge erledigen muss.« Erich lachte bei seinen Worten. »Das heißt: Wir sind endlich allein!«

Eva wusste nicht so recht, ob sie sich freuen oder eher ängstigen sollte.

Erich trat auf sie zu und schaute sie mit einem ihr bis jetzt unbekannten Blick an.

Sie seufzte und strich ihm durch sein wuscheliges Haar. Er hielt sie am Handgelenk fest. »Eva, was wir beide nicht haben, ist Zeit. Aber ich stelle mir einfach vor, dass wir sie hätten.«

Sie küssten sich, und sie war wütend auf sich selbst, dass sie nicht über ihren Schatten springen konnte. Jetzt war doch der in ihren Büchern immer wieder viel beschworene Zeitpunkt gekommen, wo die Liebenden sich vereinigten. Was sie zu erwarten hatte, konnte sie sich nicht richtig vorstellen. Auf dem Hof der Defuns hatte sie sich mit dem »tierischen Liebesspiel« schon ein wenig bekannt gemacht. Und was sie da gesehen hatte, nahm ihr die Angst in keiner Weise. Im Gegensatz, sie erhöhte sich nur noch. Die Bücher blieben da zu ihrem Bedauern auch immer ziemlich wage. Sah sie in Erichs Augen, dann ahnte sie, dass es nicht nur beim Küssen blieb. Ihre Küsse hatten schon ihre kühnsten Vorstellungen überstiegen. Sie konnte mit niemandem darüber sprechen. Nicht einmal mit Elisabeth. Ihre eigenen Gedanken und Wünsche waren ihr peinlich. Dies alles verwirrte sie, machte ihr Angst und ließ sie wünschen, dem Alter Lisis nie entwachsen zu sein. Und doch konnte sie dem Neuen nicht widerstehen.

Am Nachmittag, als die letzten Gäste gegangen waren und sich die Eltern mit Lisi auf den Weg ins Dorf gemacht hatten, standen Eva und Erich Hand in Hand auf der Terrasse. Ein Gefühl der Unsicherheit lag zwischen ihnen. Erich übernahm die Initiative. Wortlos führte er sie durch die Gaststube in den hinteren Teil des Raumes und stieg mit ihr die steile Treppe zu den Privaträumen der Familie hoch. Eva war noch nie hier gewesen. Doch heute sollte sie den Rückzugsort der Familie kennenlernen. Von einem schmalen Flur gingen vier Zimmer ab. Erich stieß die Tür zum ersten Raum auf und Eva nahm mit Erstaunen die Helligkeit, die in dieser Stube herrschte, wahr. Über die ganze Breite des Raumes gaben Fenster den Blick frei ins Tal. Das Wohnzimmer der Familie war spärlich eingerichtet, was den Raum aber nur noch heller erschienen ließ. Eva war überwältigt von dieser kleinen Stube mit dem unvergleichlichen Ausblick. Die anderen Türen gingen zum Schlafzimmer der Eltern und Lisis Zimmer. Am Ende des Flurs öffnete Erich die Tür zu seinem Zimmer. Eva fand es gemütlich, dass es hier auch am Tag eher düster war wegen der Felswand hinter der Hütte. Es gab nur zwei Möbelstücke: ein Bett und einen Schrank. Erich setzte sich aufs Bett und streckte seine Hand aus. Eva ging langsam auf ihn zu. Er legte seine Hände auf ihre Hüften und presste sein Gesicht an ihren Bauch. Sie strich über sein Haar und spürte, wie ihre Nervosität sich langsam legte. Sie drückte sich an seinen Körper. Er ließ sich mit ihr auf das Bett fallen, immer noch seine Hände um ihre Hüften. Eva legte ihre Hand auf seine Brust und fühlte sein Herz klopfen, sie sah seinen aufgewühlten Blick, der seine Erregtheit verriet. Es war ein anderer Blick als der, den sie von Erich kannte. Der liebende Ausdruck war fort, an seine Stelle war ein Begehren getreten, das ihr im ersten Moment Angst einflößte. Diese Begierde lag auch in seinen streichelnden Händen, die sie nun am ganzen Körper fühlte. Sie begann, Gefallen an dieser Umarmung zu finden.

Erichs Hände schienen jede Stelle ihres Körpers erkunden zu wollen. Sie schickte auch ihre Hände auf die Suche und war erstaunt über ihren Mut. Die Berührungen wurden immer heftiger, und Eva fiel aus der Zeit. Ihr sonst immer präsenter Verstand schwieg endlich.

Plötzlich hielt Erich inne, küsste sie nochmals und schob sie behutsam von sich. Er lächelte sie an und Eva wusste, dass er nur ihr zuliebe hier aufgehört hatte. Sie lagen heftig atmend nebeneinander auf seinem Bett. Beide schwiegen. Nach einer langen Zeit nahm Eva Erichs Hand, küsste sie und hauchte in die Handfläche: »Danke.«

In seinem Blick lag das Wissen um ihre Angst, dass er hier und heute etwas tun könnte, wozu sie noch nicht bereit war. Behutsam fuhr er mit den Fingern durch ihr zerzaustes Haar.

Seit Eva Erich kennengelernt hatte, flog die Zeit in Davos nur so dahin. Ein schöner Tag folgte dem nächsten, kein

Innehalten schien möglich, Eva schwebte auf rosa Wolken und hätte die Verbindung zu ihrem eigentlichen Leben komplett gekappt, wäre da nicht dieses Telegramm gewesen, das die Familie am Montag ihrer letzten Urlaubswoche erreichte.

Sie saßen wie immer recht schweigsam am Frühstückstisch. Eva hatte sich schon ihren Tag zurechtgelegt. Jacob und Martha planten eine Kutschfahrt mit Walter Defuns um den Davosersee. Sie hatten am gestrigen Abend nachdrücklich versucht, Eva zum Mitfahren zu überreden. Ihre Eltern hatten aber schon ziemlich schnell resigniert. Zunächst war ihr Erstaunen angesichts des übersteigerten Interesses ihrer Tochter an dieser Hütte oben in den Bergen groß gewesen. Erst eine beiläufige Bemerkung von Lisbeth Defuns hatte die beiden auf die Spur gebracht.

»Ja, die *Staila* ist wirklich was Besonderes. Zum Glück ist der Erich dageblieben und nicht nach Italien gegangen. Die Capuns würden es ohne die Hilfe ihres Sohnes wahrscheinlich nicht schaffen.«

Beim Klang von Erichs Namen spürte Eva, wie sie errötete. Natürlich fiel Martha das auf, und sie hakte nach: »Eva, ist das der junge Mann, der uns bei unserem Besuch bedient hat?«

Eva nickte nur, weil sie befürchtete, dass ihre Stimme sie noch mehr verraten würde. Aber ein Blick in das Gesicht ihrer Mutter zeigte ihr, dass es schon zu spät war.

»Aha«, sagte Martha nur.

Als sie kurze Zeit später alleine im Raum waren, strich Martha Eva über den Arm und lächelte sie zaghaft von der Seite an: »Jetzt verstehe ich, weshalb du jeden Tag zu dieser Hütte willst. Der Junge hat es dir angetan.« Martha hielt inne und Eva konnte in ihrem Blick Unsicherheit sehen und meinte ihr förmlich ansehen zu können, dass sie ihre Tochter über solche Freundschaften mit jungen Männern warnen wollte. Sie sagte dann aber nur: »Ach, Evalein, du weißt aber, dass wir hier und auch in Zürich nicht bleiben können.«

Was sollte Eva daraufhin sagen? Sie wusste das, aber hätte es etwas geändert? Sie hatte sich in Erich im Bewusstsein der Endlichkeit verliebt, und vielleicht war es gerade dieses Wissen, das sie sich noch mehr zu ihm hingezogen fühlen ließ.

Seit ihrer Abreise aus Frankfurt war nichts mehr gewiss. Morgen konnte alles anders sein. Alles war ins Wanken geraten. Sie fühlte sich an manchen Tagen wie eine Ertrinkende im Strudel eines Flusses. Und da erschien nun dieser Fels mitten im Fluss, der sie vor dem Ertrinken retten konnte, wenn sie ihn nur zu fassen bekam. Und sie hatte es geschafft. Wie eine Überlebende, die den Fluten entronnen war, erschöpft vom Kampf gegen das Untergehen, war sie überglücklich, ihr Leben einfach nur genießen zu dürfen. 17 Jahre alt und zum ersten Mal verliebt zu sein, nur der Moment zählte, und es war auf wunderbare Weise egal, was der Morgen bringen würde.

Eva saß auf der Bank vor dem Haus und schnürte ihre Wanderstiefel, als ihr Vater sich mit einem Buch in der Hand zu ihr setzte.

»Wir werden alle diesen Ort vermissen. Es ist, als ob wir von diesem magischen Sog, den auch Thomas Mann so empfunden haben muss, mitgerissen worden wären. Das Licht, die Luft, der Geruch, die archaische Landschaft lässt einen nicht mehr los. Geht es dir nicht auch so, Eva?«

Eva reagierte zunächst nicht auf seine Frage. Sie versuchte, die Worte ihres Vaters einzuordnen. Sie hatte für sich schon öfter den Vergleich zu Hans Castorp aus dem »Zauberberg« gezogen. Sie war mit keinen besonderen Erwartungen nach Davos gekommen. Hätte ihr jemand gesagt, dass sie diesen Ort am Ende des Urlaubs am liebsten nie mehr verlassen würde, sie hätte es nicht geglaubt. Hier oben ist in ihr der Wunsch Literaturwissenschaften zu studieren gereift. Aber wo? Wohl kaum in Zürich. Das Jahr bis zur Matura würde sie vielleicht noch in dieser Stadt verbringen können, aber dann würde sie bestimmt mit ihren Eltern weiterziehen müssen.

Eva schaute nachdenklich ihren Vater an: »Ja, du hast recht. Warum können wir nicht hierbleiben?«

Jacob lachte kurz auf. Es war ein hoffnungsloses Lachen. »Wenn ich so etwas für mich entscheiden könnte, säße ich heute noch an meinem Schreibtisch in Frankfurt.« Er senkte seinen Kopf, und Eva war sich ihrer dummen Frage bewusst. »Ich weiß Vater, es liegt nicht in deiner Hand.«

Er seufzte: »Wir sind der Willkür einer wild gewordenen Horde ausgesetzt, der gegenüber wir uns nicht wehren können. Dass wir Juden sind, das haben wir bei allem Fortschritt der vergangenen Jahrzehnte schon fast vergessen.«

»Was haben wir getan, dass man uns so behandelt?«

Jacob strich sich durch sein dünn gewordenes Haar.

»Ach Eva, vielleicht kann ich es mithilfe von Kant erklären.« Er hielt ihr das Buch, das er auf seinen Schoß gelegt hatte, hin. Eva las den Titel: »Metaphysik der Sitten«.

Jacob schlug eine mit einem Lesezeichen markierte Seite im Buch auf und las laut vor: »Der Mensch hat ein der Menschenliebe entgegengesetztes Laster, das des Menschenhasses. Es besteht aus Neid, Undankbarkeit und Schadenfreude. Kein offener Hass, sondern ein geheimer und verschleierter.« Er legte das Buch zurück. »Kant sieht als Quelle das menschliche Gefühl, dass unser eigenes Wohl durch das Wohl anderer in den Schatten gestellt wird. Der Unterlegene definiert sich über das Unglück, das dem Überlegenen geschieht. Kant nennt Schadenfreude auch 'die schäbige Ersatzlust der Kleingeister und ewig Unzufriedenen'. Neid ist ein Gefühl, das keiner gerne zugibt, und deshalb ist es so wunderbar praktisch, wenn andere agieren und Argumente liefern. So, wie es die Nazis nun offiziell seit 33 tun.«

»Einfach nur Neid!« Eva schüttelte ungläubig den Kopf.

So hatte sie den Antisemitismus noch nie gesehen. »Ich habe mir diesen Hass auf uns stets mit der jahrhundertealten Rivalität zwischen Christen und Juden erklärt.«

»Ja, Eva, aber den heutigen Antisemiten geht es nicht mehr um die Verschiedenarten der beiden Konfessionen. Juden werden nicht mehr als Religionsgemeinschaft, sondern als gesellschaftliche Abstammungseinheit gesehen, die demnach ihre angeblichen negativen Eigenschaften weitervererben können und somit eben nicht assimilierbar sind. Was manchmal so unendlich komplex aussieht, kann sich auch auf einen ganz einfachen Nenner runterbrechen lassen.«

Jacob ließ seinen Blick über die vor ihnen liegende prachtvolle Bergwelt streifen.

Lange hatte er über die Gründe dieser seit Ende des 19. Jahrhunderts aufkeimenden und in ihrer Art völlig neuen Feindseligkeit gegenüber Juden nachgedacht. Manchmal lag das Entfernte aber auch ganz nah. So hatte ihn ein mittelmäßiger Student, bei dem es absehbar war, dass er den Semesterabschluss nicht schaffen würde, zu einer Eingebung geführt. Derjenige Student brüskierte sich in dem von Jacob geleiteten Seminar über die »Judaisierung« an deutschen Hochschulen. Nun ermöglichten aber die Nationalsozialisten dem Studenten, sich aus dem Abseits hervorzutrauen und dank eines politischen Programms, untermauert mit staatlichen Gesetzen und einer hanebüchenen angeblich wissenschaftlich begründeten Rassentheorie, fühlte er sich jetzt in der Lage, sein Scheitern zu rechtfertigen. Für seine individuelle Unzulänglichkeit war er blind, sein Misserfolg war eine Folge der von ihm angeprangerten Entwicklung. Der seit 1933 zum Staatsziel erhobene Antisemitismus nahm dem einzelnen Deutschen die Scham und Verantwortung ab.

Jacob hatte sich dank seinem unermüdlichen Fleiß und Willen Bildung angeeignet und dadurch einen sozialen Aufstieg erlangt. Seine Eltern unterstützten ihn dabei. Von ihnen wusste er auch, dass jüdischen Jungen schon immer das Lesen und Schreiben beigebracht worden war. Zwar in Hebräisch und ausschließlich biblischen Inhalts, aber so hatten sie den christlichen Kindern gegenüber einen Vorteil, als zu Beginn des letzten Jahrhunderts das Lesen, Schreiben und Rechnen zwingend für einen sozialen Aufstieg wurden. Gerade für osteuropäische Juden war die Notwendigkeit des Erwerbs von Wissen eine solche Selbstverständlichkeit, dass sie lieber gehungert hätten, als ihren Kindern den Unterricht zu versagen. Gelehrt hatte sie dies ihre Religion, aber auch die jahrhundertelange Rechtlosigkeit.

Dieser Bildungswille führte zu einem regelrechten Feuerwerk in den Köpfen der jüdischen Kinder. Sie lernten zu debattieren, abstrahieren, zu fragen, nachzudenken, und steigerten so ihre geistigen Fähigkeiten zu einem Maß, das zu demjenigen der eher trägen deutschen Christen im krassen Widerspruch stand und führte dazu, dass Anfang des Jahrhunderts jüdische Schüler um ein Vielfaches einen mittleren oder höheren Schulabschluss im Gegensatz zu Christen erlangt hatten. Es war einfach die Konsequenz aus einer jahrzehntelangen Entwicklung in der Diaspora.

Jacob erhob sich mühsam und wandte sich mit einem schiefen Lächeln Eva zu.

»Verstehen werden wir es wohl nie, aber wir können es zumindest versuchen.« Er drehte sich um und wollte auf die schon bereitstehende Kutsche zugehen, als der Postbote auf seinem Fahrrad in hohem Tempo um die Kurve bog. Er winkte aufgeregt mit einem Briefumschlag.

»Herr Professor, ein Telegramm für Sie aus Zürich!«

Martha und Walter Defuns, die schon in der Kutsche saßen, wandten sich dem jungen Mann zu, insbesondere Jacob wirkte angespannt, als ob er schon ahne, was in diesem Telegramm stand. Seine ganze Contenance war wie weggeblasen. Er riss den Umschlag auf und las wieder und wieder den kurzen Inhalt des Telegramms, bevor er Martha lachend, fast hysterisch, in die Arme nahm. »Ich habe eine Stelle! Ich habe wieder Arbeit!«

Martha nahm das Papier aus seinen zitternden Händen und schrie ebenfalls auf. »Jacob, wie wunderbar. Wir sind gerettet!«

Sie umarmten einander und hielten sich für ein paar Sekunden fest, als ob sie es immer noch nicht fassen könnten.

Eva nahm das Telegramm, das ihre Mutter ihr hinhielt, und las:

»Wir haben eine Stelle in New York – stopp – Universität-Columbia – stopp – Visa für alle geregelt – stopp – Erbitte sofortige Rückkehr – stopp – Herrmann Wuest.«

Als Eva den letzten Satz las, war es ihr, als ob sich der Boden unter ihr aufgetan hätte. Auf einmal stand sie wie im Nebel, die aufgeregten Stimmen drangen nur noch gedämpft zu ihr durch, und lediglich das heftige Pochen ihrer Schläfen ließ sie erkennen, dass sie nicht träumte. Ein Schaudern ging durch ihren Körper. Eine Hand griff nach ihrem Arm.

»Eva, Eva, hörst du, hörst du, was Vater sagt: Wir sind gerettet! Wir haben es geschafft!«

Ihre Mutter wirbelte Eva mit strahlendem Lachen herum. Ja, ihre Eltern waren glücklich, sie schienen erlöst von einer tonnenschweren Last. Doch Eva hatte das Gefühl, nicht mehr Teil dieses Lebens zu sein. Wie betäubt sah sie der Freude ihrer Eltern zu und war zu keiner Regung fähig. Sie ging wie in Trance ins Haus, die Treppe hoch in ihr Zimmer, schloss die Tür hinter sich, öffnete die Schubladen der Kommode, legte ihre paar Habseligkeiten fein säuberlich auf das Bett, holte ihren kleinen Koffer unter dem Bett hervor und packte die Kleider sorgsam ein. Ihre Bewegungen waren mechanisch. Den gepackten Koffer stellte sie auf den Boden und trat an das Fenster. Sie blickte auf den ihr nun schon vertrauten Hof hinunter, nahm nebenher das Krähen des Hahns wahr und ließ ihren Blick hoch zu den Bergen wandern. Die Morgensonne tauchte die Landschaft in dieses unverkennbare Licht des späten Morgens. Die Sonne war schon fast bei der Baumgrenze angelangt. Es waren diese einfachen Dinge, die sie hier oben wahrzunehmen gelernt hatte. Erich hatte sie dafür empfänglich gemacht. Der Gedanke an ihn löste in ihr eine Flut an schmerzlichen Empfindungen aus. Sie war davon ausgegangen, dass ihnen am Ende dieser Woche der Abschied bevorstand. Sie hatten aber beide fest an ein Wiedersehen geglaubt, an eine kurze Trennung, die man durch Briefe überbrücken konnte.

»Dieses Lebewohl wird uns erst richtig zeigen, dass sich unsere Wege nicht nur zufällig gekreuzt haben«, hatte Erich gesagt.

Und nun? Wie sah es jetzt aus mit einem Ozean zwischen ihnen? Sie würden in zwei verschiedenen Welten leben, sie in einer friedlichen, und er in einer vom Nachbarland bedrohten.

Evas Finger glitten mechanisch durch die langen Haare, die sich dem Glätten widerspenstig entzogen. Sie ließ sich auf den Boden sinken, kauerte fröstelnd unter dem Fenster, und endlich kamen die Tränen. Sie blieb so liegen, bis jemand an die Tür klopfte. Eva konnte nicht antworten. Die Tür öffnete sich langsam, und Martha schaute ins Zimmer. Der eben noch strahlende Gesichtsausdruck wich bei Evas Anblick aus ihrem Gesicht. Sie zog Eva zu sich hoch und begleitete sie stumm zum Bett, wo sie sich neben sie setzte. Obwohl Eva nicht mehr weinte, machte Martha immer noch den Trostlaut, das beruhigende »Sch, sch, sch«, das sie nur allzu gut aus ihrer Kindheit kannte, wenn sie sich das Knie aufgeschlagen hatte oder sie sonst ein Kummer bedrückt hatte. Lange saßen die beiden Frauen da, und nur das leise Trösten der Mutter durchbrach die Stille.

»Eva, hör mir zu.« Martha machte eine Pause, wie um sicher zu gehen, dass sie Evas volle Aufmerksamkeit hatte.

»Ich weiß, dass du von diesem Ort als ein anderer Mensch abreisen wirst. Für dich hat sich in den letzten Wochen eine Welt verändert. Ich glaube, du bist abseits unserer Fürsorge erwachsen geworden. Für dich liegt ein Zauber über diesem Ort, diesen Bergen, diesen Menschen – diesem einen Menschen.« Sie schwieg, und ihre Worte schienen nachzuklingen. »Ich kann dich nicht trösten, indem ich sage, dass du ihn wiedersehen wirst, weil ich es selbst nicht glauben kann. Ich weiß nur, dass wir von heute an gerettet sind. All die Ungewissheit der vergangenen Jahre ist nun vorbei. Es ist unsere letzte Chance. Die Schweizer wollen uns seit Monaten lieber heute als morgen loswerden. Unsere Zeit hier war von Anfang an begrenzt. Aber der einzige Vorwurf, den wir uns machen müssen, ist die Tatsache, dass wir uns hier schon eingerichtet, dass wir uns etwas vorgemacht haben.«

Sie atmete tief durch. Eva saß die ganze Zeit reglos da. Sie hörte die Stimme ihrer Mutter, ohne das Gesagte wirklich zu begreifen.

Plötzlich schlug ihre Teilnahmslosigkeit in einen hektischen Aktionismus um. Sie musste zu Erich. Alles andere war unwichtig. Sie erhob sich, ohne ein Wort an ihre Mutter zu richten, und wollte zur Tür gehen, als ihr Martha zuvorkam.

»Wo willst du hin?«

Eva schaute durch sie hindurch und hörte ihre eigenen Worte wie von weit her. »Ich bin am Abend zurück.«

Martha hielt sie am Arm fest. »Eva, nein, du bist am späten Nachmittag zurück. Wir wollen uns anständig von den Defuns verabschieden.« Marthas Ton duldete keinen Widerspruch. Eva sagte nichts, öffnete die Tür, ohne die

Mutter anzuschauen, und stürzte die Treppe hinunter. Nun war keine Zeit mehr zu verlieren.

Eva rannte, so schnell sie konnte. Ab und zu strauchelte sie auf den noch taufeuchten, schattigen Pfaden, musste auf dem steilen Anstieg immer wieder innehalten und nach Luft ringen, doch sie gönnte sich nur kurze Pausen auf ihrem Weg zur *Staila* fort. Die Sonnenstrahlen drangen sacht durch den lichten Lärchenwald, der Tau verdunstete in der wärmenden Sonne, der intensive Geruch der Bergwälder entfaltete sich mehr und mehr mit der steigenden Temperatur. An jedem der vergangenen Tage hatte Eva diese Veränderungen genossen, die Düfte des Waldes in sich aufgesogen und dabei ein Glücksgefühl empfunden. Doch heute war alles anders. Sie verfluchte die glitschigen Wege, die sie aufhielten, sie schwitzte in der Wärme, und sie hatte das Gefühl, unter dem schweren Duft ersticken zu müssen. Das gestern noch Schöne war ihr jetzt widerwärtig.

Der Wald lichtete sich, und die *Staila* kam in Sicht. Da stand sie, friedlich an ihren Felsen geschmiegt, Rauch stieg bereits aus dem Schornstein auf, so unheimlich vertraut und eine Gleichförmigkeit ausstrahlend, die so gar nicht zu ihrem aufgewühlten Empfinden passte.

Wie sollte sie sich von diesem Ort verabschieden, wo sie noch gar nicht bereit dazu war? War sie es in Frankfurt gewesen? Es kam ihr schon so lange vor, dass sie den letzten Blick auf ihre Heimatstadt geworfen hatte. Drei Jahre waren seither vergangen. Es fühlte sich wie zehn Jahre an. Drei Jahre, in denen sie ihre Kindheit hinter sich gelassen hatte, in denen sie durch die politischen Umstände in Deutschland gezwungen wurde, die Sicht eines Kindes auf die Dinge des Lebens zu ändern, weil die Tatsachen ihr keine andere Möglichkeit ließen.

Sie fühlte sich einmal mehr fremdbestimmt. Eva hatte bislang alles hingenommen, doch jetzt war für sie das Ende des Erträglichen erreicht. Sie wollte nicht mehr nur reagieren und wusste doch, dass ihr nichts anderes übrigblieb.

Ihr ging ein Stich durch die Brust, als sie Erich auf der Terrasse der Hütte sah. Er stellte die Bänke in eine Reihe, wischte die Tische mit einem Lappen. Alles war so vertraut, tausendmal getan, und Eva wusste, dass er nicht ahnte, dass es morgen wieder dieselben Handgriffe sein werden, aber nicht mehr von demselben Menschen. Sie würden ihm schwerfallen, weil sie nun so sinnlos erschienen. Genauso wie Eva, in dem zuvor so geliebten Weg zur *Staila* nur noch das Schlechte sehen konnte.

»Eva, was ist passiert?« Er lief ihr entgegen, warf den Lappen achtlos auf den Boden und nahm sie in die Arme. Hätte er ihr nicht einfach zurufen, sie wie jeden Tag begrüßen können? Warum spürte er schon auf diese Distanz, dass nichts mehr war wie zuvor? Es machte das Ganze nicht einfacher, es ließ sie wissen, dass er sie besser kannte als jeder andere Mensch, dass er beinahe ihre Gedanken lesen konnte.

Als sie seinen Körper, seine Wärme und seine Fürsorge fühlte, gab es kein Halten mehr. Eva weinte wie seit Jahren nicht mehr. Erich sagte nichts. Er hielt sie, strich ihr langsam über den Rücken.

Nach einer Weile sagte er mit brüchiger Stimme: »Ihr müsst abreisen.« Es war keine Frage, sondern eine Feststellung. Sie hatten sich für diese letzte Woche noch so viel vorgenommen gehabt. Erich wollte mit Eva auf die Alp Inschlag, einem weiteren Aussichtspunkt, der ihr das Tal noch einmal aus einer ganz anderen Perspektive zeigen sollte. Diese paar Tage hätten für all diese Pläne nicht gereicht, aber in den Herbstferien hatte Eva wiederkommen wollen, sie hatte zwar noch nicht gewusst, wie, aber es musste gehen. Sie hätte die goldenen Lärchenbäume, die olivfarbenen Matten und vielleicht schon den ersten hauchdünnen Schnee erlebt.

Eva konnte in Erichs Blick sehen, dass er wusste, dass es nicht nur ein Abschied bis zum Herbst war. Sie wusste, dass in ihrem Gesicht das Nichtverständnis und das Entsetzen geschrieben stand.

»Wir fahren morgen früh ab. Wir haben Visa für die USA. Mein Vater hat eine Stelle an der Universität in New York.«

Sie verstummte und schaute in Erichs Augen. Sie waren feucht. Sein Blick wirkte hilflos wie der eines kleinen Jungen. Als er wahrnahm, dass sie ihn anschaute, veränderte sich der Ausdruck, wurde beruhigend und hoffnungsvoll. Er wollte für sie Zuversicht verbreiten, er wollte ihr zu verstehen geben, dass auch das sie niemals trennen würde. Egal, ob Viertausender oder Ozeane zwischen ihnen lagen. Sie würden allen Widrigkeiten zum Trotz zusammenbleiben. Was sie in den vergangenen Wochen erlebt hatten, schweißte sie für immer zusammen. Aber Eva selbst war nicht imstande, diese Zuversicht in ihren Blick zu legen. Dafür war sie zu sehr Realistin. Sie wusste, dass es hier zu Ende war.

»Nein, du darfst so nicht denken«, sagte Erich in einem ungewohnt scharfen Ton. Er hatte ihre Gedanken erraten.

»Die Hoffnung stirbt zuletzt, Eva, hörst du?« Nun schüttelte er sie wie eine willenlose Puppe. »Irgendwann ist Hitler am Ende. Dann wird diese verrückt gewordene Welt wieder normal. Alles wird wieder gut, und dann werden wir uns wiedersehen.«

Eva schüttelte den Kopf. »Nein, es wird noch schlimmer.« Erich strich ihr resigniert über den Arm und nahm sie an der Hand. Er führte sie vorbei an der Hütte, vorbei am Brunnen in das Wäldchen. Eva folgte ihm, obwohl sie am liebsten kehrtgemacht hätte. Sie wollte sich nur von Erichs Eltern verabschieden, die kleine Schwester grüßen lassen, und dann wäre sie alleine den Weg zurück ins Tal gegangen, hätte letzte Blicke auf die knorrigen von Isländischem Moos umwickelten Bäume geworfen, den süßlichen Duft der Arven aufgesogen, einen letzten Ausblick ins Tal genossen, um im Nachmittagslicht den Hof der Familie Defuns zu erreichen.

Für sie war das Ende da, es gab nichts mehr zu sagen, nichts mehr zu fühlen, bis auf die große Trauer, die sich wie eine mächtige Krähe auf ihre Schultern gesetzt hatte, die Krallen in ihr Fleisch verhakt, zwecklos, sie abzuschütteln.

»Ich kann dich nicht gehen lassen. Ich kann es nicht, Eva!« Nun war seine Besonnenheit von vorhin vorbei. Er setzte sich auf einen Stein und vergrub sein Gesicht in den Händen. Seine Schultern zuckten. Eva zögerte, sich zu ihm zu setzen und ihn in die Arme zu nehmen. Es waren nur Sekunden, aber sie musste sie sich später immer wieder in Erinnerung rufen, dass sie schon damals instinktiv ahnte, was sich später auch bewahrheiten sollte.

Davos 1965

Fast ein halbes Leben war vergangen, und nun saß sie ihm wieder gegenüber in dieser Hütte in den Schweizer Bergen. Zwei Menschen, durch den Sturm der Geschichte auseinandergerissen, bevor alles richtig beginnen konnte, und die sich nun ungläubig anguckten, die Gesten des anderen studierten und versuchten, Erinnerungen wach werden zu lassen.

Eva war sich sicher gewesen, ihn nie wiederzusehen. Die erste Zeit ohne ihn war hart gewesen. An ihr Leben nach Zürich erinnerte sie sich überhaupt nur schwer. Es war eine dunkle Zeit gewesen, voller dunkler Gedanken, in der wider Erwarten am Ende immer die Hoffnung siegte.

Die überstürzte Abreise aus Davos, der unangekündigte Abschied von Erich, der herzzerreißende letzte Besuch bei Elisabeth und der Wegzug aus Zürich in eine neue noch fremdere Welt. Dies geschah innerhalb kürzester Zeit. Sie wusste nur noch, dass ihre Mutter sich ihrer bei der Überfahrt nach Amerika so intensiv annahm, wie sie es noch nie erlebt hatte. Martha musste der Abgrund, vor dem Eva damals stand, bewusst gewesen sein, obgleich sie der Mutter nie erzählt hatte, was auf der *Staila*-Hütte geschehen war und was ihr Erich bedeutet hatte. Wahrscheinlich war es dieser Mutterinstinkt, der sie Gefahr für ihr Kind erspüren ließ.

Auch Jacob versuchte sein Bestes. Er schleppte gefühlt die halbe Bibliothek des Schiffes zu ihrer Liege auf dem Deck. Nur den »Zauberberg« unterließ er, mitzubringen. Ihm schien klar, dass in Davos etwas mit seiner Tochter geschehen war. Eva war für die rührenden Bemühungen ihrer Eltern dankbar. Sie wusste nicht, was sonst geschehen wäre.

Erich war immer in ihren Gedanken. Er fuhr mit ihr über den Atlantik, bezog mit ihr ihre klitzekleine Wohnung in Brooklyn, begleitete sie am ersten Schultag, war später bei ihren Vorlesungen an der Columbia-Universität dabei und auch bei ihrem Bachelor, als sie ihren schwarzen Hut in die Luft warf.

Aber irgendwann hatte das aufgehört. Sie konnte nicht mehr sagen, wann. Ob es dafür einen Auslöser gegeben hatte oder ob es einfach an der langen Zeit lag.

Anfangs dachte sie noch, dass sie einander Briefe schreiben würden, und wenn dieser Irrsinn in Europa vorbei wäre, würden sie sich wiedersehen und dort weitermachen, wo sie aufgehört hatten. Wie naiv dieser Gedanke war, wusste Eva bereits nach einer Woche in New York. Ihr Leben driftete mit jedem Tag in eine andere Richtung. Sie entfernte sich von der *Staila*-Hütte ebenso physisch wie mental. Sie entschied sich, ihm nicht zu schreiben. Sie sprach zu ihm, sie zeigte ihm ihr neues Leben, sie nahm ihn überall mit hin, aber eben nur in Gedanken.

Daher rührte auch ihre Unfähigkeit nach ihm zu suchen. Es wäre kein unmögliches Unterfangen gewesen, ihn nach dem Krieg und spätestens nach ihrer Rückkehr nach Europa zu suchen. Doch in ihrem Kopf lebte die Erinnerung an den Erich, wie sie ihn geliebt hatte, und dieses Bild wollte sie sich nicht zerstören.

Nach ihrer Kenntnis der Weltliteratur gab es kein gutes zweites Mal in einer Beziehung. Es blieb immer dieser schale Geschmack zurück. Und mit dieser Erkenntnis lebte Eva nun 27 Jahre mehr schlecht als recht, aber sie hatte damit ihren Seelenfrieden gefunden.

Bis zum heutigen Tag. Wo war nun dieser fade Geschmack, den sie sich immer so hartnäckig eingeredet hatte? Sie fühlte sich wie neugeboren, war neu verliebt, aber auch um ihr Selbstverständnis betrogen. Dieser Gedanke bestürzte sie sehr.

Erich schien das bemerkt zu haben: »Eva, was denkst du gerade? Du siehst so unglücklich aus.«

»Ich weiß nicht. Mir kam eben ein furchtbarer Gedanke.«

»Was für ein Gedanke?«

Eva wusste nicht, wie sie ihm das erklären sollte.

»Ach, Erich, ich habe dich so vermisst. Du machst dir keine Vorstellungen, wie ich mich fühlte, als wir uns trennen mussten. Es dauerte Monate, was sage ich, Jahre, bis ich an dich denken konnte, und das tat ich jeden Tag, dass es nicht mehr so schmerzhaft war.« Sie spürte Tränen in ihren Augen. Erich streichelte behutsam ihren Arm.

»Ich habe gerade feststellen müssen, dass ich mich all die Jahre betrogen habe.«

»Weshalb denn?«

»Ich habe mir irgendwann eingeredet, dass wir uns voneinander entfernt hätten, weil wir in zwei verschiedenen Welten lebten.« Sie schüttelte verzweifelt den Kopf. »Ich bin ein solch furchtbarer Kopfmensch.«

Erich lachte und zog sie an sich. »Ich weiß, du bist die, die denkt und ich bin der, der macht.«

Eva schaute nachdenklich zu ihm hoch und staunte über

diesen einfachen, aber wahren Satz. Er kannte sie besser, als sie gedacht hatte. Das machte die Sache aber nicht besser. Jetzt flossen Evas Tränen wirklich. Wie unerträglich arrogant gegenüber ihren Gefühlen war sie gewesen. Sie weinte über die verlorenen Jahre, über die Kinder, die sie vielleicht hätten haben können, und sie weinte bei dem Gedanken an ihre Tochter, weil sie ein schlechtes Gewissen hatte. Sie entstammte einer Beziehung, die nur ein Jahr gehalten hatte.

»Wie lange kannst du bleiben?« Erichs Frage traf sie unvorbereitet. Plötzlich war der Zauber vorbei. Die Wirklichkeit hatte sie eingeholt.

Ihr Blick schweifte zum Fenster, draußen war es Nacht. Niemand würde sie im Hotel vermissen, auch die Tagungskollegen nicht. Sie hielt keinen eigenen Vortrag, war nur Zuhörerin. Ihr Nichterscheinen würde keine Lücke reißen. Ein beruhigendes und gleichzeitig trauriges Gefühl. Auch ihrer Familie würde sie nicht fehlen, solange sie zum angekündigten Termin zurück war. Ihre Tochter war bei ihrer Mutter in den besten Händen. Und Paul? Er war ebenfalls beruflich unterwegs, und sie hatten eine stille Übereinkunft, sich von unterwegs nicht zu melden. Auch er würde sie nicht vermissen, redete sie sich ein, um ihr schlechtes Gewissen zu besänftigen.

»Bis Samstag«, antwortete sie.

Erich stand auf, strich ihr über den Rücken und sagte: »Drei Tage. Das ist nicht viel, aber nachdem wir uns so lange nicht gesehen haben, ist es beinahe eine Ewigkeit.« Eva erhob sich ebenfalls. »Dann lass uns die Zeit nutzen, Herr Capun. Schlafen Sie mit mir, ich kann nicht genug von Ihnen bekommen!«

Er lachte und fing an, ihre Bluse aufzuknöpfen. Sie stieß

den Stuhl weg und er fiel polternd um. Eva rannte zur Treppe. Erich lief ihr nach, erwischte sie an der Bluse und zog sie die Stufen herunter. Er drückte sie an die Flurwand, küsste sie heftig, knöpfte laut atmend ihre Hose auf.

Eva schloss vorsichtig hinter sich die Schlafzimmertür. Auf nackten Füßen, nur mit einem Hemd von Erich bekleidet, schlich sie den Flur entlang. Bei jedem Schritt achtete sie auf die knarrenden Dielen. Sie war auf dem Weg zum Wohnzimmer. Es war noch früh, aber wie damals erhellte ein Strahl Morgenlicht unter dem Türspalt die Diele. Eva öffnete die Tür. Sie knarrte leicht, und Eva drängte sich so leise wie möglich durch den Spalt in den Raum. Sie sah sich um und erschrak. Das Zimmer war beinahe leer. Die wenigen Möbel, die hier gestanden hatten, waren weg. An ihrer Stelle standen unter der Fensterzeile auf zwei Böcken ein Tapeziertisch und ein unbequemer Holzstuhl. Eva trat an den Tisch, der übersät mit Papieren, Zetteln und Briefumschlägen war. Chaos pur. Eva vermied es, den Papierwust genauer zu betrachten, und schaute sich weiter im Zimmer um. Das Arvenholz duftete noch genauso angenehm wie damals. Wie konnte man einen so schönen Raum so vernachlässigen? Sie hatte ihn in so gemütlicher Erinnerung. Sie trat an die Fenster. Auf der Fensterbank entdeckte sie eine Fotografie, die das strahlende Gesicht einer blonden Frau zeigte. Ihre Haut war sonnengebräunt und verlieh ihr einen natürlichen Ausdruck. Eva spürte einen Stich im Herzen und gleichzeitig ärgerte sie sich über sich. Was wollte sie ihm vorwerfen? Er hatte sie auf der ganzen Welt gesucht, im Gegensatz zu ihr an eine gemeinsame Zukunft geglaubt. Nein, sie war die Allerletzte, die nun eifersüchtig auf eine unbekannte Frau sein durfte. Sie stellte das Bild wieder zurück, als sie hinter sich das Quietschen der Tür vernahm. Schritte näherten sich, seine Arme legten sich um ihre Schultern und er flüsterte in ihr Haar: »Guten Morgen, du Schöne. Was schleichst du zu früher Morgenstunde durch die Räume?« Eva fühlte sich ertappt.

Erich lachte. »Ach, herrje, du kannst hier machen, was du willst. Du kannst dich an meinen provisorischen Arbeitsplatz setzen, und du kannst sogar meinem Schreibtischchaos ein Ende bereiten. Dir traue ich das zu.«

Er küsste sie auf das Haar.

Eva deutete in den Raum. »Erich, was ist aus diesem schönen Zimmer geworden? Wo sind überhaupt deine Eltern, deine Schwester?«

Erichs Blick schweifte aus dem Fenster. »Ja, alle sind sie weg. Meine Eltern sind schon lange tot. Zuerst mein Vater, der ja viele Jahre krank war, und dann meine Mutter. Meine Schwester hat sich davongemacht. Sie hat einen Unterländler geheiratet und wohnt jetzt in Aarau. Wir haben selten Kontakt.«

»Und das Zimmer?«, hakte Eva nach. »Weshalb wohnst du nicht hier? Warum ist es so lieblos eingerichtet?«

Erich senkte den Kopf: »Weil es lange so in mir ausgesehen hat.« Er schwieg, und Eva sah seine Kiefer mahlen. Sie strich mit ihrer Hand über seine Wangen. Seine Spannung löste sich langsam.

»Lass uns nach unten gehen und frühstücken. Ich habe schließlich nur noch drei Tage Zeit, dich aufzupäppeln.«

Eine halbe Stunde später saßen sie in der Gaststube an einem reichlich gedeckten Tisch.

»Wer soll denn das alles essen?«, fragte Eva beim Anblick der Köstlichkeiten.

»Du – und ein bisschen auch ich.« Er lachte, rieb sich die Hände und goss ihr heißen Kaffee ein.

»Erzähl mir von dir, Eva. Wie ist es dir ergangen in der Zeit, in der wir uns verloren hatten?«

Eva lehnte sich nach hinten an die Bank und überlegte, wo sie anfangen sollte.

»Weißt du noch, als wir so überstürzt aus Davos abreisen mussten? Ein Freund meines Vaters hatte ihm per Telegramm mitgeteilt, dass er eine Arbeitsstelle für ihn habe, und zwar in New York an der Columbia-Universität. Zwar nicht als Professor, aber immerhin eine Assistenzstelle, die ausbaufähig sei. Mein Vater wäre zwar am liebsten in der Schweiz geblieben, aber die Lage spitzte sich im Sommer 1938 nach dem Anschluss Österreichs zu, sodass die Entscheidung auszuwandern, im Rückblick die einzig richtige war. Die USA war unsere Rettung. Endlich fühlte ich mich in einem Land willkommen. Das letzte Schuljahr, das ich dort machen musste, um meinen Highschool Abschluss zu bekommen, war ein Traum. Die Lehrer bemühten sich um mich, meine Mitschülerinnen waren an meinem Schicksal interessiert, und ich durfte endlich wieder ohne Einschränkungen lernen. Ich glaube, ich verschlang in dieser Zeit so viele Bücher wie nie zuvor. Alles stand mir offen. Ich kann dir dieses Freiheitsgefühl gar nicht beschreiben. In der Zürcher Schule wurde mein Denken eingeengt, ich war immer auf der Hut, irgendetwas falsch zu machen und negativ aufzufallen.

Nach dem Abschluss bewarb ich mich an der Columbia-Universität und studierte Literaturwissenschaften. Es war manchmal nicht ganz einfach, im Fahrwasser meines Vaters mitschwimmen zu müssen, aber eine andere Universität konnten wir uns nicht leisten. Ich wohnte bis zum Abschluss bei meinen Eltern.«

Eva schloss ihre Finger um die Kaffeetasse.

»Und dann?«

»Ja, dann … « Eva fragte sich, wie sie ihm die schlimmsten Monate im Leben ihrer Familie nahebringen sollte. Diese Geschichte konnte man nicht einfach im Plauderton erzählen. Der Krieg in Europa war zu Ende, und das ganze Ausmaß der von den Deutschen begangenen Verbrechen kam zu Tage.

Die Bilder in den Zeitungen und in der amerikanischen Version der Wochenschau, der March of Time, zeigten halb verhungerte Menschen, die sich mit letzter Kraft aus den befreiten KZs schleppten. Die Leichenberge, die leeren Blicke der Überlebenden und der Vorwurf an die ganze westliche Welt, nichts getan zu haben, suchten die Familie im Schlafen wie im Wachen heim.

Sie beschloss, nichts vom Untergang ihrer Familie zu erzählen. Sie hätte sein Mitleid nicht ertragen können.

Sie fuhr fort: »Für meine Eltern war klar, dass sie keinen Fuß mehr in dieses Mörderland setzen würden, und mir war nach sieben Jahren USA Deutschland völlig fremd. Ich war 24, fertig mit dem Studium, ich wollte los, ich wollte endlich mein eigener Herr sein, mein eigenes Geld verdienen, Karriere machen. Doch es war nicht alles so einfach, wie ich gedacht hatte. Nun rächte sich die langjährige Protektion meines Vaters. Sein Berufsleben neigte sich langsam dem Ende zu und damit auch sein Einfluss. Ich fand keine Promotionsstelle. Der Konkurrenzkampf in der Wissenschaftswelt ist für eine Frau noch mal so hart. Das musste ich am eigenen Leibe erfahren.«

Erich goss Kaffee nach.

»Sprich weiter.«

»Lange Rede, kurzer Sinn, ich fand nach monatelangen Bewerbungen eine Stelle an der Universität in Savannah in Georgia, nicht gerade eine Hochburg der Literaturwissenschaften. Im tiefsten Süden der USA, ein Landstrich, der sich von New York ebenso unterschied wie Zürich. Ich fühlte mich unwohl, ich konnte mich auf die Stadt, auf die Menschen dort, nicht einlassen. Ich bemühte mich, weil ich spürte, dass meine Abwehrhaltung mich in meiner Arbeit hinderte. Es war furchtbar.«

Eva atmete tief durch und stand auf. Nur schon die Erinnerung an diese Zeit ließ sie unruhig werden. Wie so vieles in ihrem Leben hatte sie versucht, Savannah komplett aus ihrem Kopf zu streichen. Doch dieses Unterdrücken von Gefühlen rächte sich, das wusste Eva inzwischen. Plötzlich war sie nicht mehr in der *Staila*, sie sah sich in ihrem kleinen beengten Apartment sitzen, den sich immer drehenden Ventilator über sich, der nicht imstande war, die feuchte Hitze zu vertreiben, während ihre täglich für sie mehr zu einem Horror werdende Promotionsarbeit vor ihr lag. Die Einsamkeit ist eine schlechte Inspirationsquelle. Sie fühlte sich ausgebrannt und wusste, dass es nun eine Veränderung in ihrem Leben geben musste, sonst würde man ihr die Arbeit entziehen. Die Veränderung kam in Form von Bruce, und der war für kurze Zeit inspirierend, aber auf lange Sicht das Ende ihrer Zeit in Savannah und ihrer Doktorandenstelle. Bruce verkörperte den American Way of Life. Alles war kein Problem, das Glas war immer halb voll, es gab nur eine strahlende Zukunft, und was gestern war, sollte auch vorbei und vergessen sein. Eva war von seiner Lebenseinstellung fasziniert, fühlte sich bei ihm aufgehoben und frei von allen Zweifeln und Ängsten. Sie hatte keine andere Wahl, als sich zu ihm hingezogen zu fühlen. Für eine kurze Zeit ritt sie auf dieser Welle des grenzenlosen Optimismus. Doch dann brach sich ihre düstere Stimmung wieder Bahn. Sie fühlte sich verloren an einen Menschen, der nicht zu ihr passte und der ihr täglich mehr wehtat.

Zurück in New York, schwanger, unglücklich verlobt und maßlos enttäuscht über sich selbst, versuchte sie, ihr Leben wieder in den Griff zu bekommen.

Sie konnte sich noch sehr gut an den Moment erinnern, als sie mit ihrer Mutter im Brooklyn Bridge Park stand. Schweigend betrachteten sie die Silhouette Manhattans vor ihnen. Martha setzte an, etwas zu sagen, und Eva wollte ihr eigentlich gar nicht zuhören.

»Eva, heirate ihn nicht! Wir helfen dir mit dem Kind. Du weißt, wir sind immer auf deiner Seite. Vater wird nächstes Jahr in Rente gehen, wir werden sehr viel Zeit haben, wir könnten uns wunderbar um das Kind kümmern, und du könntest deine Promotion am Institut zu Ende bringen. Er ist nicht gut für dich, glaub mir!«

»Ich will es endlich ohne eure Unterstützung schaffen. Kannst du das nicht verstehen?«

Den beschwörenden Blick konnte Eva lange nicht vergessen, und trotzdem folgte sie dem Rat ihrer Mutter nicht. Sie heiratete Bruce Salligan aus Savannah, dem Ort ihrer bis dahin größten Niederlage. Schon das hätte in ihr alle Warnsignale schrillen lassen müssen.

Eine Hand strich ihr ruhig über den Rücken: »Eva, wohin hast du dich verloren? Möchtest du nicht mehr weitererzählen?«

Erschrocken von der plötzlichen Berührung, drehte sie sich um und sah in Erichs Augen. Sie umarmte ihn und zog seinen Geruch tief in sich ein. Warum war ihr dieser Mensch abhandengekommen? War er der Grund, dass sie vor jeder festen Beziehung zurückgescheut war?

Eva setzte sich wieder an den Tisch. »Ich musste nur ein paar Dinge hier oben klären.« Sie deutete schmunzelnd auf ihren Kopf.

Erich nickte. »Ja, darin verbirgst du viel vor mir.«

Eva spürte seine Verzweiflung. Eva rückte auf der Bank an ihn heran und hob sein Kinn an, damit er sie ansehen musste. »Erich, ich werde dich ganz tief in mich hineinblicken lassen. Aber lass mir Zeit! Ich muss vieles noch für mich selbst klären. Es wühlt mich alles so sehr auf. Im Moment holen mich die ganzen Erinnerungen ein, und manche sind so schmerzhaft und viel zu lange unterdrückt worden. Das war nicht gut.«

Sie seufzte. »Ich habe einen Mann geheiratet, dessen Lebenseinstellung ich schon an meinem Hochzeitstag verabscheute. Er stammte aus einer alteingesessenen Südstaatenfamilie. Weißt du, was das bedeutet?«

Erich schüttelte den Kopf.

»Er stand für die strikte Rassentrennung ein. Am liebsten hätte er wahrscheinlich, wie seine Vorfahren, noch Sklaven gehalten. Er behandelte Schwarze wie Dreck. So, wie wir Juden von den Nazis behandelt worden sind. Seine Familie war stockkonservativ. Wahrscheinlich hätte er mich am ersten Tag unserer Ehe am liebsten in den Süden zu seinen Eltern verfrachtet, wäre nicht seine Arbeit in New York gewesen. Er war angehender Jurist und musste sich seine Sporen, auf Drängen des Vaters hin, erst mal in einer

Kanzlei in New York verdienen. Erst danach sollten wir nach Savannah zurückkehren, damit er in die väterliche Kanzlei einsteigen konnte.«

Erich schüttelte den Kopf: »Aber warum hast du dich auf solch einen Menschen eingelassen?«

»Wenn ich das wüsste, wäre mir viel erspart geblieben. Dieses Savannah hatte mich an einen nie gekannten Punkt in meinem Leben gebracht. Die unerträgliche Einsamkeit, das Stagnieren meiner Arbeit, die Erfolglosigkeit, das rückständige Weltbild, die offene Rassenfeindlichkeit und die unerträgliche Hitze, die mich sprichwörtlich weichgekocht hatte, all dies zusammen hat mich in die Katastrophe geführt. Und dann trat dieser Mann in mein Leben, und plötzlich war alles ›easy‹, er hatte ein leichtes Spiel mit mir. Ich war vollkommen willenlos, offen für alles, was mich nur aus dieser Wohnung, meinem Gefängnis, befreite.«

Auf einmal spürte sie wieder die Hitze Savannahs in ihrem Körper. Sie konnte nicht mehr weitererzählen. Sie schaute Erich bittend an.

»Gönn dir eine Pause. Wir haben noch so viel Zeit.«

Er umarmte sie, und Eva hätte ihm so gern geglaubt, dass es für sie nun endlich eine gemeinsame Zukunft geben könnte, die die Vergangenheit wettmachen würde.

Zürich 1938

»Lieber Herr Professor Rubin, liebe Frau Rubin, ich wünsche Ihnen alles Gute, Gottes Segen und ich hoffe inständig, eines Tages von Ihnen wieder etwas zu hören. Vielleicht beruhigt sich ja diese Welt irgendwann.« Walter Defuns hielt die Hände von Jacob und Martha fest in seinen und schaute die beiden freundlich an. Martha strich über seinen Arm und nickte. Mit tränennassen Augen stand sie auf dem Bahnsteig da und wirkte plötzlich sehr verloren an diesem Tag Eins, seit ihre Ausreise feststand.

Jacob klopfte Walter Defuns auf die Schultern, räusperte sich und sagte: »Sie wissen nicht, was diese Wochen bei Ihnen für uns bedeutet haben und immer bedeuten werden. Es war der Anfang einer Zeit, die uns Gutes bringen wird. Dafür sind wir Ihnen und Ihrer Frau unendlich dankbar. Sie haben so ein großes Herz für uns bewiesen.« Seine Stimme versagte.

Der Zug fuhr ein, weitere Worte waren nicht möglich, aber auch nicht mehr notwendig. Eva wurde von ihrer Mutter zu Walter Defuns geschoben, und wie betäubt gab sie dem Mann die Hand. Er lächelte sie verstehend an, dann half er der Familie, die Koffer in den Zug hinein zu befördern, und winkte ein letztes Mal, bevor die Türen endgültig geschlossen wurden und die Welt von Davos sich ihnen verschloss.

Eva nahm am Fenster Platz, unfähig, selbst ihre Strickjacke auszuziehen, saß sie da und schaute der entschwindenden Landschaft zu. Die Zeit in Davos war vorbei. Für immer.

Die vergangenen Wochen erschienen ihr unermesslich. Sie musste an die letzten Seiten des »Zauberbergs« denken. Wie hatte Thomas Mann es dort beschrieben? Als eine Zeit, die sich aus lauter ausdehnungslosen Punkten zusammensetze. So kam es ihr auch vor. Es waren nur knappe drei Wochen gewesen, die sie hier verbracht hatte und doch wirkten sie endlos. Und das gab diesem Abschied eine ganz andere Dimension. Eva fühlte sich einmal mehr wie eine Marionette.

Der Zug fuhr erbarmungslos seinem Ziel Chur entgegen. Dort wartete bereits der nächste, der sie endgültig fort aus der Alpenwelt und nach Zürich bringen sollte. Dann würden sie sofort die wenigen Habseligkeiten packen müssen, um schon am nächsten Tag die lange Überseereise antreten zu können. Einen Wunsch konnte Eva ihren Eltern noch abringen. Sie wollte sich am Abend mit Elisabeth treffen und sich von ihr verabschieden.

Wie freudig hatte sie sich dieses Wiedersehen in den letzten Tagen immer wieder vorgestellt. Sie sah sich mit ihrer Freundin am See bei den Schwänen, ihrer beider Lieblingsplatz, wie sie aufgeregt von ihren Erlebnissen in Davos erzählte. Elisabeths perlendes Lachen klang schon in ihren Ohren, sie sah ihre leuchtenden Augen und spürte, wie sich ihre Freundin für sie freute. Nichts von alledem würde nun eintreten. Traurigkeit würde ihr Wiedersehen bestimmen.

Zürich im Juni konnte wunderschön sein. Die Hitze des Sommers war noch nicht auf ihrem Höhepunkt, die Sonne wärmte die Stadt angenehm bis spätabends, heizte die Hauswände und die Pflastersteine der Altstadt auf und den strahlend blauen See, der zum Baden und Schwimmen einlud. Dies alles machte Eva den Abschied noch schwerer. Schon von Weitem sah sie die Silhouette Elisabeths. Ihre Freundin stand auf der untersten Stufe der Treppe, die am Bellevue den Abschluss des Seebeckens bildete, bevor der See in die Limmat floss. Sie fütterte gedankenverloren die wenigen Schwäne, die sich zu dieser Jahreszeit noch hier aufhielten, mit dem alten Brot aus der Backstube ihres Vaters. Eva blieb einen Moment stehen und betrachtete still dieses ihr so vertraute Bild. Sie versuchte, es zu verinnerlichen, wollte es wie eine Fotografie stets bei sich tragen, um sich immer an Elisabeth erinnern zu können. Würde diese Freundschaft bleiben? Konnte sie die Distanz aushalten? Eva hatte gedacht, sie könne sich vor Abschiedsschmerz schützen, wenn sie sich erst gar nicht richtig auf Zürich einließ. Sie hatte immer einen gewissen Sicherheitsabstand bewahrt. Doch anscheinend hatte sie dieses Vorhaben schon vor Langem unbewusst aufgegeben. Sie empfand immer mehr Zuneigung dieser Stadt gegenüber. Es war wieder der Kampf in Evas Leben zwischen Bauch- und Kopfgefühl. Sie musste sich nun eingestehen, dass ihr Bauchgefühl diesen Konflikt gewonnen hatte.

Elisabeth hatte sie gesehen und winkte heftig. Sie wusste ja nicht, weshalb Eva sie so dringend noch am Abend ihrer Rückkehr aus Davos hatte sehen wollen. Sie rannte ihrer Freundin freudig entgegen und umarmte sie.

»Du Donnerkerl! Du ›Heimlifeiss‹, du Schlimme, du … «

Eva hielt ihr den Mund zu und Elisabeth musste in Evas Blick den Kummer ihrer Freundin erkannt haben.

»Elisabeth, hör mir zu! Nichts ist so, wie du denkst. Es ist vorbei. Wir fahren morgen nach Le Havre. Von dort geht es mit dem Schiff nach New York.«

»Nein, nein, du machst Witze!« Elisabeth packte die Freundin an den Armen und schaute sie entsetzt an. »Doch nicht jetzt! Nicht jetzt!«

Sie zog Eva auf die Stufen hinunter. Sie lehnten die Köpfe aneinander und weinten den Schmerz über den drohenden Verlust heraus.

Schließlich nahm Elisabeth Evas Gesicht zwischen ihre Hände. »Weshalb?«

Was konnte Eva auf diese Frage antworten?

»Wir können hier nicht bleiben. Das weißt du. Wir sind nur geduldet. Wir müssen weiter. Mein Vater hat eine Stelle im sicheren New York.«

Eva schluchzte auf.

Elisabeth nahm sie in die Arme. »Nein, ich will, dass du bleibst, meine Eltern, unsere Klasse, alle wollen es!«

»Meinst du die Herren Odermatt, Moser, Welti und wie sie alle noch heißen, wollen, dass ich bleibe? Das sind doch alles verkappte Nazis, die heimlich vom judenfreien Europa träumen.«

Elisabeth wiegte nachdenklich ihren Kopf.

»Ich verstehe nichts von Politik, es hat mich nie interessiert. Mir war egal, ob mir ein Schweizer, Italiener, Franzose oder Deutscher über den Weg lief. Und die Religion? Die interessierte mich am allerwenigsten. Ich kann diese Menschen nicht verstehen. Es will mir nicht in den Kopf, was an uns beiden verschieden sein soll. Ob der da oben auch solche Unterschiede macht? Dem ist es doch wurscht, ob ein Katholik, Reformierter, Mohammedaner oder eben ein Jude zu ihm betet?«

Lauter Fragen, lauter Vermutungen, die zu keiner Lösung führten. Eva hatte es aufgegeben, es verstehen zu wollen. Es war reine Zeitverschwendung, sich die Mühe zu machen.

Elisabeth stand das Entsetzen über die Nachricht immer noch ins Gesicht geschrieben, als sie nun eine weitere Frage stellte: »Werden wir Freundinnen bleiben? Sag ja, ich halte sonst diesen Abschied nicht aus, wenn ich nicht weiß, dass wir zusammenbleiben und uns irgendwann wiedersehen werden.«

Eva hatte gewusst, dass diese Frage kommen würde. Es war genau dieser Wesenszug an Elisabeth, den sie so liebte. Diese Unbekümmertheit, dieser Optimismus, der nicht einfach daraus resultierte, dass Elisabeth bisher nichts Schlimmes widerfahren war. Eva war sich sicher, dass ihre Freundin sich diese Einstellung auch noch in der schwersten Lebenskrise bewahren würde. Es war ihr Charakter.

»Ja, wir bleiben Freundinnen. Wir schreiben uns. Du wirst mit mir dein Schulenglisch aufpolieren müssen, du wirst aber auch mit mir leiden, wenn ich keine Freundin, wie du es bist, mehr finden werde.«

Elisabeth drückte Eva fest. »Und ich verspreche dir, dass ich dir von meinem ersten Kuss, von meiner ersten Liebe, meiner Hochzeit und meinen Kindern erzählen werde. Du wirst immer ein Teil meines Lebens sein. Und glaube mir, das wird manchmal kein Zuckerschlecken sein.«

Nun mussten sie beide lachen.

»Ist da etwa was passiert, als ich nicht da war?«, fragte Eva.

Elisabeths Gesicht wurde von einer leichten Röte überzogen. »Ach was, nichts ist passiert. Aber man weiß ja nie … «

»Und das heißt?«

»Was es heißen soll? Wir sind doch langsam in einem Alter, in dem, wie hast du es so schön geschrieben, die Schmetterlinge erwachen.«

Eva lachte.

»Und eigentlich bist du mir an dieser Stelle eine Erklärung schuldig, Mademoiselle Rubin!«

Eva hatte den Gedanken an Erich in den letzten Stunden völlig verdrängt. In Davos hatte sie es sich noch so schön vorgestellt, wie sie ihrer Freundin von Erich erzählen würde. Sie wären in Elisabeths Zimmer unter dem Dachstuhl gegangen, von unten würde der übliche Lärm der Geschwister zu hören sein, und Eva würde ihrer Freundin feierlich und überglücklich ihre Erlebnisse berichten. Von ihrer ersten großen Liebe. Und nun kamen ihr beim Gedanken an Erich die Tränen, und sie meinte, der Druck auf ihrer Brust, den sie schon spürte, seit sie ihn einsam auf der Terrasse der *Staila* hatte zurücklassen müssen, würde sie zerquetschen.

»Eva, nicht doch. Was ist geschehen? Wo sind die Schmetterlinge geblieben?«

»Nein, im Gegenteil, es ist noch viel schlimmer. Die Schmetterlinge sind in meinem Bauch und können nicht mehr weg. Wir haben uns gefunden. Ich habe in ihm den Menschen meines Lebens gefunden.«

»Eva, ich verstehe, dass du jetzt verzweifelt bist. Aber von dir so etwas zu hören, das hätte ich meinen Lebtag nie erwartet. Du bist doch sonst nicht so überschwänglich, was deine Gefühle betrifft? Was hat dieser Mensch mit dir angestellt?«

Eva lächelte zaghaft: »Er hat mich auf dem Zauberberg verzaubert.«

Elisabeth nahm schweigend ihre Hand in die ihre und streichelte sie sanft. »Dann behalt diesen Zauber in dir. Er kann dir nicht weggenommen werden. Bleib ihm treu.«

Eva fühlte sich ertappt. Ihre Freundin hatte direkt ins Schwarze getroffen. Sie hatte sich von Erich schon während des Abschieds für immer losgesagt, weil sie nicht an den Bestand dieses Zaubers glauben konnte. Sie war davon überzeugt, dass sich das Fenster des vollkommenen Glücks wieder geschlossen hatte, und ein zweites Mal würde es sich nicht öffnen.

2. TEIL

New York, Savannah 1938-1948

Amerika, für viele Auswanderer das Land der Träume, wurde für Familie Rubin wirklich zu einem Traum. Jacob blühte vom ersten Tag an bei seiner Arbeit auf. Von Beginn an bemühten sich seine Kollegen an der Columbia-Universität um sein Wohlergehen. Er bekam sein eigenes Büro, eigene Forschungsgebiete und Promovenden, die er zu betreuen hatte.

Eva nahm die Verwandlung ihres Vaters mit großer Freude wahr. Vieles erinnerte sie an Frankfurter Tage, als sie abends beim Essen von ihrem Tag erzählten. Jacob berichtete aufgekratzt von seiner neuen Wirkungsstätte, Martha von neuen Freundschaften, die sie vor allem in der großen jüdischen Gemeinde in ihrem Wohnort Brooklyn fand, und Eva konnte überglücklich von ihrer Schule erzählen.

Morgens verließen Eva und Jacob zusammen die Wohnung und schlenderten in Richtung U-Bahn-Station. Vier Haltestellen konnten sie zusammen fahren und Eva liebte dieses kurze Beisammensein mit ihrem Vater.

»Stell dir vor Eva, nächste Woche ist es so weit. Ich werde meine erste Vorlesung halten. Und das auf Englisch! Ich hoffe, dass mich die Studenten auch verstehen.«

»Das ist ja sensationell, Vater. Dann hat sich dein intensives Lernen wirklich ausgezahlt.«

»Ja, das habe ich aber auch dir zu verdanken. Ohne die Hilfe deines Englischlehrers wäre ich noch lange nicht so weit. Mr. Smith hat ein Tempo an den Tag gelegt, dass ich an manchen Abenden gedacht habe, ich würde es nicht schaffen.«

Eva wusste, was er meinte. Ihr Englischlehrer stellte sehr hohe Anforderungen an seine Schüler. Er war aber auch ein Lehrer, der mit Begeisterung sein Fach lehrte. Und Eva wusste, dass er genau der Richtige für ihren Vater war, dem es anfangs sehr schwerfiel, die neue Sprache zu erlernen. Martha hatte da weniger Schwierigkeiten. Sie lernte schnell, störte sich aber auch nicht daran, wenn das Gesagte manchmal mehr ein Kauderwelsch als Englisch war.

Eva tauchte in die amerikanische Gesellschaft mit großem Enthusiasmus ein. Es gab aber auch Tage, an denen sie sich ihrer deutschen Herkunft wieder bewusst war. Sie konnte den grenzenlosen Optimismus, den die Amerikaner verkörperten, nicht immer teilen. Sie haderte mit der isolatorischen Haltung der Amerikaner. Eva konnte nicht nachvollziehen, dass für einen amerikanischen Normalbürger Europa und dessen Probleme weit weg waren.

Den Wunsch, auf dem »Zauberberg« in Davos geboren, Literaturwissenschaften zu studieren, setzte Eva auch um. Sie fing an der Columbia-Universität zu studieren an und wusste schon nach dem ersten Semester, dass es die richtige Entscheidung gewesen war. Sie fühlte sich im Kreis ihrer Kommilitonen wohl. Eva war sehr beliebt und ihr Fleiß und Ehrgeiz taten dem keinen Abbruch. Sie lernte junge Männer kennen und meistens blieb es bei einem netten Abend im Kino oder Park. Doch keiner konnte in ihr das Feuer entfachen, wie Erich es getan hatte. Die Rendezvous endeten meist nach ein paar Wochen. Eva spürte, dass sie sich auf die Männer körperlich wie seelisch nicht einlassen konnte, und beendete die Treffen dann schnell, um nicht falsche Hoffnungen zu schüren. Ihren Eltern erzählte sie von diesen Bekanntschaften nichts. Sie wären entsetzt gewesen, dass sich eine junge Frau mit Männern traf, ohne ernsthafte Heiratsabsichten zu haben. Den letzten Schritt, mit den Männern zu schlafen, wagte Eva nicht. Sie hing einer romantischen Vorstellung nach, dass es dann auch der Richtige sein sollte. Erich, das wusste sie, wäre es gewesen, aber sie war damals einfach noch zu jung. Manchmal bereute sie es, dass sie es nicht zugelassen hatte. Sie wusste aber auch, dass die Sehnsucht nach ihm wahrscheinlich dann noch größer gewesen wäre.

Eva beendete ihr Studium in einem atemberaubenden Tempo und war der ganze Stolz ihrer Eltern. Nach den Vorstellungen Jacobs und Evas hätte es so auch weitergehen können. Es war klar, dass Eva eine wissenschaftliche Laufbahn einschlagen würde. Es musste nur noch eine Promotionsstelle gefunden werden.

»Jacob, ich verstehe nicht, weshalb nicht ein Kollege von dir Eva eine Stelle verschaffen kann«, meinte Martha zu ihrem Mann, als sie wieder mal am Abendbrottisch saßen und Evas Zukunft beratschlagten.

»Martha, das ist nicht so einfach, wie du dir das vorstellst. Ich stehe dem Institut gegenüber sowieso in einer tiefen Schuld. Sie hätten mich vor sieben Jahren nicht aufnehmen müssen. Sie hatten dazu extra eine neue Stelle geschaffen und damit uns erst die Visa ermöglicht. Außerdem gehe ich in vier Jahren in Rente und kann jetzt nicht kommen und sie zusätzlich um eine Stelle für meine Tochter bitten.«

»Aber Eva ist doch die Jahrgangsbeste!«

Jacob seufzte. »Ja, das ist sie, aber deshalb hat sie auch gute Chancen an einer anderen Universität eine Stelle zu bekommen.«

Jacob stand auf und strich sein Hemd glatt. Eva betrachtete ihren Vater, wie er so dastand. Sie musste wieder einmal feststellen, dass er in dieser Neuen Welt immer noch ein Fremdkörper war, obwohl er mit viel Freude seiner Arbeit nachging und immer wieder betonte, wie dankbar er den Amerikanern gegenüber war. Meilenweit hatte man ihm angesehen, dass er nicht von hier war. Seine Kleidung, sein starker deutscher Akzent und seine Akribie bei allem, was er tat.

Als der erlösende Brief aus Savannah mit dem Angebot einer Doktorandenstelle eintraf, nahm Eva es sofort an, ohne sich über den Ort der Universität Gedanken gemacht zu haben. Die Angst, keine Stelle zu bekommen, war nach der monatelangen Suche zu groß.

Sie hörte nur, wie ihre Mutter die Nachricht einer Freundin am Telefon erzählte. Kurz darauf kam Martha in Evas Zimmer mit einem Gesichtsausdruck, der Bände sprechen ließ.

»Mary ist entsetzt, dass du nach Savannah gehen möchtest. Weißt du, wo das überhaupt liegt?«

»Ja, im Süden und, dass Mary alles was südlich von Washington liegt, schlimm findet, ist keine Neuigkeit.« Mary war eine der wenigen Freundinnen Marthas, die aus keiner Einwandererfamilie stammte und deshalb gerne zu Rate gezogen wurde, wenn es um »amerikanische Belange« wie Sitten, Bräuche, aber eben auch geografische Kenntnisse ging. Eva überging den Einwand Marthas, dass nach Marys

Meinung im Süden nur Rassisten, Fanatiker und Ewiggestrige leben würden. Sie sah nur ihre Stelle und freute sich auf ihre neuen Herausforderungen.

Leider bewahrheiteten sich Marys Voraussagen. Eva erwartete eine Stadt, die so anders als New York war. Die Menschen ließen sich nicht auf Neues ein. Man hielt an Traditionen fest und sie spürte seit Zürich das erste Mal wieder diese Einschränkung in ihrem Denken und Tun. Gewisse Themen sprach man nicht an, bestimmten Menschen ging man aus dem Weg und das Weiterkommen an der Universität war nicht nur durch gute Leistung zu erreichen, sondern auch auserwählten Kreisen zu verdanken, in denen man sich bewegen musste.

Am schlimmsten empfand Eva aber die strikte Rassentrennung. Sie verstand nicht, weshalb ein Schwarzer getrennt von ihr an der Bushaltestelle sitzen musste, weshalb man auf den Straßen nur Schwarze die schwere Arbeit verrichten sah und weshalb es nach Rassen getrennte Schulen gab. Eva fühlte sich mit den Schwarzen solidarisch. Sie kannte nur zu gut das Gefühl, ausgegrenzt zu sein.

Zwei Jahre lebte sie alleine in ihrer Welt, die hier anscheinend niemand verstehen konnte, kam nur schleppend mit ihrer Promotion voran. Da lernte sie auf dem Campus der Universität Bruce Salligan, einen angehenden Juristen, kennen. Ein gut aussehender junger Amerikaner, dem Gnade seiner Geburt in einer reichen Südstaatenfamilie eine blühende Zukunft bevorstand. Anfänglich war Eva von seiner charmanten Art, wie er um sie warb, angetan. Sie hatte noch nie einen Mann kennengelernt, der sie so offensichtlich haben wollte. Er war es gewohnt, das, was er wollte, auch zu bekommen. Und so war es dann auch. Er bekam Eva. Einem Sturm gleich eroberte Bruce Eva. Nicht ihr Herz, das spürte sie schon schnell, aber ihren Kopf. Er tat ihr gut. Die trüben Gedanken, die sich in Savannah in ihr so stark festgesetzt hatten wie die Hitze Georgias, verflogen mit Bruce. Er nahm sie auf Partys mit, führte sie in die besten Kreise Savannahs ein und machte ihr schon bald einen Heiratsantrag. Eva konnte die Geschwindigkeit, die diese Beziehung aufgenommen hatte, nicht verlangsamen oder gar stoppen und willigte ein. Nun war das Tor zum wahren Bruce aufgestoßen. Er schlief rücksichtslos mit ihr und nahm ihr jede Illusion von der romantischen Vorstellung, die sie immer noch in sich trug, seit sie Erich vor Jahren sanft in der *Staila* berührt hatte und ihre Angst ernst genommen hatte. Sie erinnerte sich noch jahrelang an das erste Mal mit Bruce. Es war am Abend der Verlobungsfeier im Haus seiner Eltern. Ein erlauchter Kreis, alles wichtige Freunde der Familie, waren dazu eingeladen worden und man feierte den Sohn des Hauses, dessen Wahl, das konnte Eva an ihren Blicken sehen, einige Gäste mit Erstaunen wahrgenommen hatten. Bruce zählte in Savannah zu den begehrtesten Junggesellen und nun wollte er eine Immigrantin aus Deutschland heiraten. Der Alkohol floss und Bruce konnte sein Glas mit dem schweren Bourbon nicht schnell genug immer und immer wieder füllen. Eva stand wie ein Fremdkörper in dieser Gesellschaft und hielt ihr schweres Glas, in dem die Eiswürfel längst geschmolzen waren, in der Hand und von Weitem drangen die Gespräche über den gewonnenen Krieg, Präsident Truman und die obligaten Sklavenwitze an ihr Ohr. Kurz nach Mitternacht zog Bruce sie in sein Zimmer, riss ihr das Kleid vom Körper und drückte sie gegen den Tisch. Eva wusste nicht wie ihr geschah, sie konnte sich gerade noch auf das Bett fallen lassen und schon war er über ihr. Der Schmerz war unsäglich. Sie weinte in sich hinein und wollte sein hämisches Lachen nicht hören müssen.

»Ich Glückspilz habe eine Frau bekommen, die noch Jungfrau war.«

Bald darauf musste Eva zu Ihrem Entsetzen feststellen, dass sie schwanger war. Bruce beschimpfte sie.

»Da will man einfach nur Spaß haben und dann wirst du nach ein paar Mal schon schwanger. Weißt du, was das bedeutet? Wir müssen jetzt schnell heiraten, ohne, dass jemand davon Wind bekommt!«

Von da an waren die USA nicht mehr das, was sie vorher für Eva gewesen waren. Ihre Doktorarbeit musste sie abbrechen, weil das junge Paar kurz nach der Verlobung nach New York zog. Eva hoffte, dass die Stadt ihm, ihnen und bald auch ihrer kleinen Familie guttun würde. Doch es wurde immer schlimmer. Bruce, Junganwalt in einer großen Kanzlei, trank zu viel, mied ihre gemeinsame Wohnung, blieb immer länger weg, ließ sie mit ihrer Schwangerschaft, ihren Sorgen um ihre berufliche Zukunft alleine und betrog sie schließlich. Mutlos und hoffnungslos irrte Eva durch ihr New York. Sie konnte die schönen Dinge dieser Stadt nicht mehr sehen und hatte das Gefühl, als ob sie ein weiteres Mal ein Stück Heimat verloren hatte.

Am 10. März 1948 wurde Barbara geboren, Eva hielt sie in den Armen und wusste, dass sie die Scheidung einreichen und dass dieses Kind ohne seinen Vater aufwachsen würde.

Atlantischer Ozean 1949

Es war ein eigenartiges Gefühl, die Freiheitsstatue langsam am Horizont verschwinden zu sehen. Eva zog ihren Pullover fester über ihre Schultern und spürte ein Frösteln über ihrem ganzen Körper.

Nun war es doch geschehen. Sie würden die Neue Welt wieder verlassen, um in die alte, vom Krieg zerstörte zurückzukehren. Nie im Leben hätte sie gedacht, dass sie diesen Schritt tun würden. Erst recht nicht, nachdem sie all diese Bilder der Vernichtungslager der Deutschen gesehen hatte. Sie konnte sie nicht mehr aus ihrem Kopf verbannen. Zu diesem Zeitpunkt wurde ihr klar, dass das Band zwischen ihrer ehemaligen Heimat Deutschland und ihr zerschnitten war.

Seit fast elf Jahren war hier in den USA ihre neue Heimat, ein Ort des Friedens, der Sicherheit, des Wohlstands. Mit Traurigkeit schaute sie aber auch auf die letzten drei Jahre zurück. Sie hatte den falschen Mann geheiratet, war von ihm schwanger geworden und musste schließlich einsehen, dass ein Leben allein lebenswerter war, als weiter verheiratet zu bleiben. Das hieß aber auch, dass sie alleinerziehende Mutter war. Sie begann gerade zu verstehen, wie schwer das war. Die Gesellschaft verhielt sich ihr gegenüber erbarmungslos. Sie wurde geschnitten und sie bekam keine

Promotionsmöglichkeit, weil man ihr nicht zutraute, eine solche Arbeit mit einem Kind alleine zu bewältigen. Dazu kam ihre abgebrochene Stelle in Savannah. Man unterstellte ihr mangelndes Durchhaltevermögen.

Ein fröhliches Kinderlachen riss sie aus ihren trüben Gedanken. Ihre Mutter und Barbara, ihre einjährige Tochter, kamen auf sie zu. Barbara stakste in dem für ihr Alter unverwechselbaren Stolperschritt die Reling entlang.

»Da bist du ja! Wir haben dich schon überall gesucht. Wir standen beim Auslaufen genau auf der anderen Seite.«

»Ich wollte noch mal einen Blick auf die Freiheitsstatue werfen.«

Ihre Mutter nickte verständnisvoll. »Ja, und wir wollten ein letztes Mal unser Brooklyn anschauen.«

In ihrer Stimme schwang Wehmut mit. Eva streichelte den Arm ihrer Mutter. Sie wusste, dass Martha lieber hiergeblieben wäre. Es zog sie nicht nach Deutschland zurück. Weshalb auch? Martha würde dort niemanden mehr aus ihrer Familie antreffen. Mit dieser Erkenntnis kämpfte Evas Mutter nun seit vier Jahren. Im Herbst 1942 hatte sie die schreckliche Nachricht erreicht, dass die Eltern und Greta abtransportiert worden waren. Greta wollte auf keinen Fall ihre Eltern allein ziehen lassen und kam der Aufforderung zum Abtransport zuvor. Hannah, Marthas jüngere Schwester, kam dank ihrer Ehe mit einem Deutschen damals noch davon. Aber niemand wusste, wann ihre Zeit kommen würde. Hannah schrieb, dass die drei nach Theresienstadt deportiert worden waren. Jacob konnte in Erfahrung bringen, dass Theresienstadt in Böhmen vorwiegend ein »Altersghetto« sei. Zunächst beruhigte diese Tatsache Martha ein wenig. Vielleicht wollten die Nazis ja die alten Juden konzentriert an einem Ort haben, damit sie der deutschen Bevölkerung nicht zur Last fielen. Was man in New York und dem Rest der Welt nicht wusste, war, dass die deutsche Regierung im Januar 1942 am Wannsee die Deportation der gesamten europäischen jüdischen Bevölkerung in den Osten zum Zweck ihrer Vernichtung beschlossen hatte. Ein Jahr nach ihrer Ankunft in Theresienstadt wurden Marthas Eltern und Greta nach Auschwitz deportiert. Nach den Unterlagen des Roten Kreuzes waren die Eltern kurz nach ihrer Ankunft im Konzentrationslager vergast worden. Greta überlebte sie um zwei Jahre. Das waren zwei Jahre Häftlingsarbeit in Auschwitz. Zwei Jahre unvorstellbares Leid, die ihren Eltern zum Glück erspart geblieben waren. Aber es war auch so kurz vor Kriegsende, so kurz, bevor dieser ganze Horror zu Ende war. Greta hätte noch ein ganzes Leben vor sich gehabt. Der einzige Trost, den Jacob Martha geben konnte, war, dass der Tod für Greta eine Erlösung war. Der Gedanke, dass sich Gretas Wunsch erfüllt hatte, zu ihren geliebten Eltern zu kommen und dass sie nicht weiterleben musste mit der Erinnerung an das Grauen, das sie erlebt hatte, tröstete Martha in manchen verzweifelten Stunden.

Hannah, die jüngere Schwester, war erst bei den letzten Deportationen, die Frankfurt erlebte, dabei. Sie kam ebenfalls nach Theresienstadt. Nach den Angaben des Roten Kreuzes war sie schon beim Abtransport aus Frankfurt schwer krank. Sie starb einen Monat nach der Ankunft im Lager an Tuberkulose. Ihr Mann, Hans Schmidt, war 1943 an der Front in Russland gefallen. Sie hatten keine Kinder. Marthas Familie gab es nicht mehr. Die Deutschen hatten sie ausgelöscht.

Der Dampfer ließ noch einmal die Schiffssirene ertönen, dass es Eva durch Mark und Bein ging. Barbara hielt sich mit ihren Händchen ungelenk die Ohren zu, und Eva hätte es am liebsten dem Schiffshorn gleichgetan und ihren Schmerz und Kummer in die Welt hinausgeschrien. Aufgeregte Möwen begleiteten das Schiff auf seiner Fahrt hinaus auf den Atlantik. Leute warfen ihnen Brotkrummen zu, die sie geschickt in der Luft auffingen. Die Vögel erinnerten Eva an die Schwäne vom Zürichsee. Wie lange war es her, dass sie sie gefüttert hatte? Wie ein halbes Leben kam es ihr vor. Es war zwar erst elf Jahre her, aber in diesen Jahren war so viel geschehen. Ein Weltkrieg lag dazwischen und die einfache Erkenntnis, dass Eva und ihre Familie mit dem Leben davongekommen waren. Ihr Blick fiel auf ihren Vater, der dick eingepackt auf einer Liege lag. Sie schaute liebevoll in sein vom Alter gezeichnetes Gesicht. Er war 65, sah aber älter aus, als er war. Die Ereignisse der letzten Jahre waren nicht spurlos an ihm vorbeigegangen. Nur seiner Voraussicht hatten sie es zu verdanken, dass ihnen das Schlimmste erspart geblieben war. Wenn es nach Martha gegangen wäre, hätten sie Frankfurt nie verlassen und wären wahrscheinlich, wie Marthas Eltern und Schwestern, in den KZs umgekommen. Und wenn es nach Eva gegangen wäre? Sie konnte darauf keine Antwort geben. Sie war immer nur eine Getriebene gewesen, eine, die machte, was ihr vorgeschrieben wurde. Sie hatte widerstandslos ihr Kinderzimmer in Frankfurt geräumt, sie hatte Abschied von Erich und Elisabeth genommen, und sie verließ auch jetzt wieder auf Wunsch ihres Vaters New York. Diesmal konnte sie diesen Entscheid mittragen und war dem Vater dankbar. Jacob hatte einen Schlussstrich unter ihre monatelange, quälende Suche nach einer Promotionsstelle gezogen. Sein Vorschlag, nach Frankfurt zurückzukehren und dort an seiner alten Universität ihre Arbeit zu Ende zu schreiben, war für sie wie eine Befreiung gewesen. Anscheinend waren seine Verbindungen zu seiner alten Arbeitsstätte noch so gut, dass sie eine Promotionsstelle für seine Tochter ermöglichten.

Sie stieß den angehaltenen Atem aus, zog aus ihrer Manteltasche ein Päckchen Pall Mall, zündete sich die Zigarette an und blies angestrengt den Rauch in die frische Seeluft. Das Rauchen war ein weiteres Mitbringsel aus dem Süden. In ihrem kleinen Apartment hatte sie damals damit angefangen und schnell eine gewisse Befriedigung darin gefunden. Anfangs war es nur die Wirkung des Nikotins, die sie für eine Sekunde schwindlig machte, den ganzen Druck vergessen ließ, dann war es das angenehme Gefühl, sich bei aufsteigender Nervosität mit einem Glimmstängel beruhigen zu können, und nun gehörte es zu ihrem Leben einfach dazu.

Eva warf die Zigarettenkippe in das aufgewühlte Meer und schaute den weißen Schaumkronen nach. Ihr war kalt. Sie nahm Barbara auf den Arm und stieg vorsichtig die schmale Reling auf das Sonnendeck hinunter. Sie suchte für sich und ihre Tochter einen geschützten Liegestuhl und wickelte sich in die Decken ein. Schon bald spürte sie, wie ihr Arm durch das schlafende Kind schwer wurde. Eva strich liebevoll über das dunkle lockige Haar. Sie sah wie ihre Mutter sich ihnen näherte, einen Liegestuhl nahm und ihn ganz nah an Evas heranschob. Martha zog die Decke der beiden noch ein wenig höher und streichelte über den Rücken Barbaras. Eva sah in Marthas zufriedene Augen.

Barbara war in den letzten Monaten ein großer Trost für Martha geworden. Sie empfand dieses kleine Mädchen als Geschenk, das ihr für die verlorenen Eltern und Schwestern von Gott gegeben worden war. Barbaras Geburt war der einzige Moment in den vergangenen Jahren gewesen, in dem Martha wieder an Gott glauben konnte. Sie konnte einen solchen Gott nicht verstehen, der solche Gräuel, wie sie in Deutschland geschehen waren, zuließ. An manchen Tagen konnte sie sich über nichts mehr freuen. Sie fühlte sich ihren Verwandten gegenüber schuldig, noch am Leben zu sein, während sie durch die Hölle gegangen und gestorben waren.

Martha hatte sich niemals in ihrem Leben einsamer gefühlt als damals kurz nach dem Krieg, als die ganze Wahrheit sie in ihrer kleinen Wohnung in Brooklyn heimgesucht hatte. Zuerst war sie unfähig, diesen schrecklichen Tatsachen ins Auge zu schauen. Lange wollte sie die Nachrichten gar nicht wahrhaben.

Martha war immer ein unpolitischer Mensch gewesen, mit sich und ihrer Umwelt im Reinen. Sie wusste, dass manche sie als naiv bezeichneten, ohne sie damit als kleines Dummchen abzuurteilen. Sie war sich über ihre wunderbare Gabe im Klaren, Glück im Augenblick zu empfinden. Frankfurt und ihre Eltern und Schwestern hatte sie tieftraurig, aber mit der Überzeugung verlassen, dass ihr Mann für sie und Eva die richtige Entscheidung getroffen hatte. Im Zürcher Exil hatte sie zwar in Angst um ihre Frankfurter Familie gelebt, aber sie empfand auch große Freude über die wiedergewonnene Freiheit und das neue Leben in einer Stadt, die sie immer schneller für sich eroberte. Sie schottete sich nicht in der Wohnung ihrer

Gastgeber ab, sie ging auf die Menschen zu und empfand dabei große Genugtuung. Auf der Fahrt in die USA war sie wiederum traurig, gute Freunde zurücklassen und das Leid ihrer am Boden zerstörten Tochter mit ansehen zu müssen, aber trotzdem ging sie in New York an Land mit der Zuversicht, wieder Glück zu finden. Und sie behielt recht. Nette Freundschaften, ein sicheres Zuhause, einen glücklichen Ehemann, der mit seiner neuen Anstellung seine Lebensfreude zurückgewonnen hatte und eine Tochter, die sich wie der Vater in die Arbeit stürzte.

Doch das Glück wurde fragiler. Nach einem Jahr in den Staaten begann der Zweite Weltkrieg, und die Sorge um die in Deutschland Zurückgebliebenen wuchs. Die Nachrichten wurden immer besorgniserregender, doch das ganze Ausmaß von Hitlers Vernichtungswahn erfuhren sie erst nach dem Krieg. In diesen Tagen lag das Glück nicht mehr auf der Straße, sodass man es nur aufzuheben brauchte. Es war aber auch nicht ganz verschwunden. Eva schloss ihr Studium summa cum laude ab. Auf Martha wirkte sie überglücklich. Vergessen waren die schlimmen Tage, an denen Martha auf dem Gesicht ihrer Tochter die schmerzlichen Gedanken an den Jungen in Davos ablesen konnte. Martha hatte nie gewagt, Eva darauf anzusprechen. Sie befürchtete, damit die Büchse der Pandora zu öffnen. Das Leben musste weitergehen, Zurückschauen brachte nichts.

An dieses Lebensmotto musste sie in den Tagen, als die Befürchtungen über das Schicksal ihrer Familie zur Gewissheit wurden, oft denken. Nur konnte sie dem jetzt nichts mehr abgewinnen. Es kam ihr so vor, als sei das einfach ein dahin gesagter Spruch, den sich nur jemand ausdenken konnte, der niemals ein solches Leid empfunden hatte. Jacob hatte versucht, sie mithilfe der starken jüdischen Gemeinschaft in Brooklyn zu unterstützen. Doch bei den Emigranten, die zuvor ihren Freundeskreis bereichert hatten, war für Martha kein Trost zu finden, denn sie durchlitten dasselbe Schicksal. Viele wurden in diesen Tagen gläubig. Ein seltenes Bild der Einigkeit war zu beobachten. Die vormals säkularisierten Juden suchten ihr Heil nun in der Synagoge und wollten von Gott die Antwort auf die Fragen, die ihnen ihre Mitmenschen nicht beantworten konnten. Viele stürzten sich auch in einen wilden Aktionismus, indem sie sich der Rettung des letzten Restes jüdischen Lebens in Europa verpflichteten oder sogar ihr Heil in einer Emigration nach Israel, um den jüdischen Staat aufbauen zu helfen, suchten.

Doch in nichts von dem fand Martha Erleichterung. Sie ging nicht mehr aus dem Haus. Zwischen dem Morgen, wenn die Tür hinter Jacob ins Schloss fiel und er sich auf den Weg zu seiner Arbeit machte, bis zum Abend, wenn sich der Schüssel im Schloss drehte und er zaghaft nach ihr rief, lagen Stunden, in denen sie reglos am Fenster saß und auf die Straße vor ihrem Haus schaute. Das Leben der Millionenstadt New York nahm ohne sie seinen ganz normalen Gang. Den Teller mit Frühstück, den Jacob ihr am Morgen hingestellt hatte, und das Glas Wasser ließ sie unberührt. Erst in seinem Beisein war sie imstande, wenigstens ein bisschen zu essen. Jacob, der immer über den Blick fürs Ganze verfügt hatte, konnte mit der Situation schlecht umgehen. Er schien zu ahnen, dass er etwas tun musste, aber sie merkte, dass er ratlos war. Es war zu der Zeit, als Eva in Savannah war. Sie hörten nicht viel von ihr. Jacob deutete das als gutes Zeichen. Beide waren sich einig, die Tochter nicht in ihrem Arbeitseifer zu stören und sie zur Rückkehr zu bewegen, um Martha helfen zu können.

Jacob konsultierte einen Psychiater, der zu ihnen nach Hause kam und mit Martha sprach.

Als der Mann nach einer Stunde ging, drückte er Jacob einen Zettel in die Hand und Martha konnte hören, wie er zu Jacob im Flur sagte: »Das ist ein Rezept für ein Schlafmittel. Besorgen Sie ihr das. Viel kann ich nicht machen. Ihre Frau ist höchst traumatisiert durch den Tod ihrer Familie und braucht erst mal Schlaf.«

»Was kann ich sonst noch für sie tun?«

Schlaf, frische Luft, Ablenkung, riet ihm der Psychiater und ging. Jacob besorgte die Tabletten. Martha wusste, dass Jacob aus Angst, sie könnte sich das Leben damit nehmen, ihre Einnahme jeden Abend bewachte und das Medikament danach wegschloss. Sie schlief jetzt und wachte vor zwölf Uhr mittags nicht auf.

Nach zwei Wochen kam der Arzt zu einem weiteren Besuch. Jacob öffnete ihm die Tür.

»Meine Frau schläft noch. Sie schläft überhaupt fast den ganzen Tag. Das kann doch auch nicht die Lösung sein?« Martha, die nur mit geschlossenen Augen auf ihrer Liege im Wohnzimmer lag, hörte, wie der Arzt zu Jacob sagte: »Solange Ihre Frau schläft, kann sie wenigstens ihren Depressionen entkommen.«

Sie hörte Jacob mit wütender Stimme sagen: »Dann kann sie sich ja gleich umbringen. Das wäre das endgültige Ende ihrer Depressionen.«

Die Wochen vergingen. Martha verschlief den halben Tag, und den Rest der Zeit wartete sie am Fenster auf Jacob. Zuerst wusste sie nicht mehr, wo sie sich befand. Ihr Blick fiel auf das bis auf den letzten Platz vollgestopfte Regal. Ihr Lieblingsbuch »Effi Briest« hätte sie auch im Stockdunkeln finden können. Sein hellblauer Umschlag, der vom vielen Lesen leicht gräulich geworden war, schimmerte zwischen den vielen Büchern hervor. Ihr Blick wanderte dann auf die dunkelblauen schweren Vorhänge, die das New Yorker Licht aussperren sollten. Das Sonnenlicht zeichnete sich durch den Stoff ab. Martha drehte sich mit dem Kopf zur Wand und fuhr mit den Fingern der rauen Tapete nach. Sie schloss die Augen und versuchte, sich spüren zu können. Es ging nicht. Die Leere breitete sich in ihrem ganzen Körper aus. Sie versuchte ihre Finger zu bewegen und im gleichen Moment verwarf sie diesen Drang, weil er schon wieder verflogen war. Sie hielt den Atem an und musste feststellen, dass sie nicht mal dazu fähig war. Dabei wäre das ihre Erlösung – einfach nicht mehr atmen, einfach nicht mehr sein…

Das Jahr zog an ihnen vorbei. Der Baum vor ihrem Fenster wechselte seine Farbe. Das kräftige Grün wich einem anfangs orangen und später tiefroten Ton. Bald würden die Blätter sich von ihren Zweigen lösen und auf den Boden fallen. Sie würden anfangen, sich zu zersetzen, bis eines Tages ein Straßenkehrer mit einem großen Reisigbesen die Gehwege von der braunen toten Masse säubern würde.

Martha sah die Bilder von den Menschen, die wie Müll auf einem Berg liegen und wie verrottete Blätter entsorgt werden mussten. Menschen, mit einem starren Gesichtsausdruck, mit dem Blick, der alle, die noch leben, anstarrt und einem weit aufgesperrten Mund, der »Warum?« schrie. Die Schreie werden immer lauter. Martha wollte ihre Ohren zuhalten und konnte es nicht. Ihre Hände lagen regungslos in ihrem Schoß. Sie konnte es jetzt nicht und sie hatte es nicht gekonnt, als es noch Rettung hätte geben können. Der Vorwurf, die Eltern und die Schwestern nicht aus der Hölle rausgeholt zu haben, sondern ein im Rückblick doch banales Leben hier in New York geführt zu haben, lastete auf ihrer Seele. Es war das schlechte Gewissen, das ihr zum Leben gerade noch genügend Luft ließ, aber nicht genug, um glücklich zu sein.

Die Tage wurden kälter, die Menschen unter ihrem Fenster flanierten nicht mehr, sie gingen schnellen Schrittes ihren Weg, zogen ihre Mantelkrägen höher und einzelne Kinder trugen bereits Mützen.

Martha musste an die Herbsttage in Frankfurt denken. Sie sammelte Kastanien mit ihren Schwestern. In ihrer Hand hält sie ein Körbchen. Da kommt Greta auf sie zu und lässt ihre Schürze, die sie an ihre Brust gedrückt hatte, fallen. Die glänzend braunen Kastanien kullern raus und Martha beeilt sich, ihren Korb schnell unter diesen Regenschwall zu halten. Sie strahlt dabei ihre große Schwester an. Greta stapft schon wieder weiter durch die knöchelhohen Kastanienblätter. Martha will ihr nachlaufen. Doch sie kann nicht. Sie bleibt wie angegossen stehen. Sie möchte ihrer Schwester nachrufen. Doch sie bringt keinen Ton über ihre Lippen.

Ein Arm umschloss Martha und als sie ihren Blick anhob, schaute sie in die Augen Jacobs. Nicht Gretas.

»Psst, es ist gut. Ich bin hier, Martha.«

Sie wusste nicht, was geschehen war. Weshalb war plötzlich Jacob da? Hatte sie gesprochen? Sie fuhr mit ihren Fingern über ihre trockenen Lippen. Dieser Mund hatte doch nichts gesagt. Sie meinte, verrückt zu werden. Fühlte sich das so an?

»Leg dich hin. Ich mache dir einen Tee.« Jacob führte sie durch den Raum und drückte ihren willenlosen Körper auf das Sofa. Sie ließ es geschehen. Kurze Zeit später kam er mit einer Tasse Tee zurück und stellte sie auf den Beistelltisch. Er vermied es, sie anzusehen. Sie spürte das und hätte ihm eigentlich dafür dankbar sein müssen. Doch es war ihr gleichgültig. Seine Anwesenheit änderte nichts. Sie war und blieb einsam.

Weihnachten 1946 fiel aus. Familie Rubin feierte es nicht. Eva schrieb, dass sie in Savannah bleiben würde. Arbeit und Freunde würden sie abhalten, nach Hause kommen zu können. Jacob verstand und wollte diese Nachricht behutsam seiner Frau mitteilen. Martha hörte ihm abwesend zu und er fragte sich einmal mehr, ob sie ihm überhaupt noch zuhörte. Sie lebte, wenn man es denn noch so nennen konnte, in ihrer eigenen Welt, zu der er keinen Zutritt hatte. Sollte er Eva doch bitten zu kommen? Vielleicht konnte sie helfen. Durfte man seine Tochter bitten, seiner kranken Ehefrau zu helfen. Jacob, gefangen in seiner eigenen Erziehung, entschied sich dagegen. Er wollte auch keine Hilfe mehr von außen holen. Martha war seine Frau, Martha musste er alleine helfen. Am meisten machte ihm diese Sprachlosigkeit zu schaffen. Im Hause Rubin wurde nicht mehr gesprochen. Ein Umstand, der vor wenigen Monaten noch ein Ding der Unmöglichkeit gewesen wäre. Jacobs Leidenschaft war das gesprochene und geschriebene Wort.

Als Jacob tags darauf mit der U-Bahn nach Hause fuhr, saßen ihm gegenüber eine Mutter und ihr Sohn. Die Mutter las dem Sohn aus einem Buch vor. Der Junge lehnte sich mit einem seeligen Lächeln an seine Mutter und da wusste Jacob, dass er Martha auch vorlesen musste.

Von da an las Jacob ihr jeden Abend vor. Er fing mit einem wahllos aus dem Bücherregal genommenen Buch an und endete eines Tages bei Marthas Lieblingsbuch »Effi Briest«. Jacob sah schon beim Öffnen des Buches, dass es ein Fehler war.

»Für unsere geliebte Martha zum 18. Geburtstag. 25. Mai 1918«, unterschrieben mit der Schrift Gertruds, seiner Schwiegermutter. Beim Anblick der bekannten Schrift durchzuckte es Jacob. Er nahm seine ganze Kraft zusammen und wollte das Buch zurückstellen, da stand plötzlich Martha hinter ihm und nahm ihm das Buch aus der Hand. Jacob wusste nicht, was er tun sollte. Ihr das Buch aus der Hand nehmen oder sie dem Anblick der Schrift ihrer Mutter überlassen. Martha überblätterte die erste Seite und blieb auf einer Seite im Buch hängen. Jacob konnte an ihren Augen sehen, dass sie las, getraute sich aber nicht, zu fragen, was sie las. In diesem Moment war er sich seiner Unsicherheit im Umgang mit seiner Frau so bewusst, dass es ihn mehr als alles andere schmerzte. Wie sollte ihrer beider Zukunft noch aussehen, wenn er bei allem und jedem sich einen Kopf machte? Er wusste es nicht.

Marthas zerbrechliche Stimme beendete die beklemmende Stille. Sie las ihm aus ihrem liebsten Buch vor. Jacob hätte sie für diese wenigen Zeilen am liebsten in den Arm genommen und einfach nur festgehalten. Er rührte sich aber nicht und hörte ihr andächtig zu. Innerlich ließ er Theodor Fontane ein Denkmal bauen.

Das Jahr zog sich endlos hin. Marthas Zustand hatte sich unwesentlich verändert. Jacob holte jeden Monat ein neues Rezept für Marthas Schlaftabletten, ohne dass der

Arzt seine Patientin nochmals sehen wollte. Sie war für ihn austherapiert. So kam es Jacob jedenfalls vor.

Für Jacob war seit dem Abend als Martha aus »Effi Briest« vorgelesen hatte, ein zarter Hauch von Hoffnung am Horizont. Mit unermüdlichem Einsatz für seine Frau gingen die beiden diesen Weg, der nicht hätte schwieriger und schmerzlicher sein können.

Der Frühling war nass und ungewöhnlich kalt. Dafür entlohnte sie der Sommer und heizte die Stadt am Hudson-River auf ungeahnte Temperaturen auf. Martha hatte schon immer diese Zeit geliebt. Während viele, die es sich leisten konnten, die Stadt verließen, genoss sie immer den Sommer in der Großstadt.

Eines Tages öffnete sie das Fenster und rückte ihren Stuhl in das gleißende Licht. Sie schloss die Augen und spürte die Kraft der Sonne durch ihre Lider. Die Wärme umgab ihren Körper und sie meinte die Hände ihrer Mutter über ihr Haar streichen zu spüren, das Lachen ihres Vaters und die protestierenden Stimmen Gretas und Hannas zu hören. Sie waren da. Sie umgaben sie. Ein tiefer Seufzer entwich Martha.

Es waren diese kleinen Schritte, die sie ging und die sie allmählich wahrnahm. Anfangs konnte sie es nicht einordnen, bis Jacob sie einmal nach dem Vorlesen in den Arm nahm.

»Ich sehe Martha, dass du mir zuhörst. Ich freue mich. Du weißt gar nicht wie sehr.«

Wahrscheinlich wäre Martha noch lange mit ihren kleinen Fortschritten diesen steinigen Weg der Trauer gegangen, wäre da nicht an einem Herbsttag im Jahre 1947 ihre

Tochter Eva überraschend aus Savannah aufgetaucht. Sie hatte ihren Koffer in der Hand. An ihrer entschlossenen Miene konnte auch Martha sehen, dass etwas Schlimmes geschehen sein musste.

»Ich werde nicht mehr zurückkehren. Ich habe meine Promotion abgebrochen und bin schwanger.« Jacob warf Martha einen entsetzten Blick zu und versuchte, Eva aus dem Zimmer zu komplimentieren. Eva, die nichts von Marthas Zustand wusste, reagierte nicht. Sie kniete sich vor Martha hin und erzählte ihr alles. Eva ließ Martha in ihren persönlichen Abgrund schauen und die Mutter war ihr dafür dankbar. Ein in ihrem tiefsten Inneren sitzendes Gefühl des Beschützens keimte in ihr auf. Sie musste Eva helfen. Auf einmal hatte Martha wieder ein Ziel. Sie war nicht im Mindesten so erschüttert wie Jacob. Eva brauchte sie jetzt. Für ihre Tochter wollte sie sich ins Leben zurückkämpfen. Anfangs ging es nur langsam, mit vielen Rückschlägen, aber dann erinnerte sie sich an ihr Lebensmotto. Es hatte keinen Sinn, ihr Leid weiter mit sich herumzutragen. Sie musste die Vergangenheit loslassen. Nicht vergessen, darum ging es nicht.

Frankfurt 1949

Die Reise mit dem Zug von Le Havre nach Frankfurt war sehr strapaziös. Der Zug hielt immer wieder, fuhr Nebenstrecken und schien seinem Ziel nicht näher kommen zu wollen.

Für jedes Mitglied der Familie Rubin bedeutete die Fahrt etwas anderes. Alle drei schauten durch die Zugfenster und nahmen die veränderte Landschaft, die draußen an ihnen vorbeizog, ungläubig wahr. Jacob konnte sein altes Europa nicht wiedererkennen.

Aber die Hölle begann erst, als sie den Rhein überquert hatten und in den ersten deutschen Bahnhof einfuhren. Martha ließ die Bilder der zerstörten Städte und Dörfer nicht nah an sich herankommen. Sie schaute gerade nur so viel, dass sie das Gefühl hatte, im Bilde zu sein, aber mehr wollte sie nicht.

Eva nahm mit Entsetzen wahr, dass alles noch viel schlimmer war, als sie es sich vorgestellt hatte. Kein Stein war auf dem anderen geblieben. Es grenzte an ein Wunder, dass überhaupt schon wieder Züge fuhren. Die Menschen auf den Bahnsteigen machten einen geschäftigen Eindruck. Inmitten von Ruinen gab es wieder Leben. Eva wusste nicht, ob sie dies als gut ansehen sollte oder ob es die höchste Stufe der Verdrängung eines ganzen Volkes darstellte. Sie wollte sich in diesem Moment noch kein Urteil bilden. Es war zu früh.

Nur Barbara war ihrer Umwelt gegenüber unvoreingenommen. Sie zeigte mit ihren Fingerchen auf halb zerbombte Kirchtürme, sie winkte den Menschen zu, die Trümmer auf den Straßen aufräumten, und sie schlief immer wieder in den Armen ihrer Großmutter mit jenem seligen Lächeln, das nur schlafenden Kindern zu eigen war. Würde sie Eva später Vorwürfe machen, dass sie in das kriegszerstörte Deutschland zurückgekehrt und nicht im wohlhabenden Amerika geblieben waren? Eva fand keine Antwort und empfand ihrem Vater gegenüber ein schlechtes Gewissen, weil sie ihm damals oft im Stillen Vorwürfe wegen der Auswanderung in die USA gemacht hatte. Sie hatte damals nur sich gesehen, ihr Leben, ihre Liebe, ihre Freundin, und nicht die berechtigten Ängste ihres Vaters. Wenn ihr Barbara später Vorwürfe machen würde, könnte sie das verstehen. Sie hatte keinen wirklichen Grund für die Ausreise. Sie fand nur keine passende Arbeit und konnte sich nach der gescheiterten Ehe mit diesem Land nicht mehr anfreunden. Das war der wahre Grund. Alles Gute der vergangenen Jahre wurde von diesem Gefühl überschattet.

Seit sie den Mannheimer Bahnhof verlassen hatten, hielt es Jacob nicht mehr auf seinem Platz. Er wanderte nervös im Abteil auf und ab und schaute immer wieder aus dem Fenster.

»Ich habe ganz vergessen, wie unerhört schön diese heimatliche Landschaft ist. Es ist eine solche Vertrautheit, die ich lange nicht mehr erlebt habe.«

Als der Zug die Brücke über den Main überquerte, nahmen Jacob und Eva eilig ihre Koffer von der Ablage und machten sich auf den Weg in Richtung Ausgang. Eva drehte sich nervös um und sah Martha zu, die in Seelenruhe Barbara das Mäntelchen anzog, ihren obligaten Hut aufsetzte und einen letzten Blick auf die verlassenen Sitzbänke warf. Endlich kam sie mit der Kleinen zu Eva und Jacob. Der Zug fuhr in den Hauptbahnhof ein, und Eva erkannte ihn sogleich wieder. Es war, als ob vierzehn Jahre ausgelöscht worden wären. Sie war wieder vierzehn, sie sah sich auf dem Bahnsteig mit ihrem kleinen Koffer, über ihr die Hakenkreuzfahnen, um sie gestrenge SS-Männer und ihr Gefühl, dem Unbekanntem entgegenzugehen. Sie konnte sich noch sehr genau daran erinnern. Ein kalter Schauer lief ihr über den Rücken.

Mit einer der wenigen Taxen, die in Frankfurts Straßen unterwegs waren, fuhren sie zu einer Pension, deren Adresse Jacob von einem Freund erhalten hatte. Die erste Zeit sollten sie hier wohnen, bis sie eine Wohnung gefunden hatten. Doch schon während der Fahrt wurde Eva klar, dass das schwierig werden würde. Die Altstadt lag in Trümmern. Auch wenn der Wiederaufbau in vollem Gange war, konnte man die Wohnungsnot überall erkennen.

Der Taxifahrer war ein neugieriger Mensch, und ihm schien nicht entgangen zu sein, dass seine Passagiere nicht aus Deutschland kamen. Kein Wunder, dachte Eva: Die Kleider, die Koffer, alles an ihnen war so anders.

»Zu Besuch in Frankfurt?«, fragte er.

Jacob schüttelte den Kopf: »Wir sind Heimkehrer.«

Der Taxifahrer schaute ihn schief von der Seite an. »Vom Land?«

»Nein, wir kommen aus den USA, aus New York.«

»Ach, Sie Glücklicher, Sie mussten nicht diesen Krieg erleben, Sie waren im sicheren Amerika.«

Schweigen. Eva konnte von hinten sehen, wie ihr Vater sich versteifte. Sie ballte ihre Hände zu Fäusten und versuchte, sich auf den Anblick ihrer weiß werdenden Knöchel zu konzentrieren. Der Taxifahrer plauderte indes, ohne eine Antwort abzuwarten, munter weiter: »Uns haben sie im März 44 ausgebombt. Alles weg, kaputt. Jetzt wohnen wir schon seit fünf Jahren bei meinem Schwager. Jeden Tag gibt's Ärger. Ich kann Ihnen sagen, das Leben hat uns einen Streich gespielt.« Stille. »Und was machen Sie hier? Es gibt doch nur Arbeit, wenn die Amis einen haben wollen.« Er schüttelte verbittert den Kopf.

»Ich war Professor an der hiesigen Universität«, sagte Jacob schließlich eisig. Nichts erinnerte mehr an den warmen Klang seiner Stimme, als er eben im Zug über die Heimat gesprochen hatte.

»Aha, Professor.«

Anscheinend war bei dem Mann immer noch nicht der Groschen gefallen. »Da haben Sie aber Glück.« Nur der Motor des Wagens war zu hören. Die Insassen saßen erstarrt da, bis Martha sich leicht nach vorne neigte und ganz ruhig sagte: »Wenn Sie es Glück nennen können, dass Ihre Mutter und Ihr Vater vergast wurden, Ihre eine Schwester sich zwei Jahre lang im selben Lager zu Tode geschuftet hat und die andere Schwester ebenfalls in einem KZ gestorben ist.« Sie schaute wieder gedankenverloren aus dem Fenster.

Die Fahrt wurde schweigend fortgesetzt. Der Taxifahrer schien seine Kundschaft auf einmal so schnell wie möglich an den Zielort fahren zu wollen. Als sie ausstiegen und seinem Wagen nachschauten, wurde Eva bewusst, dass es lange noch nicht zu Ende war.

Die Pension war klein, aber sauber. Die Besitzerin war eine waschechte Frankfurterin und hatte das Herz am rechten Fleck. Ihre Neugier hielt sich in einem erträglichen Rahmen.

Schon am darauffolgenden Tag hatte Jacob einen Termin mit Eva an seiner alten Uni. Er wollte von Anfang an Fakten schaffen.

Die Uni war nicht allzu weit von der Pension entfernt, und so machten sich Jacob und Eva auf den Weg. Eva ging schweigend neben ihrem Vater her und sah sich um. Die Geschäfte waren dank der Währungsreform im letzten Jahr wieder voll. Die Straßenbahnen fuhren wieder. Nur wenige Strecken mussten umgeleitet werden. Es war der sprichwörtliche deutsche Fleiß, der signalisierte: Wir lassen uns nicht unterkriegen!

Plötzlich unterbrach Jacob das Schweigen: »Weißt du, Eva, was ich gerade an mir feststelle?« Eva schüttelte den Kopf, und er fuhr fort: »Obwohl meine Schwiegereltern, meine Schwägerinnen durch ihre Hände umgebracht worden sind, hasse ich die Deutschen nicht. Nein, ich merke, dass meine Liebe zu Deutschland immer noch groß ist und ich froh bin, dass wir wieder hier sind. Es ist absurd, ich kann es dir auch nicht erklären. Allein die Sprache beflügelt mich. Es ist meine Muttersprache, die ich so vermisst habe.« Er blieb stehen und schaute seine Tochter fragend an.

»Ich kann dich gut verstehen, Vater. Ich muss aber gestehen, dass ich bei jedem Deutschen, der uns begegnet, überlege, ob nicht auch er sich schuldig gemacht hat.« Jacob seufzte und nickte.

»Es wird sich erst in den nächsten Jahren zeigen, ob die Deutschen bereit sind, sich mit ihrer schrecklichen Vergangenheit auseinanderzusetzen.«

Sie setzten ihren Weg fort und nach kurzer Zeit meinte Jacob: »So, da sind wir jetzt. Hier beginnt das Unigelände. Ich hätte es fast nicht wiedererkannt.«

Sie blieben vor einem Haus stehen, dessen Fassade rauchgeschwärzt war. Das Dach musste bei einem Bombenangriff vollständig zerstört worden sein. Ein Teil war bereits wieder gedeckt, aber die Benutzung des obersten Stockwerkes war noch nicht wieder möglich.

»War das dein Institut?«

»Nein, hier war nur die Verwaltung. Jetzt ist hier auch nur ein Teil der Literaturwissenschaft angesiedelt, weil große Teile der Universitätsgebäude zerstört worden sind. Mein Büro gibt es nicht mehr.«

Jacob und Eva stiegen die Treppe in den dritten Stock hoch. Sie gingen den dunklen Flur entlang bis zum Zimmer 34. Jacob klopfte an, und von drinnen ertönte eine Frauenstimme.

»Herein.« Jacob öffnete zaghaft die Tür und blieb wie angewurzelt im Türrahmen stehen. Die Dame am Schreibtisch sprang bei seinem Anblick auf und stieß einen Schrei aus. »Herr Professor, nein, Herr Professor Rubin, ich kann es nicht glauben. Sie sind es!« Sie lief mit ausgestreckten Armen auf Evas Vater zu und nahm seine Hände.

Einen Moment lang war es still, dann sagte Jacob: »Eva, das ist Frau Meise, meine ehemalige Sekretärin.«

Sie nickte. Tränen standen in ihren Augen. »Daran kann

sich nichts ändern, egal, wie sich die Zeiten entwickelt haben, Herr Professor. Sie haben mich damals eingestellt, obwohl ich nicht über die erforderliche Ausbildung verfügte, das habe ich Ihnen nie vergessen.«

»Ach, meine liebe Meise.«

Nun konnte sich Eva an diesen Spitznamen erinnern, den der Vater gebraucht hatte, wenn er zu Hause manchmal Geschichten aus der Uni erzählte.

»Sie beschämen mich, Frau Meise.«

»Sagen Sie das nicht, Herr Professor. Wie oft habe ich in den letzten Jahren an Sie und Ihre Familie denken müssen. Nach alldem, was passiert war, habe ich mit dem Furchtbarsten gerechnet. Ich dachte, dass der Leibhaftige mich holen wird, weil ich Ihnen nicht genug geholfen und nichts unternommen habe.« Sie verbarg das Gesicht in den Händen und murmelte: »Wir haben uns alle schuldig gemacht. Nur Gott weiß, warum er uns so geprüft hat.«

Jacob strich ihr beruhigend über den Arm. »Seien Sie nicht so streng mit sich, Meise. Die vergangenen Jahre waren schrecklich für viele von uns und die, die sich entgegengestellt haben, haben dafür teuer bezahlt. Das Schlimme steht uns wahrscheinlich erst noch bevor. Die Auseinandersetzung mit dem Verbrechen. Wir müssen uns alle dem stellen.«

Frau Meise schaute ihn dankbar an. »Ach, Herr Professor Rubin, wie recht Sie haben.«

Sie ging zum Fenster und schaute anscheinend gedankenverloren in den Hof hinunter.

»Sie sehen das ganz richtig, Herr Professor. Jetzt, wo die Amerikaner ihre Entnazifizierungsfragebögen über die Uni verteilt haben, will es augenscheinlich niemand mehr gewesen sein. Die Aufarbeitung wird noch lange dauern. Ich glaube nicht, dass unsere Generation dazu fähig sein wird.«

Jacob nickte Eva zu, die ebenfalls eintrat. »Ich möchte Ihnen aber auch etwas Schönes berichten. Das ist meine Tochter Eva, ebenfalls Literaturwissenschaftlerin, die hoffentlich bei dem Kollegen Kerner eine Promotionsstelle als wissenschaftliche Mitarbeiterin bekommen wird.«

Frau Meise ging auf Eva zu und schüttelte ihr fest die Hand. »Nein, wie schön, das Fräulein Tochter tritt in Ihre Fußstapfen. Wen wundert's. Einen besseren Lehrmeister hätten Sie nicht haben können.«

Eva lächelte sie an und fühlte gleich eine Vertrautheit zu Frau Meise.

Frau Meise strahlte und meinte: »Ach, bei Herrn Professor Kerner. Wie schön.«

Sie drehte sich entschlossen um. »Dann werde ich Sie jetzt mal zu Herrn Professor Kerner bringen. Der Schelm. Er hat mir nämlich nur gesagt, dass sich um elf Uhr jemand bei ihm vorstellen würde und ich denjenigen dann zu ihm bringen soll. Wer ahnte denn, dass Sie das sind, mein lieber Herr Professor Rubin.«

Frau Meise geleitete die beiden durch die dunklen Flure und blieb schließlich vor einer Tür mit dem Schild: »Professor Paul Kerner« stehen.

»Wir sehen uns bestimmt jetzt öfters. Viel Glück«, sagte sie zu Eva gewandt und ging zurück in ihr Büro. Jacob klopfte an und betrat mit Eva zusammen, nachdem sie eine tiefe männliche Stimme zum Eintreten aufgefordert hatte, ein. Beim Betreten seines Büros gingen die beiden Männer einfach nur aufeinander zu und umarmten sich stillschweigend. Eva stand still und leicht verloren daneben.

Professor Kerner war ein wirklich imposanter Mann. Nicht nur vom Äußeren, er war bestimmt zwei Meter groß und hatte die blauesten Augen, die Eva jemals gesehen hatte, sondern auch von seinem Auftreten. Er strahlte eine unglaubliche Ruhe und Autorität aus. Dabei war er bestimmt 20 Jahre jünger als Jacob. Er hatte damals, als Jacob die Uni verlassen musste, gerade am Beginn seiner wissenschaftlichen Laufbahn gestanden. Für Professor Kerner war Evas Vater immer die Koryphäe und das große Vorbild gewesen, und nun hatte er die Möglichkeit, dessen Tochter zu helfen.

Eva sah, wie Professor Kerner während der Begrüßung mit ihrem Vater sie aus seinen Augenwinkeln betrachtete. Jacob stellte Eva vor und Eva war gerührt über die wohlwollenden Worte ihres Vaters.

Professor Kerner trat auf sie zu: »Ich würde Sie auch anstellen, wenn nur die Hälfte von dem, was mir Ihr Vater geschrieben hat, stimmt. Ich muss schon sagen, dass Sie als Jungakademikerin beachtliche Essays geschrieben haben.«

Eva wusste bei all den lobendenden Worte gar nicht, was sie sagen sollte.

»So viele Vorschusslorbeeren, ich weiß gar nicht, ob ich Ihren Ansprüchen genügen werde.«

Beide Männer lachten und Professor Kerner sagte: »Keine Angst. Bei mir haben Sie noch genügend Gelegenheiten sich zu bewähren. Ich bin wie Ihr Vater ein Lehrer, der viel von seinen Promovenden verlangt, und ich kann Ihnen sagen, mir hat es auch nicht geschadet.«

Eva nickte und sah, dass Jacob die Worte mit einem zufriedenen Lächeln vernommen hatte.

Nach einer Stunde intensivem Gespräch verabschiedete

man sich, und Eva sollte ihn am kommenden Montag in seinem Büro aufsuchen.

Auf dem Heimweg erzählte Jacob Eva ein wenig über Professor Kerner. »Er war damals ein auffällig guter Promovend, der unglaublich wissbegierig war. Er war wie ein Schwamm, der alles in sich aufsog. Das sind genau die richtigen Voraussetzungen für eine wissenschaftliche Karriere. Er war damals Anfang 30 und stand in den Startlöchern. Ich besorgte ihm eine Habilitationsstelle und hätte ihn gerne bis zu seiner Habilitation begleitet, doch … « Jacob unterbrach sich. Eva wartete, bis er bereit war, weiterzuerzählen. »Jedenfalls stand seiner Karriere eigentlich nichts im Wege: Er war deutsch und nicht jüdisch. Doch er war nicht auf der Linie der Partei. Er legte Einspruch gegen meine Kündigung ein, obwohl er wusste, dass es ihm nur schaden würde. Er machte damit die Gestapo auf sich aufmerksam. Als am 9. November 1938 auch hier in Frankfurt die Synagoge von den Nazis angezündet wurde, hatte man ihn gesehen, wie er versuchte, mit anderen mutigen Helfern den Brand zu löschen. Er wurde verhaftet, kam nach einem Monat wieder frei und ging an die Uni zurück, stand aber seither unter Beobachtung der Gestapo.«

»Und seine Habil konnte er trotz des Krieges zu Ende machen?«

»Ja, bei Kriegsbeginn war er schon 35 Jahre alt und damit erst einmal zurückgestellt worden. In den späteren Kriegsjahren scheint er eine Unabkömmlichkeitsbestätigung vom Wehrdienst erhalten zu haben. Genaueres weiß ich aber auch nicht. Jedenfalls beendete er seine Habilitation und wurde ordentlicher Professor.«

Eva lachte bitter auf. »Was für ein Leben, immer einen Schritt vor dem Abgrund.«

»Ja, Eva, das war alles System. So wurden die Menschen, die wenigstens ein bisschen Zivilcourage gezeigt hatten, mürbe gemacht. Die Bürger wurden bespitzelt, ihre Angehörigen unter Druck gesetzt, bis zu Einweisungen ins Gefängnis oder ins KZ war alles möglich. Das kann man sich nicht vorstellen, wenn man es nicht selbst erlebt hat. Wir dürfen über unsere Mitbürger deshalb nicht so vorschnell ein Urteil fällen. Nicht alle waren Nazis.«

Eva und Jacob setzten schweigend ihren Heimweg fort.

Ja, es waren nicht alle Nazis gewesen, das wusste Eva, aber viele waren Mitläufer und schweigende Dulder. Eva erinnerte sich an die hämischen Reaktionen ihrer Mitschülerinnen auf die Kündigung ihres Vaters.

»Es ist aber schon erstaunlich, dass er, obwohl er unter Beobachtung der Gestapo stand, einen Lehrstuhl bekam. Findest du nicht auch?«

Jacob überlegte. »Ich glaube, er war einfach das kleinere Übel für die Nazis. Sie hatten bei Kriegsbeginn erneut mit akutem Dozentenmangel zu kämpfen. Um den universitären Betrieb überhaupt aufrechterhalten zu können, mussten sie auch auf Akademiker zurückgreifen, die nicht ihren hundertprozentigen Vorstellungen entsprachen, und dazu gehörte Kerner auf jeden Fall.«

Eva nickte. Kein Wunder, die Literaturwissenschaft gehörte nun nicht gerade zu den staatspolitisch tragenden Fächern.

Der Montag war schneller da als erwartet. Eva brannte für einen Neubeginn. In den letzten Monaten in New York hatte sie angefangen, sich zu langweilen. Sie war unterfordert und unzufrieden mit sich gewesen. Es sollte endlich vorangehen mit ihrer Arbeit. Sie nahm immer zwei Stufen auf einmal die Treppe zum Büro von Professor Kerner hoch und klopfte ungeduldig an seine Bürotür. Sie wartete kaum sein »Herein« ab und betrat mit einem breiten Lächeln sein Büro. Er schaute von seinem Schreibtisch auf und lächelte, als er sie sah.

»Na, da hat es ja jemand sehr eilig, promoviert zu werden.«

Eva wollte sich gerade für ihren stürmischen Auftritt entschuldigen, als er aufstand und mit zwei großen Schritten den Raum durchmaß. »Nein, nein, richtig so. So stelle ich mir eine engagierte Mitarbeiterin vor: immer aufmerksam und stets startbereit.«

Eva schmunzelte.

»Bitte, setzen Sie sich, Fräulein Rubin, damit wir Ihre Arbeiten erst mal durchgehen können.«

Nach zwei Stunden klappte der Professor die Unterlagen zu. »Und, sind Sie mit meinem Vorschlag zufrieden, werden Sie damit zurechtkommen?«, wollte er wissen.

Eva strahlte. »Ja, sehr zufrieden. Damit kann ich bestens leben. Ich freue mich auf die Zusammenarbeit.«

Eva schaute auf die Uhr und sah, dass es bereits nach zwölf Uhr war. Sie hatte Hunger. Auch Professor Kerner blickte auf die Uhr.

»Schon so spät, ich werde wohl schnell in die Mensa rübergehen und dort etwas essen. Wollen Sie mich nicht zum Mittagessen begleiten? Wir könnten uns nochmals intensiver über das Forschungsprojekt unterhalten, in dem ich Sie gerne noch unterbringen würde.«

Eva war erstaunt über die spontane Einladung, aber empfand sie nicht als unangenehm. Die Gespräche mit Kerner fand sie sehr inspirierend und sie hätte noch Stunden mit ihm sich unterhalten können.

Sie gingen in die Mensa, wo Professor Kerner einen kleinen etwas abseits gelegenen Tisch wählte.

»Hier können wir uns besser unterhalten«, sagte er.

Als sie mit ihren Tabletts an einem anderen Tisch vorbeikamen, standen drei junge Männer hastig auf und begrüßten den Professor.

»Meine Herren, darf ich Ihnen Fräulein Rubin vorstellen. Sie wird unsere vierte Promotionsstelle bekleiden. Sie kommt von der Columbia-Universität in New York. Und das sind die Herren Berger, West und Meyer, Fräulein Rubin. Sie werden als meine vier wissenschaftlichen Mitarbeiter viel miteinander zu tun haben.«

Die drei schauten Eva erstaunt an, die sich unter ihren Blicken unwohl fühlte. Als sie mit Kerner am Tisch saß, konnte Eva aus den Augenwinkeln die drei jungen Männer heftig diskutieren sehen. Sie hatte plötzlich das Gefühl, dass es keine gute Idee war, gerade am ersten Tag mit ihrem Chef essen zu gehen. Neid vergiftet die Atmosphäre bei der Arbeit.

Professor Kerner war eine bemerkenswerte Persönlichkeit. Er erzählte von seinen Forschungsarbeiten und seinen Plänen für das Institut. Eva sah die Gelegenheit gekommen, um ihn auf die Zeit unter der Naziherrschaft anzusprechen. Sie war sehr gespannt auf seine Ansichten und hoffte, die Dinge in einem anderen Licht sehen zu können.

»Herr Professor Kerner, darf ich Sie etwas Indiskretes fragen, was mich schon länger beschäftigt?«

Er schaute sie interessiert an. »Nur zu«, meinte er.

»Wie haben Sie es geschafft, mit Ihrer Einstellung an der Uni zu überleben?«

Kerner schaute auf, legte sein Besteck auf seinen Teller und schob ihn von sich. Stille entstand, die Eva nicht zu deuten wusste. Ergriff ihn der Gedanke an diese Zeit oder hatte sie mit ihrer Frage einen wunden Punkt getroffen? Sein Blick schien sich verschleiert zu haben. Der Moment des Schweigens dehnte sich aus. Kerner trank einen Schluck Wasser und lächelte sie dann wohlwollend an.

»Was für ein Themenwechsel. Eben noch bei den Werken Lessings und nun zurück in die fürchterlichste Zeit, die Deutschland je erlebt hat.«

Eva nickte. »Entschuldigen Sie, das war in der Tat ein drastischer Sprung. Es ist nur so, dass Sie für mich seit unserer Rückkehr der erste ernstzunehmende Gesprächspartner sind.«

»Aha, bin ich das?«, erwiderte er süffisant, und Eva fühlte sich immer unwohler. Sie hatte sich anscheinend auf dünnes Eis begeben. Sie wusste nicht, wie weiter, da kam er ihr zuvor.

»Wissen Sie was, Fräulein Rubin, das ist ein Thema, das man nur in einem ausführlichen Gespräch abhandeln kann und dazu bedarf es Zeit, die wir jetzt leider nicht haben.« Er warf demonstrativ einen Blick auf seine Uhr. »Ach herrje, jetzt haben Sie gleich meine große Schwachstelle kennengelernt. Ich vergesse immer wieder mal die Zeit.« Eva war enttäuscht über seine Reaktion. Sie hatte sich von ihm mehr erhofft, aber vielleicht verlangte sie da zu viel von ihm. Sie hatte ihn mit der Frage ja buchstäblich überfallen.

Gemeinsam verließen sie die Mensa. Draußen auf der

Straße schüttelte er ihr die Hand, bedankte sich nochmals für das nette Zusammensein und die anregenden Gespräche, wünschte eine gute Zusammenarbeit und entließ sie an ihre neue Wirkungsstätte am anderen Ende der Straße. Eva hatte das Gefühl, dass er ihr noch nachschaute. Sie traute sich aber nicht, sich nach ihm umzudrehen.

Davos 1965

Eva hatte vergessen, wie ein Morgen in den Bergen sein konnte. Nirgendwo erstrahlte die Sonne klarer, nirgendwo sonst fühlte sich der Morgen wie eine Neugeburt an, nirgendwo war das Erstaunen über die Landschaft größer als hier. Gipfel, die sich gestern noch grau und karg präsentiert hatten, waren nun mit einem Hauch Schnee bedeckt, Wiesen, von den ersten Sonnenstrahlen beschienen, erblühten in den mannigfaltigsten Farben, und der Duft von sich im Sonnenschein erwärmenden Holz breitete sich aus.

Der gestrige Schnee schien vergessen. Die Landschaft zeigte sich wieder in frühlingshaftem Grün und schien die winterliche Eskapade gut verkraftet zu haben.

Eva stellte sich auf die Terrasse der *Staila* und streckte ihre Arme in den Himmel, um all diese Eindrücke in sich aufzusaugen.

»Gib zu, dass du das vermisst hast.« Erich umschlang ihre Taille mit seinen Armen und küsste sie in den Nacken.

Eva lachte. »Nein, ich habe es nicht vermisst.«

Erich hielt inne und schaute sie verwundert von der Seite an. »Wie?«

Eva amüsierte sich über sein Gesicht. »Ich habe es nicht vermisst, weil ich gar nicht mehr wusste, wie es ist. Ich habe es vergessen, nein, ich habe es erfolgreich verdrängt, ich ließ keinen Gedanken mehr an diese wunderbare Welt zu. New York war so anders, und Frankfurt im Nachkriegsdeutschland war wieder etwas ganz anderes.« Sie stockte. Sie spürte Erichs Hände tröstend auf ihrer Hüfte liegen. Sie umklammerte sie.

»Eva, lass uns eine Wanderung machen. Ich möchte dir etwas zeigen.« Er wollte seine Hände zurückziehen, aber sie hielt sie fest und drehte sich verzweifelt zu ihm um. »Erich, ich fühle mich so elend.«

Er schaute sie entsetzt an. »Weshalb denn? Wir sind doch zusammen, mehr zählt nicht.«

Sie schloss die Augen und nickte. »Ja, das sind wir, aber ich merke, dass ich noch so viele Dinge mit mir rumtrage, denen ich immer ausgewichen bin. Das ist, als ob um einen herum lauter Hornissennester wären, in die man nur ja nicht treten darf, weil sonst ganze Schwärme wütender Insekten auffliegen.« Sie sahen einander schweigend an. Auf einmal hatte Eva das Gefühl, dass sich eine Tür für sie öffnete und den Blick auf ihre Probleme freigab. Sie musste nur noch eintreten und alles betrachten, um es zu verstehen. Eins war jetzt schon klar: Dieser Mann war ihr Schicksal. Damals und heute. Sie strich ihm liebevoll über sein blondes Haar.

»Du bist der einfühlsamste Mensch, den ich je kennengelernt habe. Ich liebe dich!«

Erich nahm sie in den Arm. »Das hast du noch nie gesagt.«

»Ich weiß. Ich konnte es nicht, weil ich immer Angst hatte – schon damals –, dass es uns verletzen würde, weil wir nie zusammen sein können.«

»Ach Eva, du bist ein seltsamer Mensch.« Er hielt inne.

»Aber du hast recht, es hat mir geholfen, dass du es nie gesagt hast. Ich habe mir irgendwann eingeredet, dass du mich überhaupt nicht geliebt hast, dass ich für dich nur ein erstes Abenteuer war, dass du nun eine umschwärmte Frau in New York wärst und an den Bergler aus vergangenen Tagen nicht mehr denken würdest.«

»Tja, da hast du falsch gedacht, mein Lieber. Umschwärmt ja, aber nicht bereit, es auch anzunehmen, viel zu verbissen in die Arbeit, die mein einziger Trost war.« Eva stockte: »Ja, nicht mal meine Tochter war ein Trost für mich.«

»Du hast eine Tochter? Von diesem Bruce?«

Eva nickte. »Ja, von ihm habe ich ein Kind. Barbara. Sie ist 17, so alt wie ich damals, als ich hierherkam.«

Erich schüttelte ungläubig den Kopf. »Ist sie so schön und klug wie ihre Mutter?« Eva nickte und musste dabei schmunzeln.

Schließlich sagte er: »Lass uns losgehen. Es wird uns guttun. Ich habe uns einen kleinen Rucksack mit Proviant gepackt.«

Sie gingen vorbei an »ihrem« Brunnen, der noch genau wie damals vor sich hin plätscherte, durch das lichte Wäldchen hinter der Hütte, den kleinen Serpentinenweg hinauf, zur Alp, wo die Bäume nur noch vereinzelt dastanden.

Niemand sagte etwas. Eva wusste, dass sie Erich mit dem Bericht über Barbara geschockt hatte. Aber was hatte er gedacht? Es war ja eigentlich erstaunlich, dass sie nur ein Kind hatte und nicht verheiratet war. Welche Frau bestritt heute ihr Leben freiwillig ohne Mann? Viele mussten es durch den Krieg unfreiwillig tun. Die Nachkriegsjahre hatten den Frauen nur geschadet. Nicht nur, dass sie anfangs ihre Familien allein durchbringen mussten, später wurden sie durch die aus der Kriegsgefangenschaft zurückgekommenen Männer aus ihren Berufen wieder zurückgedrängt.

Die Frau von heute war ein Heimchen am Herd. Sie hatte sich aufgrund des Krieges genau zu diesem Frauentypus entwickelt, von dem man schon zu Beginn des Jahrhunderts endlich weggewollt hatte.

Aber jetzt beherrschten andere Themen als die Emanzipation die Zeit: Wiederaufbau, Kalter Krieg, Wirtschaftswunder, Wiedergutmachung und seit Kurzem endlich die Aufarbeitung der NS-Verbrechen in den Auschwitzprozessen. Was wollten da die Frauen aufbegehren?

Erich drehte sich um und zeigte mit seinem Arm auf etwas am Wiesenhang über ihnen. Er legte seinen Finger an die Lippen. Doch sie waren schon bemerkt worden. Ein durchdringender Pfiff zerschnitt die Stille. Eva konnte eine dicke, pelzige Gestalt auf einem Steinvorsprung ausmachen, der hoch aufgerichtet in ihre Richtung blickte. Ein weiterer Ruf erschallte, und zu Evas Entzücken machten sich weitere von diesen putzigen Tierchen schleunigst auf den Weg zu ihren rettenden Höhlen, die als viele kleine Löcher im hohen Gras zu erkennen waren.

»Das sind Murmeltiere.« Erich war schon weitergegangen. Eva lief ihm nach und stellte sich vor ihn. »Was ist los, Herr Capun?«

Erich wehrte sie ab und wollte weitergehen, aber Eva hielt ihn am Arm fest.

»Ich möchte jetzt nicht«, sagte er nur.

Eva blieb stehen und schaute ihm nach, wie er sich von ihr entfernte. Sie atmete tief durch und tastete mit der Hand in ihrer Manteltasche nach der Zigarettenpackung. Sie zündete sich eine Zigarette an. Wut stieg in ihr auf, die sie aber sofort zu unterdrücken versuchte. Sie verstand nicht, weshalb diese Tatsache, dass sie eine Tochter hatte, ihn dermaßen erschütterte. Er hätte doch auch schon eine ganze Horde Kinder haben können. 27 Jahre lagen zwischen ihren Begegnungen. Sie fragte sich, was er getan hätte bei dem Geständnis, dass sie zu Hause in Frankfurt einen Liebhaber hatte. Wäre es dann hier zu Ende gewesen? Eva blieb stehen und überlegte ernsthaft, umzudrehen, ihre Sachen zu holen und ins Tal in ihr Hotel zu fliehen. Doch dann entschied sie sich anders. So schnell pflegte sie ihre Meinung nicht zu ändern. Gerade eben hatte sie ihren Aufenthalt hier noch als eine Reise in ihr Inneres empfunden. Sie hatte das erste Mal das Gefühl gehabt, auf den Grund ihrer Gefühle sehen zu können, weil sie endlich nicht alles verdrängte.

Sie schaute hoch und sah, dass Erich bei einer Weggabelung stehen geblieben war. Sie ging ihm nach und wusste bei jedem Schritt, dass es richtig war. Er kam ihr entgegen und nahm sie wortlos in seine Arme.

»Ich Esel. Es tut mir leid, dass ich eben so bockig war. Ich weiß auch nicht, was in mich gefahren ist.« Er drückte sie noch mehr und schlang seine Arme fest um ihren Körper. »Ich hatte doch tatsächlich die naive Vorstellung, dass wir da weitermachen könnten, wo wir aufgehört hatten.« Er musste bei seinen Worten lachen. »Dabei ist mir irgendwie abhandengekommen, dass wir beide auch schon auf die 50 zugehen und in diesem Alter die Familienplanung eigentlich abgeschlossen ist. Leider.« Er nahm ihr Gesicht in seine Hände und küsste sie. Eva spürte seine vertraute Wärme, die sie den Ärger von vorhin fast vergessen ließ.

Erich ließ seinen Blick über die über ihnen aufsteigenden

Berge schweifen. Eva spürte, dass er sehr weit weg war, und in ihr stieg Angst hoch. Vielleicht wollte er dies doch alles nicht? Vielleicht war es für ihn schon vor vielen Jahren abgeschlossen gewesen. Eva nahm seine Hand und drückte sie fest.

Er schaute sie an. »Keine Angst, ich bleibe bei dir.«

»Was hast du eben gedacht?« Sie biss sich auf die Zunge, weil es eine Frage war, die sie nie hatte stellen wollen. Nicht alles sollte der andere wissen. Gedanken waren der einzige Rückzugsmöglichkeit eines jeden Menschen.

»Ich habe gedacht, dass wir zwei damals für einen kurzen Moment unseres Lebens zusammengekommen sind und dann wieder auseinandergerissen wurden und jetzt nach all den Jahren kreuzen sich unsere Wege wieder. Eine Beziehung besteht zwischen uns, ohne Frage, aber meinst du, dass wir je eine Beziehung führen werden?«

Erich hatte Evas tiefste Befürchtungen auf den Punkt gebracht, von denen sie gedacht hatte, dass sie sie nicht mehr zu fürchten brauchte. Wie falsch sie gelegen hatte.

Erich berührte sanft ihren Arm und nahm sie bei der Hand. Die Wärme seiner Hand beruhigte sie wieder ein wenig. Sie versuchte, sich einzureden, dass er auch an eine Beziehung glaubte. Sie traute sich aber nicht, noch einmal nachzuhaken, weil sie Angst hatte, eine Lawine loszutreten. Sie wollte sich der Illusion hingeben, dass sie beide ein Paar waren und auch bleiben würden.

Die Sonne war schon fast im Zenit, als sie nach einer einstündigen Wanderung an der Stelle ankamen, die Erich ihr vorhin hatte zeigen wollen. Sie waren bereits weit über der Baumgrenze. Um sie herum lag Geröll, und ab und zu lugten stachlige Silberdisteln zwischen den Steinen auf dem kargen Alpenboden hervor. Kein Wanderweg führte zu diesem Plätzchen. Es schien Erichs ganz privater Ort zu sein. Eine große Steinplatte bildete im Hang eine kleine Terrasse. Darauf waren lauter flache Steine aufeinandergetürmt. Erich ging bedächtig auf den Steinhaufen zu und legte einen Stein, den er vorhin bei ihrem Aufstieg aufgehoben hatte, auf dessen Spitze. Dann streckte er seine Hand nach Eva aus. Sie ergriff sie und trat näher an ihn heran.

»Weißt du, was das ist?«

»Ich nehme an, du hast die Steine hier aufgehäuft. Richtig?«

Er nickte.

»Ja, das stimmt. Das ist ein ›Steinmannli‹. Früher haben solche Steinhaufen Wege markiert, oder man hat sie als eine Art Gipfelkreuz aufgestellt. Aber man kann auch sein eigenes ›Steinmannli‹ bauen. Das ist meins. Ich habe damit im Sommer 38 angefangen, nachdem du weggegangen warst. Jedes Jahr kam ein Stein dazu. Du kannst nachzählen, es sind nun genau 27 Steine.«

Eva wusste nicht, was sie sagen sollte. Sie war gerührt, aber zugleich auch beschämt. Sie kam sich plötzlich so armselig vor. Sie hatte keinen Ort, an dem sie sich ihrer Liebe erinnerte, für sich ausgemacht, sie hatte sich kein Tagebuch angelegt, wo sie ihre Erinnerungen an Erich niedergeschrieben hatte, sie hatte kein Kistchen eingerichtet, um dort Dinge aufzubewahren, die sie an ihn und an ihre gemeinsame Zeit erinnern würden. Sie trug ihn jahrelang im Inneren und war der Meinung gewesen, dass das genügen sollte. Aber selbst von dort hatte sie ihn über die Jahre verbannt. Was für ein furchtbar nüchterner Mensch sie doch war.

»Ich staune selbst, wie groß das ›Steinmannli‹ schon ist. Die Größe zeigt umso mehr, wie lange wir getrennt waren.« Er drehte sich zu Eva um. »Das war jetzt der letzte Stein!«

Der restliche Tag verging für Eva wie außerhalb der Zeit. Sie genossen jede Minute miteinander. Kein Gedanke wurde an das Morgen verschwendet. Erich erzählte von seiner Suche nach dem Glück. Einmal um die Erde und zurück. Einmal schauen, ob es woanders das gab, was er suchte. Mit den Jahren hatte er selbst nicht mehr gewusst, was es war. War es Eva, dieser Mensch, den er als seine einzige große Liebe wahrnahm, oder war es die Suche nach seinem inneren Frieden, den er nur in diesen Wochen im Sommer 1938 gefunden zu haben schien? Vorher und nachher hatte er dieses Gefühl nicht gehabt. Vor Eva hatte er seinen Eltern zuliebe seinen großen Traum, als Koch nach Italien zu gehen, begraben müssen, und nach Eva erschien ihm sein Leben in der Hütte sinn- und trostlos. Als sein Vater kurz nach dem Krieg starb, hielt ihn in Davos nichts mehr. Die ewigen Streitigkeiten mit seiner Mutter hatten ihn zermürbt. Er wollte endlich sein Leben leben. Es kam zum großen Krach. Seine Schwester Lisi hatte sie ohne großen Widerstand ziehen lassen, aber ihn wollte sie an die *Staila* ketten. So empfand Erich die Situation zumindest damals. Irgendwann packte er ohne Vorankündigung seine Sachen und verließ die *Staila*. Seine Mutter rief ihm hinterher: »Nach deiner Jüdin musst du nicht suchen, die ist bei den Millionen dabei. Und dafür kannst du dankbar sein!«

Es war mittlerweile Abend geworden, und sie saßen bei einem gemütlich lodernden Kaminfeuer im hinteren Teil der Gaststube auf den zwei bequemen Fauteuils vor dem Feuer. Erich strich über Evas Hand. Eva schaute gedankenverloren dem Rauch ihrer Zigarette nach.

»Deine Mutter mochte mich von Anfang an nicht. Ich habe das gleich gespürt.«

Erich hob den Blick. »Ja, das stimmt.«

Eva fragte sich, woran es gelegen haben mochte. Was war an ihr so schrecklich, dass man sie nicht mögen konnte? Abgesehen davon, dass sie Jüdin war? Bruces Mutter hatte sie auch nicht gemocht. Sie hatte keinen Hehl aus ihren Vorbehalten gegen die Schwiegertochter aus Deutschland gemacht. Einmal mehr fühlte sich Eva nicht willkommen. In Deutschland war es ihrer Religion wegen gewesen und hier ihrer Nationalität wegen. Es war zum Verzweifeln. Gerade das Deutschsein wurde ihnen in ihrem Heimatland abgesprochen, und hier wurde sie darauf reduziert.

Eva hatte versucht, es ihr recht zu machen, weil sie damals dachte, Bruce wäre der richtige Mann für sie. Sie war immer nett und höflich gewesen. Hielt sich bei Einladungen diskret zurück, stellte die Dame des Hauses nie in den Schatten, obwohl es für sie ein Leichtes gewesen wäre. Bruces Mutter bediente jedes Klischee einer amerikanischen Frau aus der Oberschicht. Hübsch und mit einem Bildungsniveau, das gerade für Small Talk ausreichte. Alles kreiste in ihrem Kopf nur um den Schein. Angefangen bei ihrem perfekten Äußeren und endend im Bewahren der Aufrechterhaltung ihrer Vorstellung einer perfekten Familie. Und nichts stimmte. Alles war nur Fassade. Ihr Mann, ein notorischer Fremdgänger mit Hang zum übermäßigen Alkoholgenuss, ihre Kinder allesamt Versager. Die Tochter, verheiratet mit einem der reichsten Industriellen, den es in diesem miefigen Ort gab, stand ständig unter Drogen, weil sie sonst ihr »schönes« Leben nicht ertragen hätte, und dann war ja noch der vermeintliche Prachtsohn Bruce, die große Hoffnung der Mutter. Ein Mann mit zwei Gesichtern, einem charmanten und einem cholerischen. Dass Eva Jüdin war, und nicht, wie im Süden üblich, Baptistin, einen eigenen Beruf hatte und den auch nach einer Heirat nicht aufgeben wollte, brachte das Fass zum Überlaufen. Am Ende der Ehe ließ sie Eva wissen, dass sie sie nie mehr in ihrem Leben zu sehen wünsche, ebenso wenig wie ihren Balg, das sie ihrer Meinung nach Bruce nur abgerungen hätte, um Macht über ihn zu besitzen. Eva ließ die Hasstiraden über sich ergehen. Der Gedanke, dass sie Macht über Bruce hätte haben wollen, war absurd.

Erichs Stimme holte sie aus ihren Gedanken zurück. »Ja, sie mochte dich nicht. Weshalb, weiß ich nicht. Wir haben danach auch nie über dich gesprochen.«

»War sie eine Antisemitin?«

Erich schüttelte den Kopf. »Nein, das war sie eigentlich nicht. Ich habe dir ja schon erzählt, dass wir viele jüdische Gäste hatten, bevor die Nazis an die Macht kamen. Bei dem, was sie mir hinterhergerufen hat, war ich nicht sicher, ob sie damit dich als Jüdin oder als die Frau, die ich liebte, meinte.«

»Wahrscheinlich war es die Wahl zwischen Pest und Cholera. Die Wahl zwischen einer Frau, die einer der meist verhassten Religionen der damaligen Zeit angehörte oder einer Frau, die ihr den Sohn stahl.«

»Letzteres glaube ich nicht. Meine Mutter und ich, wir verstanden uns nie. Ich war ihr immer egal, solange ich das gemacht habe, was sie wollte. Wollte ich meinen eigenen Weg gehen, meldete sie ihre Ansprüche an. Ich war für sie zuerst der Aufpasser für meine kleine Schwester und später eine billige Aushilfskraft in der Hütte.«

Eva setzte sich aufrecht in ihrem Stuhl hin und warf die Zigarette in das offene Kaminfeuer.

»Meinst du nicht, dass du ihr da unrecht tust?«

»Nein, ich untertreibe noch. Aber was soll's. Wie sagt man immer? Wenigstens einen Menschen braucht man, der einen liebt, und das war mein Vater. Es macht mich heute noch traurig, dass er so früh erkrankte. Wir hatten nicht viel Zeit zusammen, aber die, die wir hatten, war schön.«

Eva streichelte Erichs Wangen. »Unter jedem Dach wohnt ein Ach, pflegte meine Großmutter immer zu sagen, und so wird es wohl sein. Obwohl die *Staila* in all den Jahren für mich der Inbegriff des Paradieses war.«

Erich zog sie zu sich und flüsterte in ihr Ohr: »Als du damals bei uns warst, war dieses Ach für mich eine Zeit lang nicht mehr spürbar.«

Sie küssten sich, und Eva begann, sein Hemd aufzuknöpfen.

Mitten in der Nacht wachte Eva schweißgebadet auf. Sie wusste im ersten Moment nicht, wo sie sich befand. Der Mond erleuchtete schwach den kleinen Raum. Sie drehte sich um und sah direkt in Erichs im Schlaf entspanntes Gesicht. Es war kein Traum. Sie lag neben dem Mann, den sie all die Jahre nie hatte vergessen können.

Sie betrachtete sein Gesicht. Seine Züge waren fest in ihrem Gehirn eingebrannt.

Sie drehte sich um und zog die Decke über ihre Schultern. Ihr war plötzlich kalt.

War sie eigentlich noch bei Verstand? Sie verbrachte hier oben zügellose Stunden mit einem Mann, in den sie sich als Teenager verliebt hatte, dessen Phantom sie seit Jahren hinterherlief und der es ihr unmöglich machte, sich wieder so vorbehaltlos zu verlieben, und nun lag er direkt neben ihr, und sie wusste nicht mehr, ob dies alles richtig war. Wie sollte ihre Zukunft aussehen? Sie als Gastwirtin in der *Staila*-Hütte? Oder er als Mann einer Professorin in Frankfurt? Alles passte nicht richtig zueinander. Wo waren die Vorstellungen ihrer Träume geblieben? War sie nicht immer unehrlich zu sich selbst gewesen? War nicht die Wahrheit die Grundlage und die tiefste Form des Glücks?

Es fröstelte sie, und sie zog Erichs Hemd enger um sich. Sein Geruch umhüllte sie, und sie hatte das Gefühl, sie wäre in diesem Moment eins mit ihm. Sie hob den Ärmel an ihre Nase, um den Geruch noch intensiver zu spüren. Und da war dieses Gefühl von vorhin wieder. Dieses Nachdenken, dieses Abwägen, das sie nur zu gut von sich kannte.

Nahm sie dieses Zusammensein mit Erich überhaupt wahr? Es schauderte sie, als sie realisierte, dass sie die Antwort kannte.

Frankfurt 1949

Einen Monat nach ihrer Ankunft saß Eva bereits wie selbstverständlich an ihrem Schreibtisch an der Uni und kämpfte sich durch die Materialien, die ihr Professor Kerner überlassen hatte. Die Arbeit machte ihr Spaß, und sie fühlte sich in ihrem Element. Die Stunden in ihrem kleinen Büro flogen nur so dahin. Es lief jetzt schon so gut, wie sie es nicht einmal in den produktivsten Stunden in Savannah erlebt hatte. Wenn sie nach der Arbeit durch die abendlichen Straßen Frankfurts spazierte, fühlte sie sich gut. Es war grotesk, aber hier in dieser zerstörten Stadt, in der die Menschen sich schwertaten, das Vergangene zu verarbeiten, konnte sie wieder atmen und aufleben. Eva wunderte sich über die Kraft, die die Menschen aufbrachten, alles wieder aufzubauen. Es wurde einfach alles über Bord geworfen. So wie die Lkws, die den Schutt der Ruinen abtransportierten, mit ihrer Ladung verfuhren. Manchmal hatte sie das Gefühl, dass alle, nur nicht die Deutschen selbst, über die Zerstörung und den Schrecken sprachen. Sie wusste nicht, ob es sich um eine Weigerung zu trauern oder um die Unfähigkeit zum Mitempfinden handelte.

Stieß sie dann die Tür zur Pension auf, in der sie wohnten, zeigte sich Deutschland von einer freundlichen Seite. Angelika Waser, die Pensionsinhaberin, war eine herzensgute Dame, die die Rückkehrer sofort in ihre Obhut genommen hatte. Sie schien auch Schlimmes erlebt zu haben, sprach aber nicht darüber. Sie ließ sich aber von dem Geschehenen nicht unterkriegen. Sie wollte helfen und ermöglichte so manchem Gast, der knapp bei Kasse war, den Aufenthalt in ihrer Pension. Nur ihr bekannte ehemaligen Parteigrößen verwehrte sie die Unterkunft.

»Eine Schande ist das, aber es ist so. Da gibt es nichts zu deuteln!«, meinte sie dann, wenn sie wieder am großen Tisch in ihrer Pension saßen und sie die Familie beim Erörtern der Weltlage mit Frankfurter Spezialitäten verwöhnte. Über die Emigration sprachen die Rubins erst nach einer Weile. Es waren stille Stunden, und sie vermittelten Eva und ihrer Familie, dass es Menschen gab, die erfahren wollten, wie es ihnen in der Fremde ergangen war.

Jacob und Martha unternahmen viele Spaziergänge mit Barbara, die glücklich in ihrem Kinderwagen saß und sich von der Zerstörung um sie herum nicht beeindrucken ließ. Das Ehepaar verbrachte wahrscheinlich die intensivste gemeinsame Zeit seines Lebens in diesen Tagen nach der Rückkehr nach Deutschland. Jacob war Rentner und hatte nun endlich Zeit. Ein Umstand, den er früher als eine Bezeichnung eines Wohlstandmenschen betrachtet hatte, doch nun feststellen musste, dass man so etwas auch als älterer Mensch erfahren konnte, ohne mit Reichtümern überhäuft zu sein. Er genoss es, den Tag nach seiner Stimmungslage einteilen zu können.

Besonders genoss er die gemeinsame Zeit abends mit Martha und Eva. Meistens lasen sie, unterhielten sich über

Gott und die Welt und Jacob wollte auch immer wieder Einblicke in Evas Arbeit nehmen.

Einmal sagte er: »Ich fühle mich fast wie in Davos.« Martha zuckte bei dem Wort zusammen und schaute unsicher zu Eva, die in das Lesen eines Buches vertieft zu sein schien. Ihre veränderte Körperhaltung zeigte Martha, dass sie zuhörte. Martha warf Jacob einen strengen Blick zu. Jacob versuchte, die Sache zu retten: »Ich meinte damit, dass ich so ohne Plan in den Tag hineinleben kann, eben wie damals in … «

Martha unterbrach ihn. »Lass uns doch mal nach Barbara schauen. Sie ist schon seit einer Weile bei Frau Waser in der Küche. Das kann man der Frau nun auch nicht zumuten.« Jacob stand ohne Widerspruch auf und folgte schuldbewusst seiner Frau runter in die Küche der Pension.

Eva blickte von ihrem Buch hoch.

Ja, für ihren Vater mochten diese Tage wie die unvergessliche Zeit in Davos sein, wo er in Thomas Manns Gedankenwelt eingetaucht war.

Die Reaktion ihrer Mutter war Eva nicht verborgen geblieben. Sie hatten nie mehr über Davos oder Erich gesprochen. Wahrscheinlich waren die Eltern der Meinung, dass die Zeit den Verlust heilen und Eva durch neue Bekanntschaften den Jungen von damals bald vergessen haben würde. Seit der Scheidung von Bruce stand Evas erste Liebe unausgesprochen zwischen den beiden Frauen. Eva kannte ihre Mutter gut genug, um zu wissen, dass sie sich seit ihrer Rückkehr fragte, ob Eva Erich aufsuchen würde. Ihre Reaktion von eben war Beweis genug. Der Gedanke begleitete Eva tatsächlich schon eine Weile. Das war nicht verwunderlich. Da trug sie über Jahre die Erinnerung an diesen Menschen in sich, und nun bestand die Möglichkeit, ihn wiederzusehen. Weshalb sollte es sie nicht in die Schweiz zu ihm ziehen? Aber sie hatte Angst davor, dass Erich gar nicht mehr in Davos leben könnte. Oder – schlimmer – dass sie ihn dort mit einer Frau und Kindern antraf. Die Befürchtungen waren wahrscheinlich. Beide gingen auf die 30 zu, und das bedeutete, dass ihr Leben allmählich in geregelte Bahnen gekommen sein sollte. Dass Eva da eine Ausnahme machte, war ihr mehr als bewusst. Am Institut war sie die einzige unverheiratete Frau, die schon ein Kind hatte und promovieren wollte.

Sie fühlte sich nicht mehr in der Lage, sich erneut die Frage zu stellen, ob sie Erich aufsuchen wollte. Es war feige, das wusste sie. Aber die Chance, in Frankfurt ihre Arbeit zu Ende zu bringen, wollte sie mit emotionalen Turbulenzen nicht in Gefahr bringen. Es war ihre letzte Gelegenheit, zu promovieren. Sie wollte ihren Vater, dem sie die Stelle verdankte, nicht enttäuschen, genauso wie er seine Krakauer Eltern nicht enttäuscht hatte. Bei diesem Gedanken fiel ihr Blick auf die Menora der Großeltern, die wieder einen Platz auf einer Frankfurter Fensterbank eingenommen hatte. Auf der ganzen Reise hatte sie die Familie begleitet und ihr Beständigkeit vermittelt, die die Familienmitglieder brauchten. Eva stand auf und ging zur Fensterbank. Sie nahm den Leuchter in die Hand und schaute aus dem Fenster auf das Frankfurt, das sich so verändert hatte. Es war gut, dass es nicht mehr so war wie damals, als sie fliehen mussten.

Wochen und Monate zogen ins Land. Familie Rubin hatte sich gut in Frankfurt eingelebt. Evas Arbeit nahm immer mehr Gestalt an. Professor Kerners Art spornte sie zu Höchstleistungen an, wofür sie dankbar war. Vor Feierabend schaute er oft noch einmal bei ihr vorbei.

Eines Abends meinte er: »Fräulein Rubin, soll ich Sie jetzt loben oder mit Ihnen schimpfen?«

Eva schaute verwundert von ihren Büchern auf und sah den Schalk in seinen Augen. »Haben Sie denn überhaupt kein Privatleben? Wartet niemand auf Sie zu Hause?«

Eva lachte. »Auf mich wartet niemand. Meine Tochter schläft längst, meine Mutter liest und erholt sich vom Tag, und mein Vater würde mein frühes Erscheinen nur mit der Frage quittieren, weshalb ich schon nach Hause komme.« Professor Kerner schmunzelte. »Meine Liebe, ist das das Leben einer jungen Frau?« Eva dachte, weshalb gerade er das fragen musste. Er setzte sich auf die gegenüberliegende Seite des Schreibtisches und schaute sie unverwandt an. »Sagen Sie es mir.«

Eva wusste nicht, was sie antworten sollte. Sein offener Blick verunsicherte sie. Er war so anders als die Männer, mit denen sie sonst Kontakt gehabt hatte. Sie waren alle in ihrem Alter gewesen, und sie hatte sich ihnen in gewisser Weise überlegen gefühlt. Kerner war 17 Jahre älter als sie. Er war ein gut aussehender, überaus intelligenter und ihr gegenüber sehr charmanter Mann. Von Frau Meise wusste sie, dass er ledig war und in den Vorlesungen und Seminaren hatte sie erlebt, dass er nicht bei allen Frauen so zuvorkommend war wie ihr gegenüber. Sie spürte schon länger, dass er nicht nur an ihrer Arbeit interessiert war.

»Ich langweile Sie und halte Sie mit meiner Fragerei auf.« Mit diesen Worten erhob er sich abrupt und verabschiedete sich.

Eva hörte, wie die Tür ins Schloss fiel. Sie schüttelte den Kopf. Mit dieser Reaktion hatte sie nicht gerechnet.

Nach wie vor herrschte große Wohnungsnot in Frankfurt. Jacob und Martha gaben die Hoffnung aber nicht auf, eine Wohnung für die Familie zu finden. Ihren Traum eine große und komfortable Wohnung, wie sie sie vor dem Krieg bewohnt hatten, wiederzufinden, hatten sie schon gleich nach ihrer Ankunft begraben müssen. Der Augenblick als sie vor den eingestürzten Überresten ihres alten Hauses standen, blieb allen in schmerzlicher Erinnerung. Eine Bombe hatte das alte Bürgerhaus komplett zerstört. Es war nichts mehr wiederzuerkennen. Außer einem Riesenhaufen Steine und angebrannter Holzbalken war von ihrem ehemaligen Zuhause nichts stehengeblieben. Eva musste ihre Mutter beim Anblick stützen. »Wieso mussten wir herkommen? Ich kann es mir nicht länger anschauen. Lasst uns gehen, bitte!«

Jacob und Eva hakten Martha unter und entfernten sich von ihrem früheren Zuhause. Eva drückte ihr Kind, das sie auf dem Arm trug, fest an sich und entschied, dass sie die ebenfalls zerstörte Wohnung der Großeltern nicht besuchen würden. Die Endgültigkeit ihres Todes wäre allen nochmals deutlich bewusst geworden.

Des einen Glück war des anderen Leid. Drei Monate nach ihrer Rückkehr zogen die Rubins bei schönstem Sommerwetter mithilfe von Angelika Waser in ihr neues Domizil, einer kleinen Dreizimmerwohnung nicht weit von der Uni entfernt. Das war ein großer Glücksfall gewesen. Das Haus war im Krieg nur unwesentlich beschädigt worden. Die Vormieterin der Wohnung war eine Freundin von Frau Meise, Jacobs guter Seele. Sie hatte ihren Mann und ihre

Söhne im Krieg verloren und wollte nun zu ihrer Mutter aufs Land ziehen und versuchen, über den schweren Verlust hinwegzukommen.

Die Vormieterin hatte einige Möbel zurückgelassen, und den Rest hatte man schnell zusammen. Es war ein gemütliches neues Zuhause. Eva bewohnte mit Barbara das schönste Zimmer. Es hatte Morgensonne und erinnerte Eva an ihr altes Kinderzimmer in Frankfurt. Martha gelang es, über tausend Wege roten Stoff aufzutreiben, und sie fertigte in stundenlanger Arbeit auf Angelika Wasers Nähmaschine Vorhänge an. Damit war der Eindruck, im alten Zimmer zu sein, komplett. Der Kontakt zu Angelika Waser blieb bestehen. Martha half ihr stets gerne mit Köstlichkeiten aus ihrem Backrepertoire aus, das sich dank ihrer Odyssee immer wieder erweitert hatte.

Jacob begleitete interessiert die Fortschritte von Evas Arbeit und war sichtlich stolz auf seine Tochter. Eines Tages machte sein ehemaliger Kollege Eva den Vorschlag, nach der Promotion an der Universität zu bleiben und eine Habilitationsstelle anzutreten. Die Dinge liefen besser, als er es sich in seinen kühnsten Träumen vorgestellt hatte. Seine Tochter ging in ihrer Arbeit vollständig auf, ein Gefühl, das er nur zu gut kannte. Martha schien das Leben als Großmutter mit einem kleinen Freundeskreis, den sie über Angelika Waser gefunden hatte, zu genießen. Zum großen Kreis der Freundinnen aus der Zeit vor dem Krieg konnte und wollte sie keine Kontakte mehr knüpfen. Während die einen nicht mehr lebten oder aus Frankfurt fortgegangen waren, verhielten sich die anderen ihr gegenüber reserviert oder nur auf das eigene Leid fokussiert.

Es gab aber auch Tage, an denen Martha sich in ihr Schneckenhaus zurückzog, schwieg, das Armband ihrer Eltern durch ihre Finger gleiten ließ und für niemanden mehr erreichbar war. Jacob graute es vor diesen Momenten. Das Bild Marthas, wie sie auf ihrem Stuhl in der New Yorker Wohnung am Fenster saß, drängte sich ihm dann auf und er hoffte inständig, dass sie die Kraft fand, sich wieder aus diesem Tiefpunkt herauszuarbeiten. In Barbara hatte er die größte Hilfe. Ihre Hilflosigkeit und ihre Unvoreingenommenheit gegenüber Marthas Zustand brachte die Großmutter immer wieder aus diesen finsteren Tagen zurück.

Auch in das kulturelle und gesellschaftliche Leben Frankfurts tauchte Martha nicht mehr ein. Sie lebte wie in einer Blase mit ihren Lieben, ging kaum ins Konzert, Theater oder Museum, mischte sich höchst selten unter die Menschen und vermied tunlichst direkte Begegnungen mit Deutschen. Der eine Taxifahrer hatte ihr gereicht. Sie wollte nicht in die Lage kommen, sich für ihr Überleben und ihr angeblich schönes Leben in den USA rechtfertigen zu müssen. Jacob ließ seiner Frau ihren Mikrokosmos, weil er sicher war, sie könne das, was er tagtäglich in den Straßen Frankfurts erlebte, nicht ertragen. Ohne seinen unverwüstlichen Gemütszustand wäre selbst er am Deutschland der Nachkriegszeit zerbrochen. Ein unverfängliches Gespräch mit der Bäckersfrau endete in Schuldzuweisungen ihm gegenüber. Er wurde mit einer Flut von Geschichten über das eigene Leid überschüttet und so zum Schweigen verurteilt. Niemand wollte seine Erzählungen über den Rauswurf aus seiner geliebten Universität, über seine Flucht und den Mord an seiner Familie hören. Man war quitt. Jeder hatte Schlimmes erlebt. Wen interessierten da denn noch die alten Kamellen? Überhaupt war es nun niemand gewesen. Die Schuldigen waren die da oben oder irgendwelche Fanatiker, Wahnsinnige, das Großkapital. Aber nicht das deutsche Volk!

Viele seiner ehemaligen Kollegen an der Columbia-Universität in New York konnten Jacobs Entscheidung, nach Deutschland zurückzukehren, nicht verstehen. Wie konnte man freiwillig wieder im Land der Mörder leben? Vor allem seine jüdischen Freunde hatten dafür überhaupt kein Verständnis. Er erschien ihnen als Verräter, der das Ehrgefühl des jüdischen Volkes abwertete.

Mit dieser Meinung standen sie nicht allein da. Ein Jahr zuvor war auf dem Jüdischen Weltkongress 1948 in Montreux in der Schweiz erklärt worden, dass sich Juden »nie wieder auf dem blutgetränkten deutschen Boden ansiedeln sollten«.

Trotz allem fühlte Jacob sich wohl und bereute keinen Tag, den er wieder in Frankfurt lebte. Weder in Zürich noch in New York war er je zu Hause gewesen. Er hatte sich zu diesen Orten selbst nicht mitgenommen. Sein Ursprung war ihm verloren gegangen. Nur hier konnte er ihn wiederfinden, wo er seine glückliche Kindheit verbracht hatte. Hier stellte sich ein Gefühl von Verbundenheit ein. Das Gefühl von Heimat.

An einem Tag im Herbst flatterte ein stark zerknitterter Brief mit zwei Adressen, von der die eine durchgestrichen worden war, ins Haus. Martha nahm ihn aus dem Briefkasten und erstarrte, als ihr Blick auf die Marke mit dem Abbild Wilhelm Tells fiel. Post aus der Schweiz. Konnte es sein, dass dieser Junge Eva schrieb? Sie drehte den Brief um und las den Absender: Elisabeth Burckhardt-Künzli in Zürich. Martha atmete erleichtert auf. Sie musste sich über sich selbst wundern, warum sie die Tatsache, dass es ein Brief von dem Jungen aus Davos hätte sein können, so sehr erschreckt hatte. Hätte sie Eva dann den Brief gegeben? Es war nicht richtig, einen solchen Gedanken überhaupt in Erwägung zu ziehen. Sie legte den Brief auf die kleine Kommode im Flur.

Eva kam abgehetzt nach Hause und war froh, dass sie es geschafft hatte noch mit ihrer Familie Abendbrot essen zu können. Zu oft entfiel diese gemeinsame Zeit.

»Hast du deine Post schon gesehen?«, fragte Martha Eva als sie mit dem Essen zu Ende waren.

»Nein, ich bin noch nicht dazu gekommen. Ich war heute eh schon so spät dran. Wieso?«

»Du hast einen Brief von Elisabeth aus Zürich. Sie scheint geheiratet zu haben.«

Eva blieb beinahe das Essen im Halse stecken. »Weshalb hast du das denn nicht gleich gesagt?«

Sie sprang auf und eilte in den Flur, um den Brief zu holen. Aufgeregt hielt sie den Brief in den Händen. Elisabeths Schrift war unverkennbar. Sie hatte den Brief an das Ehepaar Wuest geschickt, und die hatten ihn dann an die neue Adresse in Frankfurt weitergeleitet. Eva ging wortlos in ihr Zimmer, setzte sich auf ihr Bett, öffnete langsam den Brief und las.

Zürich, den 27. August 1949

Meine liebe Eva,
ich weiß nicht, ob dieser Brief jemals seinen Weg zu Dir finden wird.

Solltest Du ihn jetzt über viele Umwege bekommen haben, so bin ich der glücklichste Mensch auf Erden.

Ich habe so lange nichts von Dir gehört. Der letzte Brief, er liegt vor mir, ist vom Februar 1945. Das ist über vier Jahre her. Der Krieg befand sich in seiner letzten Phase, und ich habe inständig gehofft, dass Du danach irgendwann wieder nach Europa kommen würdest. Als aber meine Briefe aus den USA zurückkamen mit dem Vermerk »Moved Address unknown«, fragte ich mich, was wohl mit Euch geschehen war. Seid Ihr noch in den Staaten? Ich kann mir nicht vorstellen, dass Ihr wieder nach Deutschland zurückgekehrt seid. Es ist so furchtbar, was alles geschehen ist. Ich hätte nie gedacht, dass Menschen zu so etwas fähig sind – und das im 20. Jahrhundert!

Ich habe die Befürchtungen Deines Vaters damals für übertrieben gehalten und ging immer davon aus, dass Ihr, sobald sich die Nazis selbst eliminiert hätten, wieder zurück in Euer altes Leben gehen könntet.

Dass ein Krieg, der halb Europa zerstörte und fast ein ganzes Volk vernichtete, das Vermächtnis dieser Fanatiker werden würde, hätte ich mir in meinen kühnsten Träumen nicht vorstellen können.

Wie gerne würde ich mit Dir darüber sprechen. Du warst mir immer drei Schritte voraus. Weder in der Schule noch in deiner Einschätzung des Weltgeschehens konnte ich mithalten.

Ich habe vor drei Jahren geheiratet, und während ich Dir schreibe, schaue ich ab und zu nach meiner Tochter Eva, die friedlich in ihrem Bettchen schläft. Ja, sie heißt nach Dir. Mein Mann hatte nichts dagegen. Zumal er Dich auch noch von der Schule her kannte. Erinnerst Du Dich an ihn? Sein Name ist Guido Burckhardt. Wir sind nun seit fast vier Jahren zusammen. Ich hatte Dir, als Du noch in Zürich warst, schon von ihm vorgeschwärmt, er schwärmte auch für mich, doch irgendwie haben wir uns ein wenig ungeschickt ange-

stellt. Sechs Jahre zogen ins Land, bis wir uns wiedersahen und uns unsere Zuneigung gestehen konnten. Guido studierte nach der Matura Medizin und ist jetzt Arzt am Universitätsspital in Zürich. Wie Du aus meinen Briefen weißt, habe ich eine Schneiderlehre nach meiner Matura gemacht. Ich kann mich noch gut an Deine Proteste erinnern, die Du mir über den Atlantik zukommen ließest. Es hat nichts genützt. Ich hatte nicht genug Selbstvertrauen, um zu studieren. Meine Eltern hätten so ein Ansinnen auch nicht verstanden, geschweige denn unterstützt. Sie kommen beide aus Verhältnissen, in denen Studieren als eine unnütze Angelegenheit angesehen wird, das für eine Frau nicht passt. Nun bin ich Mutter und Hausfrau und schneidere für den Hausgebrauch.

Und Du, Eva? Was ist aus Dir geworden? Was hast Du nach dem Studium gemacht? Arbeitest Du in Deinem Beruf? Männer? War ja bislang nicht so der Richtige dabei in Amerika, oder?

Letzten Sommer wollten wir nach Davos in die Ferien zum Wandern. Doch da kam die Schwangerschaft dazwischen, und ich hing nur über der Toilettenschüssel ... Ich hätte ihn aufgesucht! Den Namen der Hütte hast Du mir so oft geschrieben. Staila!

Ach, Eva, melde Dich! Du fehlst mir!

Ich habe einen Traum. Wir beide stehen am Bellevue und füttern »unsere« Schwäne.

Sie warten auf Dich. Ich umarme Dich!
Elisabeth

Zürich 1949/50

Eva schaute neugierig aus dem Zugfenster und versuchte, bekannte Punkte in der Umgebung auszumachen. Diesen Fluss hier kannte sie. Es war die Limmat, die aus dem Zürichsee ihren Weg in Richtung Westen nahm. So manches Mal war sie mit Elisabeth hineingesprungen und sie hatten sich flussabwärts bis zur nächsten Badestelle treiben lassen. Die Häuser standen in gehörigem Abstand zum Ufer und wirkten wehrhaft und trutzig. Kein Krieg hatte sie in Bedrängnis gebracht. Die Schweiz machte auf Eva einmal mehr den Eindruck einer heilen Welt. Deutschland stand Kopf, und im Vergleich dazu waren hier die Sorgen so klein.

Der Zug fuhr in den Hauptbahnhof ein, und wie im vergangenen Frühling in Frankfurt überkam Eva das Gefühl der Heimkehr. Sie stieß die Abteiltür auf und stieg vorsichtig die Stufen hinunter. Nun stand sie auf dem Bahnsteig des Zürcher Bahnhofs, aufgeregt wie lange nicht mehr, und sah sich suchend um. Sie erblickte Elisabeth, die noch nach ihr Ausschau hielt. Eva stürzte auf sie zu, ließ ihren kleinen Koffer fallen und umarmte sie.

»Eva, Eva!«, rief Elisabeth. Beide betrachteten einander neugierig.

»Du hast dich verändert, Eva. Du bist eine richtige Dame geworden.«

»Du hast dich nicht verändert!« Eva schmunzelte. »Ich habe deine blonden Haare schon von Weitem leuchten sehen.« Elisabeth strahlte sie an. Eva wurde sich bewusst, wie sehr sie dieses lebenslustige Lachen vermisst hatte.

»Komm, lass uns zu mir nach Hause fahren. Guido und Eva warten schon.« Sie umarmte Eva noch einmal. »Ja, jetzt habe ich meine beiden Evas bei mir.«

Sie verließen den Bahnhof. Eva blieb vor dem Alfred Escher-Denkmal stehen und erinnerte sich an die Worte Herrmann Wuests, die er zu ihnen gesagt hatte, als sie 1935 aus Frankfurt ankamen. »Alfred Escher hat etwas für sein Volk geleistet und ist nicht nur Gnade seiner Geburt ein Gekrönter.« Wie recht er doch gehabt hatte. Während in Deutschland Statuen und Monumente von ihren Sockeln gestürzt worden waren, stand er immer noch hier und signalisierte den Menschen Sicherheit, Frieden und Freiheit.

Das Tram kam angezockelt und Eva und Elisabeth stiegen ein. Elisabeth war zum Hegibachplatz umgezogen. Ihre Eltern wohnten immer noch im Haus der Bäckerei Künzli im Niederdorf. Der eine Zwilling, Melchior, hatte letztes Jahr die Bäckerei übernommen.

Das Tram fuhr in einer Schleife um das Haltestellehäuschen des Bellevues herum, und da lag er, der Zürichsee, still und grau, unvergleichlich schön.

»Komm, lass uns aussteigen.« Die Freundin zog Eva mit sich. Der Wind war kalt, und Eva zog ihren Schal fester um den Hals. Schon von Weitem sah Eva die Köpfe der auf dem Wasser schaukelnden Schwäne. Eva stand neben Elisabeth an den Treppenstufen des Sees und hielt sie fest an der Hand. Sie war so glücklich, mit ihr zusammen diesen Moment erleben zu dürfen. Es war, als hätte sich seit damals nichts verändert, als ob die Tiere all die Jahre auf sie gewartet hätten. Alles erinnerte Eva an die schönen unbeschwerten Tage am Zürichsee.

»Genau so habe ich es mir vorgestellt. Wir zwei bei unseren Schwänen. Wie oft bin ich hierhergekommen und musste unsere Freunde vertrösten. Ich wusste, dass wir irgendwann wieder hier stehen würden«, sagte Elisabeth andächtig.

»Ja, ich bin unendlich dankbar, hier zu sein.« Eva schluckte, und Elisabeth schaute sie fragend an. »Ich habe ehrlich gesagt nicht mehr daran geglaubt, irgendwann in meinem Leben noch mal hier zu stehen.«

»Das habe ich mir gedacht. Aber so schnell entkommst du mir nicht.« Elisabeth legte ihren Arm um die Freundin. »Wir hatten es uns versprochen. Erinnerst du dich?«

Eva nickte, und Elisabeth nahm sie stillschweigend in die Arme.

Schließlich sagte sie: »Da kommt gerade unser Tram. Lass uns laufen, dass wir es noch erwischen. Guido wird sich schon wundern, wo wir bleiben.«

Elisabeth schloss die Tür zu ihrer Wohnung auf. Sie befand sich im Erdgeschoss eines großen gutbürgerlichen Hauses. Die schwere mit Holzornamenten verzierte Tür erinnerte Eva an die in der Rämistraße.

»Wir sind da!«, rief sie, und aus einer Tür kam ein Mann mit einem kleinen Mädchen auf dem Arm. Eva hätte ihn nicht wiedererkannt. In Erinnerung war ihr ein kleinerer, eher schmächtiger Junge. Und nun stand ein schlanker Mann mittlerer Größe vor ihr.

»So, da sind wir. Guido, das ist Eva!«

»Ich weiß schon, dass das Eva ist, meine Liebe. Ich hätte sie gleich wiedererkannt.«

Elisabeth nahm ihre kleine Tochter auf den Arm und ging mit ihr auf Eva zu. »Eva, das ist Eva.« Eva griff sanft nach dem kleinen Händchen des Kindes und strich ihm über die Hand. Elisabeth strahlte voller Stolz.

»Was für ein bezauberndes Kind.«

»Ja, das stimmt. Es ist unser ganzer Sonnenschein.«

Guido strich dem Mädchen über den zartblonden Kopf. Wie Eva die zwei so vertraut und glücklich mit ihrem Kind dastehen sah, spürte sie einen tiefen Schmerz. Auch sie liebte ihre Tochter unendlich, hatte sie aber nie als Geschenk einer erfüllten Beziehung betrachtet.

»Komm, ich zeige dir das Gästezimmer«, unterbrach Elisabeth ihre Gedanken. Eva folgte ihr und stellte ihren Koffer in das kleine Zimmer. Ein Schreibtisch stand unter dem Fenster, und daneben befand sich ein Regal, das voll mit Medizinbüchern war. An der Wand stand eine Liege, liebevoll mit sorgfältig genähten Kissen dekoriert. Eva musste schmunzeln: Elisabeths unverkennbare Handschrift.

Eva fand es erstaunlich, dass sie und Elisabeth ohne Umwege da weitermachen konnten, wo sie vor elf Jahren aufgehört hatten. Ihnen fiel eine gemeinsame Erinnerung nach der anderen ein. Überhaupt kam es Eva so vor, als ob sich ihre Wege erst gestern getrennt hätten.

Guido war genau der Richtige für Elisabeth. Er war ruhig und besonnen, aber unglaublich liebevoll, und er liebte seine kleine Familie über alles. Elisabeth hatte einen wahren Glücksgriff getan. Was Eva ins Grübeln brachte, war die Tatsache, dass die beiden schon mit 17 Jahren gewusst hatten, dass sie zusammengehörten. Elisabeth hatte ihr ja scherzhaft erklärt, dass sie sich damals zu ungeschickt angestellt hätten, um es sich einzugestehen. Eva sah das anders. Sie hatten ihrer Meinung nach einfach das Gefühl gehabt, dass sie noch zu jung waren, um sich zu binden. Aber das war genau das Argument, das Eva all die Jahre für sich angeführt hatte. Dass sie nämlich noch zu jung war, als sie Erich kennenlernte.

Vielleicht lag es auch an der Stadt, die Eva das Gefühl der stehen gebliebenen Zeit gab. Zürich hatte sich in diesen Jahren praktisch kaum verändert. Es war nicht wie in Frankfurt, wo kein Stein mehr auf dem anderen stand. Hier nahm das ganz normale Leben seinen Lauf, jahraus, jahrein. Eva hatte sich an so manchen Tagen nach solchen »Zürcher Tagen« gesehnt.

Die Tage in Zürich waren das Schönste, was Eva seit Langem erlebt hatte. Jeden Tag gingen sie mit der kleinen Eva zusammen die Schwäne füttern. Wie gerne hätte Eva ihre Barbara auch mitgenommen und sich an dem Lachen der Mädchen erfreut. Zweimal waren sie mit Guido im Zürcher Schauspielhaus und diskutierten nachher angeregt über die Stücke. In diesen Momenten hing Elisabeth voller Bewunderung an den Lippen ihrer Freundin.

»Du bist für mich ein wandelndes Lexikon. Mein Leben muss dir so langweilig und einfallslos vorkommen«, meinte Elisabeth, als sie beim gemeinsamen Frühstück gemütlich zusammensaßen und Pläne für den letzten Tag des Jahres machen wollten.

Eva wurde nachdenklich. Sie musste überlegen, was ihr eigenes Leben denn so interessant und aufregend machte.

»Das kommt mir gar nicht so vor«, meinte sie dann schließlich. »Mein Leben kann man mit deinem nicht vergleichen.«

»Siehst du.«

Eva schüttelte den Kopf. »Nein, hör mir zu. Dein Leben hatte keine Brüche.«

»Wie meinst du das?«

»Ich war vierzehn, als der erste Bruch geschah. Danach hat sich alles verändert. Zuerst Zürich, das ich lieben und schätzen gelernt habe, aber nicht zu einer neuen Heimat werden durfte, und dann New York.«

»Aber in New York fühltest du dich doch wohl?«

Eva nickte. »Ja, und ich wäre wahrscheinlich auch dortgeblieben, wenn nicht mein Vater uns gedrängt hätte, nach Deutschland zurückzukehren.« Eva strich gedankenverloren über die Tischdecke. Vielleicht wäre sie dann heute in einem New Yorker Verlag und würde als Lektorin arbeiten. Der klassische Alternativweg einer gescheiterten akademischen Laufbahn. Ein weiteres Mal wäre sie innerhalb der USA nicht umgezogen. Savannah war ihr Mahnmal genug.

»Bereust du es, nach Frankfurt zurückgekehrt zu sein?«

»Nein, keinen Tag. Auch, wenn es kein Ort ist, den man gernhaben kann. Es ist nicht mehr die Heimat, wie ich sie damals verlassen hatte. Aber das ist auch nicht so wichtig. Ich liebe meine Arbeit, auch wenn es dafür viele schmerzhafte Kompromisse machen muss. An manchen Tagen sehe ich mein Kind den ganzen Tag nicht. Ich verlasse das Haus, wenn es noch schläft, und komme nach Hause, wenn es bereits wieder zu Bett gegangen ist. Der Konkurrenzkampf an der Uni ist hart, zumal ich als alleinerziehende Frau unter einer nochmals ganz speziellen Beobachtung stehe.

Ich habe nur Kontakte zu meinen Kollegen. Glaub mir, und die sind nicht unkompliziert. Von wegen: Eine Krähe hackt der anderen kein Auge aus. Das Gegenteil ist der Fall.« Eva dachte an die drei anderen Promovenden von Professor Kerner, die sie vom ersten Tag an genauestens beobachteten. Manchmal hatte sie das Gefühl, sie würden vor ihrer Tür stehen und mit der Stechuhr die Zeit messen, die Kerner bei ihr im Zimmer verbachte. Eva erinnerte sich noch sehr gut an eine der ersten Besprechungen mit Professor Kerner und seinen Promovenden. Es ging um die Zuteilung der Seminare. Eva war damals erst einen Monat an der Uni und bekam bereits ein Seminar zugesprochen.

»Einwände dagegen?«, fragte Professor Kerner in die Runde. Keiner der drei sagte etwas. Kaum war der Professor gegangen, baute sich Gustav Berger vor ihr auf.

»Das ging aber schnell. Es scheint doch was dran zu sein, dass Frauen nicht die normale Ochsentour nehmen müssen.« Rudolf West lachte hämisch und blickte dabei Eva geringschätzig an.

Eva blieb ruhig. »Sie können gerne mein Seminar übernehmen, Herr Berger. Lassen Sie uns gleich zu Professor Kerner gehen und das klären.«

Berger schaute sie perplex an und rang offensichtlich um Worte. Meinhardt Meyer gab ihm einen Stoß auf den Rücken. »Lassen Sie es gut sein. Das war nur einer der üblichen Scherze von Herrn Berger.« Dabei stieß Meyer die anderen beiden aus dem Zimmer, um die angestoßene Diskussion beenden zu können.

So begann es und die Sticheleien wurden nicht weniger, eher mehr, seit Professor Kerner aus seiner Sympathie ihr gegenüber keinen Hehl mehr machte.

Eva musste an Paul Kerner denken. Der Professor hatte sie unbedingt zum Bahnhof bringen wollen.

»Lassen Sie mir diesen kleinen Gang. Ich sitze eh zu viel.«

Er nahm ihren Koffer, den sie auch alleine hätte tragen können, aber er ließ sich nicht abwimmeln.

»Sie bleiben nur eine Woche?«

Eva bejahte.

»Wie lange waren sie nicht mehr in Zürich gewesen?«

»Elf Jahre.«

»Oh und dann nur eine Woche?«

»Länger kann ich mir nicht erlauben. Mein Chef erwartet von mir zu Anfang des Jahres den ersten Teil der Promotion und die Seminare beginnen auch wieder.«

Kerner meinte daraufhin süffisant. »Den Chef möchte ich mal kennenlernen, der so streng ist und über den Jahreswechsel arbeiten lässt, wo gibt es das denn?«

Eva gefiel seine leichte Art zu plaudern. Als sie beide auf dem Bahnsteig auf den Zug warteten, während sie sich wie immer angeregt über ihr gemeinsames Lieblingsthema unterhielten, nahm der Professor unvermittelt ihre Hand in die seine.

»Sie müssen mir versprechen, dass Sie nach Ihrer Rückkehr mit mir essen gehen.«

Eva schaute ihn überrascht an. »Und wenn ich es Ihnen nicht verspreche?«

Er seufzte. »Ich wusste, dass Sie nicht leicht zu überzeugen sind.«

Er fiel in ihr Lachen ein und meinte nur: »Alles andere hätte mich enttäuscht.«

Der Zug fuhr ein, und er half ihr in den Zug. Eva öffnete das Fenster ihres Abteils.

»Au revoir, meine Liebe, genießen Sie Zürich.«

»Das werde ich.« Der Zug fuhr an, und Eva schob das Fenster hoch und blickte nochmals in das aufgeheiterte Gesicht Professor Kerners.

Elisabeth nahm die Tageszeitung in die Hand, und zusammen suchten sie nach einer schönen Silvesterveranstaltung. Sie entschieden sich schließlich für einen Tanzabend im Volkshaus. Elisabeths Eltern würden kommen und auf die Kleine aufpassen, während sie in das neue Jahr 1950 hineinfeiern wollten.

Zuvor machte sich Eva auf, das Ehepaar Wuest an der Rämistraße zu besuchen. Sie hatte sich bei ihnen angekündigt, weil sie die beiden älteren Herrschaften nicht einfach so überfallen wollte. Wieder war es ein Gang zurück in ihre Jugendzeit. Dreieinhalb Jahre war es ihr Zuhause gewesen. Sie hatte die Großzügigkeit dieser Menschen nie vergessen. Sie waren in diesen unruhigen Tagen ihre Rettung gewesen.

Clara Wuest öffnete die Tür und stieß einen kleinen Schrei aus, als sie Eva erkannte. Sie fiel ihr um den Hals. Eine Tür im Flur öffnete sich, und Herrmann kam auf sie zu. Auch er umarmte sie sichtlich gerührt und nahm ihr den Mantel ab.

Clara hatte feierlich im Salon gedeckt.

»Ich habe für dich extra Crèmeschnitten gekauft. Die hast du doch immer so geliebt.«

Eva erinnerte sich an das wunderbar süßcremige Gebäck, das es immer nur zu speziellen Anlässen gab. Herrmann betrachtete sie neugierig.

»Ich kann dir gar nicht sagen, wie wir uns freuen, dass du hier bist. Wir haben immer gehofft, dass der Tag kommen wird, an dem wir uns unter anderen Umständen wiedersehen werden.«

Er hatte sich nur wenig verändert. Eva sah immer noch den Schalk in seinen Augen, während er sie über den Rand seiner Teetasse betrachtete. Clara war alt und gebrechlich geworden. Von Jacob wusste Eva, dass auch sie viele Familienangehörige durch die Nazis verloren hatte. Laut ihm hatte sie kurz nach dem Krieg eine gewisse Zeit in einer psychiatrischen Klinik verbracht. Das Schlimmste schien sie hinter sich zu haben, aber wer wusste das schon. Eva seufzte im Stillen. Was hatten die Nazis doch für ein unsägliches Leid über die Menschheit gebracht. An jeder Ecke Trauer und Elend, und kein Ende war in Sicht. Generationen würden sich mit diesem Drama der deutschen Geschichte noch beschäftigen und lernen müssen, mit diesem Stigma zu leben.

Der Nachmittag bei Wuests war von vielen gemeinsamen Erinnerungen geprägt, von Neugier Herrmanns bezüglich Evas Arbeit und dem großen Wunsch des Ehepaares, nächsten Frühling die Familie in Frankfurt besuchen zu kommen.

Beim Abschied nahm Eva die kleine, zerbrechliche Clara in den Arm, als diese unvermittelt ihr ins Ohr flüsterte: »Meine liebe Eva, du bist nicht glücklich.«

Eva schaute sie erstaunt an.

Clara sagte laut: »Du hast deinen Anker noch nicht gefunden. Aber den braucht jeder Mensch in seinem Leben.« Herrmann wirkte überrascht, schien aber nicht nachfragen zu wollen angesichts Evas erschrockener Reaktion.

Eva ging gedankenverloren die Rämistraße hinunter zum Bellevue. Sie wollte, bevor sie übermorgen wieder nach Hause fuhr, nochmals allein zu den Seetreppen. Die tief stehende Sonne warf Strahlen durch die aufbrechenden Wolken und ließ den See in zarten Silbertönen erstrahlen. Ein einzelner Schwan schwamm in langsamen Zügen entlang der Treppen. Er drehte grazil seinen Kopf und schaute sie erwartungsvoll an. Eva griff in ihre Manteltasche und zog die Hand leer wieder heraus. Sie hatte nicht wie damals ihre Taschen mit Brot gefüllt. Der Schwan schaute sie enttäuscht an, rührte sich aber nicht vom Fleck und wiegte seinen Kopf sanft hin und her. Eva rührte die Einsamkeit, aber auch die Hartnäckigkeit des Tieres. Irgendwie erinnerte er sie an Erich. Er war ihr hier in der Schweiz wieder viel präsenter.

Erich, einsam auf seiner Hütte in den Bergen, der beim Abschied nur eine große Bitte hatte, dass sie ihm ihre neue Adresse in New York schicken solle. Sie hatte es nicht getan. Sie wollte nicht immer wieder mit der Unmöglichkeit dieser Beziehung konfrontiert werden. Sie dachte, dass kein Kontakt zu ihm ihr helfen würde, ihn zu vergessen. Manchmal schien die Rechnung auch aufzugehen. Aber eben nur manchmal.

»Ich habe nichts für dich, so geh doch!«, sagte Eva zum Schwan. Der schaute sie unbeeindruckt an, und Eva wurde ein bisschen ärgerlich. Weshalb konnte er nicht akzeptieren, dass sie kein Futter für ihn hatte? Sie zweifelte daran, dass er mit einer solchen Überlebensstrategie den nächsten Frühling erleben würde. Sie drehte sich um, ohne das Tier noch mal anzuschauen, und ging schnellen Schrittes auf die Tramhaltestelle zu. Als sie im Tram saß und aus dem Fenster blickte, konnte sie sehen, dass Kinder den Schwan fütterten.

Ihre Einschätzung war falsch gewesen.

Frankfurt 1950

Das Jahr fing mit viel Schnee und einer unerbittlichen Kälte an, die die Stadt fest im Griff hatte. Eva zog unter ihrem Mantel eine dicke Wolljacke an, steckte in ihre Tasche Pulswärmer ein und hoffte, mit diesen Maßnahmen den Tag an der Uni einigermaßen überstehen zu können. Es war schwer, die beschädigten Gebäude zu heizen, und Kohle war immer noch rationiert. Heute war auch nur Büroarbeit angesagt. Keine Vorlesungen oder Seminare, die sie auf Trab gehalten hätten. Es verging keine halbe Stunde, und das bekannte Klopfen an ihrer Tür riss sie aus ihrer Arbeit. Die Tür ging auf, und Professor Kerner schneite buchstäblich herein. Seine Schuhe voller Schnee, den Schal dreimal um seinen Hals gewickelt, kam er geradewegs auf sie zu.

»Frohes neues Jahr!«

»Das wünsche ich Ihnen auch.«

Er wickelte sich aus seinem Schal und suchte in ihrem winzigen Büro nach einem geeigneten Platz für seinen Mantel.

»Sie erlauben?«, fragte er und hängte den Mantel über ihren an die Tür.

Eva konnte nur nicken. Etwas anderes blieb ihr auch nicht übrig. Er setzte sich, wie bereits zur Gewohnheit geworden, an die andere Seite ihres Schreibtisches, rieb sich die Hände und hauchte hinein.

»Oh, ist das kalt heute! Frieren Sie auch nicht? Sonst gehen Sie nach Hause.«

»Nein, nein, ich bin ausgerüstet.« Eva zeigte auf ihre dicke Wolljacke und ihre Pulswärmer.

Er nickte zustimmend und sagte dann: »Neues Jahr, neues Glück, Fräulein Rubin. Wann gehen wir essen?«

Das musste man ihm zugestehen, er war ein Mann der Tat. Er kam schnell auf den Punkt. Eva richtete sich in ihrem Stuhl auf.

»Morgen passt.«

Er schaute erstaunt, und das freute sie. Das war nämlich ihre Intention. Sie wollte ihn mit seinen eigenen Mitteln schlagen.

Er stand auf. »Gut, morgen. Um 19 Uhr? Ich hole Sie hier ab.«

»Nicht zu Hause?«

Er drehte sich um und lächelte sie an. »Ich sehe, Sie spielen gerne.«

Wie vereinbart holte er sie Punkt 19 Uhr aus ihrem Büro ab. Sie hatte für den Abend einen neuen, blauen Wollrock, der ihre Figur sehr gut zur Geltung brachte, angezogen. Ihre Mutter hatte am Morgen ihre Kleiderwahl mit den Worten kommentiert, ob das nicht zu schick für die Arbeit wäre. Eva versuchte gleich, irgendwelche Vermutungen im Keim zu ersticken, indem sie ihrer Mutter erklärte, dass heute eine amerikanische Delegation in das Institut komme und sie verantwortlich für die Herrschaften wäre.

»Deshalb auch das Abendessen. Es kann spät werden.«

»Aha«, war Marthas einzige Reaktion, was Eva verunsicherte, weil ihre Mutter das immer dann sagte, wenn sie ihr kein Wort glaubte.

Kerner sagte bei ihrem Anblick nichts, doch Eva sah an seinem Blick, dass sie ihm gefiel. Sie gingen schweigend nebeneinander her, was bei ihnen selten vorkam, bis zum von ihm ausgewählten Restaurant.

Er half ihr aus dem Mantel und führte sie zu einem kleinen Tisch im hinteren Teil des Restaurants. Eva war hier noch nie gewesen, was kein Wunder bei ihrem eher limitierten Sozialleben war. Der Kellner kam und zündete die Kerze auf dem Tisch an. Paul Kerner betrachtete sie schweigend. Sie wusste nicht, wie sie sich verhalten sollte, und holte aus ihrer Handtasche ihre Zigaretten. Sie zündete sie an der Kerze an und zog tief den Rauch in ihre Lungen.

»Sie erlauben?« Ohne ihre Antwort abzuwarten fischte er sich ganz ungeniert eine Zigarette aus ihrer Packung. »Wollen wir nicht auf das neue Jahr und Ihre unglaubliche Leistung anstoßen?«

Er winkte dem Kellner zu und bestellte zwei Gläser Champagner. Eva protestierte. Die paar Male, die sie in ihrem Leben Champagner getrunken hatte, konnte sie an einer Hand abzählen. Der Professor wehrte aber ihren Protest galant ab.

»Nichts da, meine Liebe, heute Abend ist der Zeitpunkt und der Anlass, zu dem man nur mit Champagner anstoßen kann.«

Eva gab sich geschlagen und nahm aus der Hand des Kellners das perlende Getränk entgegen.

Professor Kerner hob das Glas an: »Santé, Fräulein Rubin.« Eva stieß mit ihm an.

»Von welcher grandiosen Leistung sprechen Sie überhaupt?«

Er lachte. »Das war klar, dass Sie das fragen.«

»Noch bin ich nicht promoviert.«

»Nein, aber wenn es nach mir gehen würde, wären Sie es schon. Ich habe noch nie jemanden kennengelernt – und glauben Sie mir, ich habe schon viele Promovenden begleitet! –, der so zielstrebig, fleißig, gewissenhaft und intelligent ist wie Sie.«

Eva spürte, wie ihre Wangen heiß wurden und wusste nicht, was sie erwidern sollte, da fuhr er schon fort: »Ich muss Ihnen etwas gestehen.«

Ein Schauer lief ihr über den Rücken. Obwohl sie die Situation als unangenehm empfand, war sie auf sein Geständnis gespannt. Wie lange war es her, dass ein Mann in ihr ein solches Empfinden hervorgerufen hatte?

»Auch wenn Sie mir vielleicht am Montag die Kündigung auf den Tisch legen, denke ich, heute ist der richtige Zeitpunkt, um Ihnen das zu sagen.«

Er wirkte angespannt und es war ihm anzusehen, dass es ihm schwerfiel, die richtigen Worte zu finden. Das war bemerkenswert, denn er war der wortgewandteste Mann, den Eva je kennengelernt hatte.

»Ich empfinde für Sie mehr als normale Wertschätzung, die bei einem Arbeitsverhältnis wie dem unseren üblich wäre.« Eva konnte sich ein Lächeln nicht verkneifen. Das war eine Liebeserklärung, wie sie nur ein Professor der Literaturwissenschaft zustande bringen konnte.

Er schaute sie an, und Eva wusste, dass es nun an ihr war, etwas zu sagen. Tausend Gedanken schossen ihr durch den Kopf. Ein Verhältnis mit ihrem Professor und Mentor konnte eine diffizile Angelegenheit werden. Geahnt hatte sie seine Zuneigung schon lange. Sie mochte Paul Kerner sehr. Er war eine starke Persönlichkeit, intelligent und sah auch noch sehr gut aus. Der Altersunterschied störte sie nicht im Geringsten. Sie trank einen großen Schluck Champagner und spürte die Wirkung des Alkohols, die sich mit ihrer Nervosität potenzierte, bevor sie sich ein Herz fasste.

»Tja, wie soll ich sagen … « Sie ärgerte sich über sich selbst und ihr Stottern. »Also, ich finde, also wenn ich das so sagen darf … « Die Worte kamen nicht wie sie wollte. Weiter kam sie nicht.

Kerner unterbrach sie mit fester Stimme: »Vergessen Sie es.«

Eva schaute ihn an und wusste, dass sie es vermasselt hatte. »Was soll ich vergessen?«

»Na, das eben von mir Gesagte. Wir lassen es bei unserem formellen Dienstverhältnis.«

Er kippte den Rest seines Champagners fast trotzig hinunter und warf Eva einen schroffen Blick zu.

So nicht, schoss es ihr durch den Kopf. Nicht mit mir. Sie drückte ihre Zigarette zornig im Aschenbecher aus.

Eva stand auf und schob energisch ihren Stuhl nach hinten, sodass andere Gäste auf sie aufmerksam wurden und interessiert in ihre Richtung schauten. Sie lief zum Ausgang, ließ sich vom Kellner den Mantel geben und verließ das Restaurant. Sie wollte hier nur noch weg. Wütend stapfte sie durch den Schnee. Die Kälte umfing sie und kroch an ihren Beinen hoch. Doch Eva spürte sie kaum, sie glühte vor Wut. Wie konnte es dieser arrogante Gockel wagen, so herablassend mit ihr umzugehen? Zuerst strich er ihr

Honig um den Mund, erzählte was von Bestpromovendin, machte ihr eine mehr als ungelenke Liebeserklärung, die sie schließlich auch nicht in Grund und Boden gestampft hatte, und dann ertrug er ihre verwirrten Sätze nicht. Nach einer Weile verlangsamte Eva ihren Schritt, schaute in den Himmel und das ungute Gefühl, gerade einen ganz großen Fehler begangen zu haben, beschlich sie. Wie konnte sie nur so reagieren? Endlich hatte sie seit Langem wieder einmal das Gefühl, dass jemand sie begehrte. Sie hätte lügen müssen, wenn er bei ihr nicht ein Empfinden hervorrief, das sie für alle Zeiten als verloren gedacht hatte.

Sie hörte hinter sich Schritte und betete zu Gott, dass er es war. Sie drehte sich um und konnte ihn an seiner hohen Gestalt erkennen. Sie lief ihm entgegen, blieb vor ihm stehen und schaute in seine blauen Augen und dachte nicht mehr an ihr berufliches Verhältnis, ihre missratene Ehe und an ihre Jugendliebe Erich. Hier stand der Mann, den sie jetzt wollte. Er nahm, ohne etwas zu sagen, sie in seine Arme und küsste sie.

Eine wunderbare Zeit begann für Eva. Gerade die Tatsache, dass niemand von ihrem Verhältnis wissen durfte, verlieh ihm seinen Reiz. Hätten sie die Beziehung öffentlich gemacht, wäre ihre Karriere als Nachwuchswissenschaftlerin infrage gestellt worden, und seine Reputation als seriöser Hochschullehrer wäre dahin gewesen. Sie taten niemandem weh, sie achteten strengstens darauf, dass er als ihr Mentor ihr keine Vorteile verschaffte. Eva wollte sich niemals dem Vorwurf ausgesetzt sehen, dass sie ihren beruflichen Erfolg nur dem Verhältnis mit ihrem Professor zu verdanken hatte.

Ihre Beziehung bedeutete beiden etwas ganz Besonderes. Sie fühlten sich einander geistig ebenbürtig, sie inspirierten sich, stritten sich, versöhnten sich und waren einfach nur glücklich miteinander. Es wurde nie über die Vergangenheit des anderen gesprochen. Keine Fragen, keine Eingeständnisse. Eva liebte es, einen Mann vor sich zu haben, den sie nur aus dem Jetzt kannte. Sie wusste nicht, ob er geschieden, verwitwet war oder Kinder hatte. Für sie war er der Mann, der in schwierigen Zeiten zu seinen Standpunkten gestanden hatte. Er hatte sich gegen die Kündigung ihres Vaters gewehrt, schon das allein ließ ihn für Eva über jeden Zweifel erhaben sein, er hatte es geschafft, nicht in den Krieg ziehen zu müssen, er hatte keine Menschen getötet, und er war direkt nach dem Krieg als Professor von der Besatzungsadministration bestätigt worden. Er wiederum wusste nicht, dass sie in den USA ihren geschiedenen Mann zurückgelassen hatte, den Vater ihrer kleinen Tochter. Er wusste, dass sie ein Kind hatte, aber mehr auch nicht. Eva war sich klar darüber, dass sie damit genau dieses Leben führte, das sie den Deutschen vorwarf. Dieses vehemente Sträuben gegen jegliche Aufarbeitung ihrer Vergangenheit. In dieser Beziehung verhielt sie sich genauso wie viele Deutsche. Immer gab es einen Grund, weshalb sie sich mit ihren innersten Kämpfen nicht beschäftigen wollte. Sicherlich waren es nachvollziehbare Gründe. Schul- und Studienabschluss, Promotion, Scheidung, Geburt, Umzug und so weiter. Sie war froh, dass Paul nicht wissen wollte, wer vor ihm in ihrem Leben gewesen war. Über Bruce zu sprechen, wäre ihr nicht schwergefallen, über Erich schon. Erich war ihr Geheimnis, wie eine kleine Schatztruhe. Das wollte sie niemandem preisgeben. Nicht mal Paul.

Gedanken an die Zukunft gab es nicht. Weder er noch sie wollten darüber sprechen. Sie lebten jetzt. Endlich fühlte Eva den Augenblick.

Er führte sie noch tiefer in die Welt der Literatur ein. Sie lasen sich gegenseitig Bücher vor, sie stritten über deren Inhalt, sie hörten Schallplatten und ließen sich auf den Musikgeschmack des anderen ein, sie fuhren nach Wiesbaden ins Konzert, sie nutzten Dienstreisen in andere Großstädte Deutschlands, um unerkannt Ausstellungen, Lesungen und Konzerte besuchen zu können. Eva fühlte sich in diesen Tagen unbeschwert glücklich. Auf ihren Reisen teilten sie sich als Ehepaar Kerner ein Zimmer und genossen die Nähe des anderen auf intensivste Weise, nicht nur sexuell, sondern auch dieses Beieinandersein, das Eva in ihrem Alltag nicht kannte.

Manchmal beschlich Eva aber auch ein diffuses Gefühl. Sie konnte sich selbst nicht erklären, was es war. Zweifel, Misstrauen ihrem eigenen Instinkt gegenüber? Sie hatte sich schon einmal geirrt. Sie versuchte, sich damit zu beruhigen, dass sie sich damals gefühlsmäßig in einer Notlage befunden hatte. Nicht vergleichbar mit der jetzigen Situation. Warum hatte sie dann dieses Gefühl, das sich manchmal in schönsten Momenten zwischen sie und ihn stellte? In Momenten, in denen sie träge auf dem Bett lagen, beide rauchend, und einfach nur glücklich und erschöpft waren. Er hatte eine Narbe in der Nierengegend, deren Berührung er nicht zuließ. Fragen danach beantwortete er nicht. Nur einmal, als sie ihn erschrocken darauf hinwies, seine Narbe wäre ganz gerötet, ob er nicht einen Arzt aufsuchen sollte, wies er sie unwillig zurück: »Die Wehrmachtsärzte haben alles Notwendige getan!«

Sie konnte sein Verhalten nicht deuten, vergaß diese Augenblicke aber auch schnell wieder.

Eva lebte in zwei Welten: Die eine beinhaltete ihr geregeltes Arbeitsleben, ihre Familie mit ihrer Tochter und ihren Eltern, und die andere ihr aufregendes Leben mit Paul.

Dabei kam es auch zu amüsanten Zwischenfällen.

Frau Meise, deren Büro nur zwei Zimmer von Evas entfernt lag, hatte sich zur Aufgabe gemacht, auf die junge Wissenschaftlerin ein Auge zu werfen. Ihr war Evas eintöniges Leben nicht entgangen. Sie konnte das nicht gutheißen. Sie hielt Eva für eine attraktive junge Frau, die auch noch sehr intelligent war und äußerst gute Manieren hatte. Es wäre doch gelacht gewesen, wenn sich da nicht jemand finden würde. Unter Evas Kollegen sah sie keinen Geeigneten. Zu viel Missgunst stand da dazwischen. Ein von ihr arrangiertes Treffen mit ihrem Neffen gelang nicht. Nach weiteren gescheiterten Versuchen, die Eva immer abwehrte, gelangte Frau Meise zu der Erkenntnis, dieses Unterfangen sei weniger einfach, als sie es sich anfangs vorgestellt hatte. Mit dem alten Professor Rubin wollte sie sich nicht über das einsame Leben seiner Tochter unterhalten. Es schien ihr nicht angebracht, außerdem war sie sich nicht sicher, ob sie die Eltern mit ihren Sorgen um Eva belasten sollte. Frau Meise war sich inzwischen auch ziemlich sicher, dass Eva eine furchtbare Enttäuschung hinter sich haben musste. Sie wusste, dass sie geschieden war und das Kind aus dieser Ehe stammte.

Doch manchmal nahte Rettung von einer Seite, die man gar nicht beachtet hatte. Das Sommerfest des Instituts stand vor der Tür. Kurz vor ihrem Feierabend schaute Frau Meise nochmals bei Eva rein.

»Wir sehen uns doch nächste Woche beim Sommerfest?«

»Ich denke nicht, Frau Meise.«

»Jetzt enttäuschen Sie mich aber, Fräulein Rubin. Sie müssen kommen. Unser Sommerfest ist der gesellschaftliche Höhepunkt im Sommersemester.«

»Eben. Was soll ich in einer Gesellschaft, wo alle mit ihren Ehepartnern da sind und ich alleine kommen würde. Das passt nicht, glauben Sie mir.«

»Das war aber noch nicht mein letztes Wort.« Frau Meise verließ verzweifelt den Raum und ging schnurstracks zu ihrem Chef. Sie erklärte Professor Kerner, dass Fräulein Rubin nicht zum Sommerfest kommen wolle.

»Ich kenne auch den Grund für ihre Absage!«

Kerner schaute von seinen Unterlagen hoch und wirkte zum ersten Mal seit Gesprächsbeginn interessiert.

»Sie kommt nicht, weil sie sich im Kreis ihrer verheirateten oder zumindest verlobten Kollegen gedemütigt fühlt.«

»Aha«, meinte der Professor nur.

Frau Meise sah ein, dass sie stärkere Geschütze auffahren musste. »Sie ist eine Frau von fast 30 Jahren und immer noch unverheiratet. Sie muss sich doch wie auf einem Abstellgleis fühlen.«

»Meinen Sie?«

»Ach, Herr Professor, Sie mögen auf Ihrem Fachgebiet gut sein, aber was Frauen betrifft, sind Sie nicht im Bilde.« Paul Kerner musste sich ein Lachen mühsam verbeißen. Frau Meise hatte keine Ahnung, wieso auch.

»Ja, Sie lachen. Ich meine es ernst.«

Paul Kerner räusperte sich.

»Fräulein Rubin ist eine intelligente, freundliche, sicherlich ein bisschen introvertierte, aber durchaus menschenzugängliche Person.«

Professor Kerner unterbrach sie. »Was wollen Sie nun von mir, Frau Meise? Soll ich einen Mann für Fräulein Rubin suchen oder ihretwegen das Sommerfest absagen?«

Frau Meise schüttelte verzweifelt den Kopf. »Nein. Sie verstehen mich aber auch wirklich nicht. Ich möchte ja nur, dass Sie sich ihrer ein wenig annehmen oder besser gesagt, ihr einfach das Gefühl geben, dass sie an diesem Abend nicht allein ist. Mehr nicht.«

»Ja, wieso sagen Sie das denn nicht gleich.« Er lachte. »Abgesehen davon, bin ich ja auch allein. Aber das scheint Sie nicht sonderlich zu stören.«

Frau Meise spürte ihre Wangen heiß werden. »Sie sind ja auch ein Mann. Das ist doch etwas anderes.«

Paul Kerner und Eva mussten herzlich über diesen Zwischenfall lachen. Eva rührte die Vorstellung, dass sich Frau Meise um ihr Liebesleben solche Sorgen machte.

Das Sommerfest nahte, und Eva stand vor der schwierigen Aufgabe der Kleiderwahl. Ihre Mutter bestand darauf, dass sie ein neues Kleid brauchte. Angelika Waser erschien Martha als die Rettung in der Not. Sie besaß eine Nähmaschine und konnte damit recht geschickt umgehen. Eva sah überhaupt keinen Sinn darin, sich für die Veranstaltung neu einzukleiden, und Martha musste ihre Tochter beinahe in die Pension schleppen.

»Ich bestehe darauf«, sagte sie zu Eva. »Du kannst dir ruhig einmal etwas Nettes leisten und deine tägliche Arbeitskluft – den ewig selben blauen Rock und die Blusen – gegen ein elegantes Sommerkleid austauschen.«

»Die Leute im Institut wissen ja gar nicht, was hinter dieser grauen Maus steckt«, pflichtete auch Angelika Waser Martha bei.

So stürzten sich die Frauen in die Arbeit. Schnittmuster in den neuesten Zeitschriften wurden gewälzt, ein Stoff wurde ausgewählt, bei Eva Maß genommen und gemeinsam mit der fleißigen Angelika Waser Änderungen und Verbesserungen durchgeführt, bis das Kleid fertiggestellt war. Eva hatte das alles als sehr anstrengend empfunden und fühlte sich vollends erledigt, als die Familie das Kleid vorgeführt zu bekommen wünschte. Doch Martha blieb hartnäckig. Eva trat ins Wohnzimmer, und Jacob und Barbara staunten mit aufgerissenen Augen.

»Was für eine Verwandlung – du bist elegant und wunderschön! Dieses dunkle Rot, dieser elegante Schnitt, mir fehlen die Worte«, rief Jacob begeistert aus. »Da sage noch einer, dass Kleider keine Leute machen!«

»Das ist ein Karminrot, Jacob, und ich finde den leicht ausgestellten Schnitt des Kleides auch bezaubernd«, erklärte Martha stolz.

Eva schaute verunsichert an sich hinunter und stellte erstaunt fest, dass sich diese äußere Wandlung auf ihr Inneres übertrug. Sie meinte zu spüren, dass sich ihre Bewegungen, und ihre ganze Körperhaltung verändert hatten. Sie lachte befreit auf und umarmte Martha. »Ach, Mutter, ohne dich würde es dieses Kleid nicht geben!«

»Siehst du. Du fühlst dich doch gleich viel besser.« Martha freute sich sichtlich. Eva nickte und ging mit Tanzschritten in ihr Zimmer zurück.

Am nächsten Tag trat sie in hochhackigen Schuhen in ihrem neuen Kleid auf die Straße, winkte ihrer Familie noch einmal zu und ging beschwingt in Richtung der Straßenbahnhaltestelle. Auch darauf hatte ihre Mutter bestanden.

»Mit einem solchen Kleid und solchen Schuhen geht man nicht zu Fuß, man nimmt die Straßenbahn«, hatte sie gesagt.

Eva hörte schon von Weitem die fröhliche Musik, das Stimmengewirr und das Klappern von Geschirr und spürte das erste Mal so etwas wie Freude, auf ein Fest zu gehen, wo sie sich ihren Kollegen auch mal von einer anderen Seite zeigen konnte.

Als sie den Hof betrat, steuerte sie auf das am nächsten stehenden Grüppchen zu. Es bestand aus ihren drei Kollegen Berger, West und Meyer mit ihren Frauen. Alle drei machten große Augen und versuchten vergeblich ihr Erstaunen über Evas verändertes Äußeres zu verbergen. Die Frauen begutachteten mit Kennerblick Evas Kleid und kamen anscheinend auch zu dem Schluss, dass sie heute einfach umwerfend aussah.

Eva hörte, wie sich ihnen jemand von hinten näherte, und dann erklang Frau Meises aufgeregte Stimme: »Nein, Fräulein Rubin, Sie sind es!« Sie fasste Evas Hand und hielt sie von sich, um sie noch besser bewundern zu können. »Was sagen Sie dazu, meine ... ?«

Sie stockte und Eva konnte sich vorstellen, dass Frau Meise die Anrede »meine Herren« beim Anblick der anwesenden Ehefrauen doch besser weglassen wollte. Eva lachte selbstbewusst und wunderte sich über sich selbst, wie wohl sie sich in dieser ein wenig unangenehmen Situation fühlte. Es war nur ein Moment, aber Eva realisierte, dass sie von vielen hier das erste Mal als Frau wahrgenommen wurde. Nun arbeitete sie seit über einem Jahr mit diesen Menschen zusammen, und anscheinend hatte nie jemand das Gefühl gehabt, dass sich hinter der strebsamen Eva Rubin auch noch ein anderer Mensch verbergen könnte. Nur Paul wusste das. Für die anderen war Eva bislang immer eine Frau gewesen, die das Leben an sich vorbeiziehen ließ.

Frau Meise zog sie zum Buffet.

»Ach, Fräulein Rubin, ich freue mich so sehr. Endlich zeigen Sie es *diesen* Herren.«

Eva war erstaunt über so viel Ehrlichkeit. Eva meinte zu wissen, was Frau Meise in diesem Moment dachte. Die Suche nach einem geeigneten Mann schien für sie eröffnet zu sein.

Den ganzen Abend über spürte Eva Frau Meises Blicke auf sich. Wenn sie mit den anderen lachte, trank und aß, diskutierte und tanzte. Eva fühlte sich leicht und befreit und genoss jeden Moment des Festes.

»Frau Meise, ich glaube, Ihre Sorgen waren ganz unbegründet. Ich sehe kein einsames Fräulein Rubin«, hörte Eva Paul Kerner zu Frau Meise sagen.

Frankfurt 1956

Eva stieg hastig die Treppen zur Wohnung ihrer Familie hoch, sie konnte es kaum erwarten ihren Eltern die Neuigkeiten zu erzählen. Sie riss die Tür auf und rief: »Hallo, ist jemand da?«

Von hinten aus ihrem Zimmer hörte sie die glockenhelle Stimme ihrer Tochter. Sie betrat das Zimmer und sah Barbara, die auf dem Boden saß und ihre Hausaufgaben erledigte. Ihre Mutter, in einem Stuhl daneben, öffnete erstaunt die Augen.

»Oh, ich bin wohl eingenickt«, meinte sie und richtete sich auf.

Eva kniete sich auf den Boden, umarmte Barbara und hielt sie fest in den Armen. »Au, Mami, du tust mir weh«, protestierte das Mädchen.

Eva lachte. »Ach, entschuldige, das ist nur, weil ich so glücklich bin!« Sie erhob sich, ging ganz feierlich auf Martha zu und zeigte ihr einen Brief.

»Eva, ich kann es doch ohne meine Brille nicht lesen. Was steht da?«

Eva lachte. »Ach, Mutter, du nimmst einem auch alle Freude. Das ist die offizielle Einladung zu meinem Habilitationskolloquium.«

»Nein! Unglaublich!« Martha wirkte tief bewegt. Sie

stand auf und umarmte ihre Tochter. Beide standen minutenlang da und sagten nichts. Vom Flur war das Öffnen der Wohnungstür zu hören. Barbara lief nach draußen, Eva konnte sie rufen hören.

»Opa, komm schnell, Mami hat etwas ganz Wichtiges zu sagen.« Noch im Mantel zerrte sie ihn ins Zimmer. Er machte eine erschrockene Miene, als er Martha und Eva umarmt dastehen sah. Eva löste sich von ihrer Mutter und warf sich Jacob in die Arme.

»Vater, es ist fast vollendet. Am 8. Februar werde ich mein Kolloquium halten.« Jacob sagte nichts, er drückte seine Tochter nur. Eva sah ihm an, wie stolz er auf sie war.

»Jacob, was sagst du dazu?«, fragte Martha.

Jacob zog sein Taschentuch hervor und wischte sich die Augen. Eva hatte ihren Vater noch nie so gesehen. Es erfüllte sie mit tiefer Genugtuung, dass sie die in sie gesetzten Hoffnungen erfüllt hatte. Sie wusste, dass sie ihren Eltern, und vor allem ihrem Vater, kein größeres Geschenk hätte machen können. Sie hatte geliefert. Sie hatte ihn nicht enttäuscht. Im Gegenzug verdankte sie ihm alles, aber vor allem ihr Leben. Hätte er damals Mitte der Dreißigerjahre nicht Deutschland in weiser Voraussicht verlassen, dann würden sie heute wahrscheinlich alle nicht mehr leben. Das wurde ihr in diesem Moment bewusst.

In der Nacht lauschte Eva dem ruhigen Atem ihrer Tochter im Bett nebenan und war einfach nur glücklich. Sie kam langsam zur Ruhe, der erschöpfende Kampf um Anerkennung, um innere Bestätigung hatte ein Ende gefunden. Seit Savannah hatte sie sich selbst nur noch getrieben, weil sie nie mehr dieses Gefühl der Niederlage erleben wollte.

Mit der Arbeit in Frankfurt fand sie zu einer ungeahnten Hochform, die ihre Schaffenskraft beflügelte und ihrem Dasein einen Sinn gaben. Ein wichtiges Lebenselixier war die Beziehung zu Paul Kerner. Nach sechs gemeinsamen Jahren wollte sie nicht mehr ohne ihn sein. Er beflügelte sie in allem.

Sie sahen sich an manchen Tagen überhaupt nicht und an anderen konnten sie in ihrer Gemeinsamkeit kein Ende finden. Sie liebte seine Junggesellenwohnung. Er wohnte am anderen Ende Frankfurts. Niemand kannte sie hier. Trotzdem mussten sie vorsichtig sein. Erst kürzlich war sie einem ihrer Kollegen, Meinhardt Meyer, kurz vor Pauls Hauseingang in die Arme gelaufen.

»Eva, was machst du hier?«, hatte er gefragt. Die Frage war aus seiner Sicht zweifellos berechtigt. Zumal sie noch einen Einkaufskorb unter dem Arm hielt. Paul und sie hatten zusammen essen wollen, und sie hatte sich angeboten, den Einkauf zu besorgen. Erschrocken, ihn hier zu sehen, versuchte sie, sich schnell etwas ausdenken, damit er keinen Verdacht schöpfte.

»Das sieht ja vielversprechend aus, was du da in deinem Korb hast«, fuhr Meinhardt sichtlich interessiert fort. Eva nickte. Ihr Blick fiel auf eine gegenüberliegende Apotheke.

»Ja, ich bin auf dem Sprung zu einer Freundin, die seit Tagen krank im Bett liegt. Ich will für sie etwas kochen.« Meinhardt nickte verständnisvoll. »Na dann, gute Besserung an die Freundin und einen schönen Feierabend.«

Eva straffte ihre Schultern und jubelte innerlich über ihren Einfall, als er, schon im Weitergehen, hinzufügte: »Nicht, dass du noch Kerner über den Weg läufst, der wohnt nämlich in dieser Straße. Er würde dich bestimmt ermahnen und Angst haben, dass dein Samaritereinsatz dich von der Arbeit abhält.«

Eva musste ihn verwirrt angeschaut haben, denn er fügte hinzu: »Du weißt doch, für den gibt es nur die Uni und nochmals die Uni. Dieser Mann besitzt kein Privatleben.« Er nickte und tippte sich grüßend an die Schläfe. Eva blieb mit ihrem Korb wie erstarrt stehen und wartete, bis er um die nächste Hausecke verschwunden war. Als die Luft rein war, stürmte sie in den Hauseingang und rannte eilig die vier Etagen hinauf. An der Tür zu Pauls Wohnung klingelte sie Sturm. Mit überraschter Miene öffnete er ihr die Tür. Eva ließ ihm keine Zeit, Fragen zu stellen. Sie riss ihm die Klinke aus der Hand, knallte die Tür hinter sich zu und lehnte sich aufatmend mit dem Rücken daran. Paul beobachtete sie amüsiert. »Ist der Teufel hinter dir her?«

»Nicht gerade der Teufel.«

Nun lachte er laut und zog sie an sich. Eva wehrte sich. Ihr war nicht zum Lachen. Beinahe wären sie aufgeflogen, und wie sie Meinhardt einschätzte, würde er sie morgen bestimmt nach dem Befinden der kranken Freundin fragen. Der war die Neugierde in Person.

»Fast hätte mich Meyer dabei erwischt, wie ich in dein Haus gegangen wäre.«

»Fast, sagst du, das ist doch ein feiner Unterschied zu ›Er hat mich tatsächlich erwischt‹, meinst du nicht?« Allmählich beruhigte Eva sich wieder. Paul nahm ihr den Korb ab und ging in die Küche. Eva folgte ihm. Sie stellte sich ans Fenster und schaute auf die Straße hinunter. Dieses Versteckspiel hatte anfangs seinen Reiz gehabt, aber über die Jahre war es anstrengend geworden. Als ob Paul ihre Gedanken erraten hätte, unterbrach er das Auspacken des Korbes, kam hinter sie und lehnte seinen Kopf an ihren.

»Eva, bald hast du es geschafft. Du bist habilitiert, und niemand kann uns mehr etwas nachsagen.«

Und was dann, dachte Eva. Würden sie anschließend ihre Beziehung öffentlich machen? Und wollte sie wirklich diesen letzten Schritt gehen, eine eigene Familie mit Paul, Barbara und vielleicht sogar noch mit einem gemeinsamen Kind? Sie war sich nicht sicher, ob dann der Zauber nicht vorbei gewesen wäre. Ihr Verhältnis war nicht alltäglich, im Grunde ihres Herzens suchte sie aber gerade diese Normalität. Diese anfängliche Zufriedenheit damit, nichts zu fragen, nichts wissen zu wollen vom anderen, verkehrte sich für sie immer mehr ins Gegenteil. Eva wollte inzwischen genau wissen, was für ein Mensch Paul war, und dazu gehörte eben auch seine Vergangenheit. Wo kam er her, wer waren seine Eltern, seine Geschwister, hatte er überhaupt welche? Sie wusste von ihm kaum mehr als vor sechs Jahren. Und auch er wusste nichts von ihr. Sie wollte ihm von Zürich, von ihrer Flucht in die USA, von ihrem Leben in New York erzählen, denn es machte sie zu dem, was sie heute war.

Aber er sagte immer nur: »Wir wollen unsere Beziehung nicht mit Geschichten aus dem Gestern vergiften!«

Genau dies empfand Eva als das wahre Gift für ihre Partnerschaft. Dieses Nichtwissen.

Davos 1965

Die beiden folgenden Tage verbrachten Eva und Erich in der Hütte und deren Umgebung. Das Wetter bot alles. Von Schnee und Nachtfrost bis hin zu Sonnenschein und stahlblauem Himmel.

»Der Mai in den Bergen ist eigentlich der unangenehmste Monat des Jahres, weil er sich nicht so richtig entscheiden kann, ob es nun mit dem Winter vorbei ist oder nicht«, meinte Erich zu diesen Wetterkapriolen.

Eva störte es nicht. Sie hätte sich bei jedem Wetter zusammen mit Erich wohlgefühlt – auch bei Dauerregen draußen im Freien. Die Zeit war zweitrangig, nur ihr Zusammensein, ihr Wiedersehen zählten. Es gab Momente, da waren die vielen Jahre der Trennung wie ausgelöscht. Nichts lag zwischen dem Zeitpunkt ihres Abschieds und der Gegenwart. Dann gab es aber auch die Momente, in denen sich die Jahre des Getrenntseins zwischen ihnen wie eine Wand auftürmten. Unverständnis über Gewohnheiten, die man so vom anderen nicht kannte, führten zu Unstimmigkeiten. Es waren nur kurze Sequenzen, aber auf Eva wirkten sie alarmierend.

An ihrem letzten Abend wussten beide, dass sie um das Thema, wie es nun weitergehen sollte, nicht mehr herumkamen.

Erich tischte einmal mehr ein üppiges Mahl auf und meinte scherzhaft: »Nun haben wir meine ganzen Vorratsschränke leer gemacht. Ich muss morgen ins Dorf, um sie wieder aufzufüllen.«

Eva sah ihn schuldbewusst an.

»Guck nicht so. Meine Aufgabe in diesen Tagen war es, dich aufzupäppeln!«

Eva nahm den intensiven Geruch des Kohlgemüses wahr und musste sich eingestehen, dass sie sich hier oben immer auf die Mahlzeiten freute, während sie sonst nur eine leidige Nebensache waren, die sie zwischen irgendwelchen Terminen oder ihrer Mutter und Tochter zuliebe eingeschoben werden mussten. Das war nur dann anders, wenn sie mit Paul in ein gediegenes Restaurant ging. Beim Gedanken an ihn stieg in ihr Scham auf.

Beide aßen schweigend, und nur das Klappern des Bestecks war zu hören. Bis Eva die Stille durchbrach.

»Denkst du, dass du auch weiterhin für mein leibliches Wohl sorgen möchtest?«

Erich schaute sie nicht sonderlich überrascht an. Er schien die Frage erwartet zu haben. »Ich weiß es nicht, Eva. Sag du.«

Eva hatte geahnt, dass er ihr den Ball zurückwerfen würde. Was sollte sie sagen? Sie wusste es im Grunde genommen selbst nicht.

»Eine Gegenfrage: Was wäre, wenn ich morgen abreise und wir es bei diesen drei Tage belassen würden? Jeder ginge zurück in sein Leben. Würdest du ein Zusammensein mit mir vermissen? Kannst du dir ein Leben ohne mich nicht mehr vorstellen?«

Erich nahm einen Schluck aus seinem Weinglas und ließ sich mit der Antwort Zeit.

»Klar würde ich dich vermissen. Wahrscheinlich jetzt noch mehr, als ich es eh schon die letzten 27 Jahre getan habe. Das war aber eine andere Art von Vermissen. Du warst mit der Zeit einfach nur noch ein Traum, aber keine Realität mehr. Jetzt habe ich die Wirklichkeit mit dir erlebt und weiß wieder, weshalb ich von dir geträumt und mich nach dir gesehnt habe. Nächste Woche beginnt die neue Saison. Ich werde hier in der Küche der *Staila* stehen bis tief in den Oktober hinein. Ich werde täglich neue Menschen kennenlernen, sie begrüßen und abends wieder verabschieden. Ich werde mit meinem Koch und den beiden Aushilfskräften vielleicht noch zu später Stunde bei einem Bier eine Runde Karten spielen und dann hoch in meine Kammer gehen, erschöpft in mein Bett fallen und wissen, dass ich allein bin. Ich habe mich schon seit Tagen gefragt: Will ich das bis zu meinem Ruhestand tun?«

Eva ließ seinen Blick nicht los. Gedanken schossen ihr durch den Kopf. Können sich unsere Wünsche je erfüllen? Finden wir unser Glück? Ist es nicht so, dass in uns, wenn wir das Gefühl haben, es gefunden zu haben, so wie sie in den letzten Tagen, sogleich ein neuer Wunsch wächst? Auf Glück folgt Unglück. Ist der Schmerz nicht überhaupt die eigentliche Realität im Leben? Bedeuten Lust und Glück nicht lediglich die Abwesenheit des Schmerzes?

Sie drehte eine Haarsträhne zwischen ihren Fingern ein, das half ihr beim Nachdenken.

»Erich, ich habe darauf auch keine Antwort. Das kannst nur du selbst für dich beantworten. Ich habe mir in den vergangenen Jahren oft die Frage gestellt, was wäre, wenn? Was wäre, wenn ich dich damals in Davos nicht getroffen hätte? Und wenn ich diesen Gedanken noch weiterverfolge, dann frage ich mich, was wäre, wenn ich nicht Jüdin wäre?«

Eva unterbrach sich, der endlich ausgesprochene Gedanke hatte sie erschreckt. Sie musste ihn aber weiterspinnen, um für sich selbst die Antwort zu finden.

»Wir wären nicht aus Frankfurt weggegangen, ich wäre nie nach Zürich gekommen, hätte auch nie diesen Urlaub in Davos gemacht und dich nie getroffen.«

Erich nickte und setzte sein Glas ab.

»Hättest du mich nicht getroffen, wärst du bestimmt verheiratet, Mutter von mindestens zwei Kindern, und wenn du Christin wärst, hättest du vielleicht deinen Mann im Krieg und dein Heim in einer Bombennacht verloren. Diese Grübelei ist endlos und führt zu nichts, Eva.«

»Ja, das ist sie. Ich weiß. Aber für solche Gedankengänge bin ich Spezialistin.«

Erich stand auf.

»Dann hol ich jetzt mal was aus meinem Spezialgebiet. Das Dessert.« Er verschwand in die Küche.

Eva schaute aus dem kleinen Fenster. Die Landschaft war kaum noch zu erkennen. Die Nacht hatte sie schon fast in Besitz genommen. Nur die schwarzen Umrisse der Berge zeichneten sich vor dem helleren Himmel ab. Was für ein wunderbares Fleckchen Erde das hier war. Und doch konnte sie sich nicht vorstellen, hier tagein tagaus zu leben. Konnte sie sich überhaupt ein Leben mit Erich vorstellen? Es wäre dann ein Leben ohne Paul gewesen. Paul war plötzlich wieder in ihren Gedanken. Sie hatte ihn die letzten Tage vergessen. Ein Schauder lief ihr über den Rücken. Paul war nicht da. Paul mit seinen klaren Gedanken, seinen unverrückbaren Einstellungen, seinem Humor und seiner unbeirrbaren Liebe zu ihr. Und sie? Was tat sie? Er war plötzlich so weit weg. Anders als Erich hatte er ihr stets die Einblicke in sein Leben verwehrt. Trotz der Seelenverwandtschaft fehlte ihr der innere Zusammenhalt. Er hatte nie über die Zeit in Deutschland sprechen wollen, die sie so sehr beschäftigte und die ihr Leben prägte. Sie wusste nicht, ob es ihn nicht interessierte oder ob er einfach ein Schlussstrich unter dieses unsägliche Kapitel ziehen wollte.

Erich kam mit einem kleinen Tablett, auf dem er liebevoll zwei Kaffeetassen und zwei Schüsselchen mit einer Crème platziert hatte, zurück. Er bemühte sich hingebungsvoll um ihr Wohlergehen, er verwöhnte sie, er hörte ihr stundenlang zu und war der beste Liebhaber, den sie je hatte, aber ... .

Sie räusperte sich.: »Ich bin ehrlich zu dir. Ich sehe weder mich hier in dieser Hütte noch dich in Frankfurt leben. Meine Mutter und meine Tochter kann ich nicht alleine lassen.« Eva machte eine Pause. »Und ohne meinen Beruf kann ich nicht sein.« Sie atmete tief durch, lächelte ihn schief an und nahm ihm die Tassen ab. Beide tranken, löffelten konzentriert die Crème und schwiegen.

»Eva, hör einfach mal mit dem Grübeln auf. Bitte! Lass uns doch unseren letzten Abend nicht mit solch zermürbenden Gedankenspielen verderben. Ich sage immer ›Kommt Zeit, kommt Rat!‹«

»Ja, das passt zu dir«, kam es bissig über ihre Lippen. »Du machst es dir zu einfach, Erich. Morgen fahre ich ab. Was wird dann mit uns geschehen?« Sie legte bewusst einen provozierenden Unterton in die Frage. Erich drehte den Löffel in seinem Mund und schwieg. Das Schweigen machte

Eva wütend. Sie konnte kein Leben ohne Plan, kein Leben von einem Tag zum anderen führen wie Erich. Sie war zu durchstrukturiert, konnte mit Überraschungen schlecht umgehen. Das hatte sie ihr bisheriges Leben gelehrt.

»Eva, vor was hast du Angst? Ich verlange nicht von dir, dass du hier die Hüttenwartin gibst, deine Familie verlässt und deinen Beruf an den Nagel hängst. Manchmal denke ich, dass du mich einfach unterschätzt.«

»Das tue ich nicht. Ich versuche nur, eine gemeinsame Basis für unser Leben zu finden. Wir sind so verschieden. Als du gestern davon sprachst, dass du, wenn das Wetter mal länger schlecht wäre, die Hütte einfach schließen und dich wieder auf Reisen begeben würdest, fand ich die Vorstellung faszinierend, aber zur selben Zeit für mich unvorstellbar. Manches, was du tust, ist mir so unendlich fremd.«

»Das ist doch auch nicht schlimm. Meinst du, mir ergeht es nicht auch so?«

»Du hast ja recht. Aber reicht es, um zusammen glücklich zu werden?«

Erich schüttelte verständnislos den Kopf. »Warst du diese drei Tage nicht glücklich?«

»Doch, doch, ich hatte selten ein solches Glücksgefühl empfunden. Diese Tage hier oben sind für mich wie im Rausch vergangen. Ich habe den Alltag endlich mal vergessen können. Ich habe bei mir ein anderes ›Ich‹ entdeckt. Es war wie eine Auslandsreise zu meinem Innern, demjenigen, das mit 17 Jahren hier schon mal verwirrt worden war.«

»Ich finde, dass dieses Glück, das du empfunden hast, genügt, um eine gemeinsame Zukunft sehen zu können.« Er strich ihr durch das Haar. »Ich habe selten eine Frau erlebt, die so leidenschaftlich liebt, wie du es getan hast.«

Das stimmte. Aber was würde vom Zauber der ersten leidenschaftlichen Liebe übrig bleiben?

Von weit her hörte sie seine Stimme, aber sie hörte ihm nicht zu. Sie glaubte es endlich verstanden zu haben. Diese Tage in Davos hatte sie gebraucht, um sich klar zu werden über eine Vergangenheit, die sie 27 Jahre mit sich getragen hatte. Sie hatte eine Antwort auf die Frage gefunden, was gewesen wäre, wenn sich ihre Wege damals nicht getrennt hätten. Ihre Religion hatte damit nichts zu tun. Auch wenn es keine Judenverfolgung und keinen Krieg gegeben hätte, wären sie nicht glücklich miteinander geworden. Sie entstammten verschiedenen Welten. Erich war ihre erste Liebe gewesen. Sie war hierhergekommen, um herauszufinden, ob der Gedanke im Hinterkopf korrekt war, dass ihr Leben eigentlich ganz anders hätte verlaufen können.

Sie schaute Erich an. »Ich musste gerade an die Worte, die ich in meinem Buch auf der Fahrt hierher gelesen hatte, denken. Es ging darin um das Finden der Wahrheit. Es bedeute, dass man unter den Möglichkeiten, die man hat, die eine ergreift und dabei die andere verwirft. Die Freiheit eines jeden Einzelnen vollziehe sich somit als Entscheidung. Indem der Mensch sich entscheide, komme er erst zu sich selbst und finde die Aufgabe, die seine Aufgabe werden kann.«

»Wer kommt auf solche Gedanken?«, wollte Erich wissen.

»Søren Kierkegaard.«

»Kenne ich nicht.«

Erich strich ihr fürsorglich über den Arm.

»Rom wurde auch nicht an einem Tag erbaut. Entspann dich, Eva.«

Sie streckte ihre Arme auf den Tisch und legte ihren Kopf

darauf. Er streichelte ihren Rücken. Eva summte der Kopf, ihr Herz schlug schneller, und sie hatte das Gefühl, gleich ersticken zu müssen. Sie wollte aufspringen und ins Freie laufen. Weg von hier.

Am nächsten Morgen stand Eva auf dem Bahnsteig des Davoser Bahnhofes. Ihr Blick fiel auf die Anzeigetafel. »Chur via Landquart« stand da in großen schwarzen Lettern. Der Zug fuhr ein, Eva griff nach ihrem Koffer, stieg ein und suchte sich einen Platz am Fenster. Gerade, als sie ihren Mantel aufhängen wollte, hörte sie eine ihr bekannte Stimme hinter sich: »Ach, Frau Professor Rubin, hier sind Sie. Darf ich mich zu Ihnen setzen?«

Das war ihr Kollege Peter Ender. Eva nickte höflich und verfluchte innerlich den Umstand, dass ausgerechnet der auch diesen Zug bestiegen hatte. Sie mochte ihn nicht. Er war Professor in München und ein eingebildeter Mensch. Er hielt sich nicht nur als Wissenschaftler, sondern auch als Mann für unübertrefflich. Das eine konnte Eva beurteilen und beschied ihm darin miserable Qualität, und das andere wollte sie gar nicht wissen.

»Wir haben Sie vermisst. Wo waren Sie?«

Eva zog ihre linke Augenbraue hoch und warf ihm einen Blick zu, der ihm klarmachen sollte: »Was geht dich das an?« Anscheinend begriff er und wedelte abwehrend mit den Händen.

»Entschuldigen Sie meine Indiskretion, das geht mich natürlich nichts an. Sie waren in der Tagung ja nicht mit einem Beitrag eingebunden.«

Eva nickte wieder und schaute demonstrativ aus dem Fenster. Der Zug fuhr an, und sie nahm Abschied von Davos. Es tat weh, und das war in Ordnung so, aber ihre Entscheidung war richtig, das wusste sie.

»Davos ist schon ein ganz spezieller Ort. Waren Sie schon mal hier?«

Eva seufzte innerlich über diesen hartnäckigen Menschen. Wieso konnte er sie nicht einfach mit ihrer Melancholie allein lassen?

Der Höflichkeit halber antwortete sie: »Ja, ich kenne Davos. Ich habe hier kurz vor dem Krieg einen Sommerurlaub verbracht.«

»Wie nett.«

Er wollte noch etwas hinzufügen, aber Eva schnitt ihm das Wort ab: »Sie wissen ja bestimmt, dass ich Jüdin bin.« Er errötete, und Eva lief zu Hochform auf: »Wir waren als Flüchtlinge in Zürich und warteten jeden Tag auf eine Arbeitserlaubnis für meinen Vater in einem sicheren Drittland. Im Sommer 1938 bekamen wir die großzügige Einladung vom Schweizerischen Israelitischen Bund, hier oben Urlaub zu machen. Nach der Flucht aus Frankfurt verlebten meine Eltern und ich die schwersten Monate unseres Lebens in Zürich. Die Möglichkeit in Davos einen Monat Urlaub zu machen, war für mich wie eine rettende Insel.«

»Äh … das ist – natürlich furchtbar, also Sie wissen ja, was ich meine.« Er verhaspelte sich zusehends, und Eva lächelte zufrieden. Er täuschte einen Hustenanfall an, entschuldigte sich und verschwand in Richtung Toilette.

Eva atmete tief durch, froh, ihn los zu sein. Sie sah gerade noch die Spitze der Davoser Kirche verschwinden. Es war gut, dass sie diese Kirche nie mehr sehen würde. In Davos wäre sie nicht glücklich geworden, es wäre nie ihr Ort, ihr Lebensmittelpunkt geworden. Sie hätte nie die glückliche

Ehefrau von Erich werden können. Ihr war klar, dass Erich nicht so dachte. Das war das Dilemma: Sie waren einfach zu verschieden. Er verstand ihre Befürchtungen nicht.

Der Zug entfernte sich immer mehr von Davos. Evas anfängliche Angespanntheit wich mit jedem Kilometer, den sie zwischen sich und dem Ort ihres Schicksals brachte. Sie schloss die Augen und gab sich dem gleichmäßigen Rütteln des Zuges hin. Sie war in einen unruhigen Schlaf gefallen, als sie von einer schwer verständlichen Durchsage aufgeweckt wurde. Sie setzte sich aufrecht hin und fuhr sich mit den Fingern durch die Haare. Ihr fiel auf, dass der Platz neben ihr nicht mehr durch den werten Kollegen Ender besetzt war. Er hatte also das Weite gesucht. Das war voraussehbar gewesen. Auch 20 Jahre nach Ende des Krieges wollte kein Deutscher mit dem dunkelsten Kapitel seiner Geschichte konfrontiert werden. Es war leider so.

Eva nahm ein Buch aus ihrer Tasche und versuchte, zu lesen. Doch es gelang ihr nicht, die notwendige Konzentration dafür aufzubringen. Sie musste feststellen, dass sie furchtbar erschöpft war. Die Tage in Davos hatten sie geistig, aber auch körperlich gefordert.

Sie musste an ihre Mutter denken. Sie würde ihr erzählen, was in Davos vorgefallen war. Wenigstens Martha sollte wissen, dass ihre Tochter sich von der Vergangenheit freigemacht hatte. So gern hätte sie es auch Jacob erzählt, den sie schmerzlich vermisste. Martha, die kürzlich 65 geworden war, gab der Sehnsucht nach »dem Jungen in Davos« die Schuld am vermeintlich einsamen Leben ihrer Tochter. Sie wusste nichts von Paul. Eva wollte, dass ihre Mutter den Rest ihres Lebens im Glauben verbringen konnte, dass Eva glücklich war.

Eva stellte sich vor, wie sie mit Jacob über das Vorgefallene gesprochen hätte – gerade über ihre in Davos gewonnenen Erkenntnisse zu ihrer Religion. Zum ersten Mal war offen ausgesprochen worden, wie ein Leben für sie als Nichtjüdin hätte sein können. Sie fühlte sich dabei nicht wohl. Ihr kam die Antwort Sigmund Freuds auf die Frage, was ihm sein Judentum bedeute, in den Sinn. Er hatte gesagt, dass es für ihn nicht der Glaube, auch nicht der nationale Stolz, sondern die klare Bewusstheit der inneren Identität, die Heimlichkeit der gleichen seelischen Konstruktion bedeute. Das war es, was sie fühlte. Das erklärte auch ihr Unbehagen. Vielleicht war es an der Zeit, endlich ihr Judentum nicht als Stigma, sondern als Bereicherung zu sehen.

Jacob hatte keinen Tag mit seiner Religion gehadert. Er hatte sich bis zum letzten Tag als Deutscher und als Jude gefühlt. Seine innere Einheit ließ er sich nicht von außen spalten. Wie recht er doch gehabt hatte. Hatte sie nicht gerade in den Nachkriegsjahren versucht, ihr Bewusstsein Jüdin zu sein noch mehr zu unterdrücken? Von den Deutschen konnte sie keine Schuldeingeständnisse erwarten, und sie hatte sich daran gewöhnt. Sie hatte in der deutschen Nachkriegsgesellschaft Fuß fassen wollen und arbeitete wie besessen an ihrer Anerkennung. Dabei war ihr auch klar: Die wenigsten wussten, dass sie jüdisch war. Reaktionen wie die des Professors aus München – Scheu und Unbehagen – bestimmten den Umgang mit Juden im Nachkriegsdeutschland. Eva schämte sich für ihre Einstellung, aber es war vielen Rückkehrern so ergangen. Der Wunsch, ein »anderes« Deutschland aufbauen zu helfen, die Heimat wiederzufinden und schließlich in den Sprach- und Kulturkreis zurückzukehren, aus dem man stammte, ließ viele remigrierte Juden solche Reaktionen in Kauf nehmen.

Nach ihrer Rückkehr nach Frankfurt würde sich für Eva vieles ändern.

Sie hatte den Ballast einer nicht erfüllten Liebe abgeworfen. Nun würden sich ihr neue Perspektiven eröffnen. Sie wollte sich zu ihrer Beziehung mit Paul öffentlich bekennen. Die vergangenen Jahre waren schön gewesen, aber Eva sehnte sich nach Normalität. Vielleicht war sie jetzt auch bereit für eine ganz gewöhnliche gutbürgerliche Ehe. Diese Davos-Reise war ein letztes Aufbäumen gewesen. Nun würde Ruhe einkehren.

Es war eine wahre Erkenntnis, dass der Mensch, der sich entschieden hatte, erst danach zu sich selbst kam und die Aufgabe fand, die seine sein sollte.

Eine weitere Durchsage unterbrach Evas Sinnieren. Sie würden in ein paar Minuten in Chur ankommen. Dort wartete schon der Zug nach Zürich, und anschließend würde sie direkt nach Frankfurt weiterfahren. Sie wollte nach Hause. Sie sehnte sich nach ihrer Familie und auch nach Paul. Zürich und Elisabeth würde sie ein anderes Mal besuchen. Sie musste erst alles für sich ordnen, bevor sie Elisabeth von ihrer Reise nach Davos erzählen konnte.

Sie musste an heute Morgen denken. Es fiel ihr schwer. Erich hatte Eva am frühen Morgen zum Hotel gefahren. Er hatte auf halber Strecke von der *Staila* ins Dorf ein Auto in einer nicht mehr genutzten Scheune untergestellt, damit er Einkäufe wenigstens nur den halben Weg zur Hütte hochschleppen musste. Sie fuhren stillschweigend den Weg zum

Hotel. Kurz bevor sie in die Einfahrt fuhren, hielt Erich den Wagen an, und wandte sich Eva zu.

»Hier sind wir. Den Rest musst du gehen.«

Eva sah Tränen in seinen Augen, aber nicht mehr diesen verzweifelten Blick wie damals.

»Eva, ich werde dich immer lieben, egal, welche Frau mir später noch begegnen wird. Das ist auch der Grund, weshalb ich deine Entscheidung akzeptiere.« Er lachte verzweifelt auf. »Was heißt akzeptieren? Ich muss es ja. Es bleibt mir nichts anderes übrig. Ich will dir damit nur sagen, dass nichts meine Liebe zu dir jemals mindern kann.«

Er senkte den Kopf. Eva saß reglos da, hätte ihn am liebsten in die Arme genommen und um Verzeihung gebeten, weil sie ein solch furchtbarer Mensch war, dass sie diese Entscheidung getroffen hatte, aber sie konnte nicht. Sie hatte sich entschieden und wusste auch, dass es richtig war.

Eva hatte schon den Türgriff in der Hand, dann warf sie ihre Vorsätze plötzlich doch über den Haufen. Sie drehte sich um und umarmte ihn.

»Ich kann nicht anders. Verzeih mir.«

Sein Blick wurde verzweifelt, und sie wusste, dass die Berührung falsch gewesen war. Aber sie hatte es aus einem inneren spontanen Bedürfnis getan. Sie musste ihn ein letztes Mal spüren und riechen können.

»Es tut mir leid, es tut mir so leid«, flüsterte sie, stieg aus und drehte sich nicht um, während sie langsam die Einfahrt zum Hotel hochging. Sie hörte nur noch, wie er den Motor startete und wegfuhr.

Epilog

Müde von der Reise betrat Eva den Flur ihrer Wohnung. Niemand schien zu Hause zu sein. Sie stellte den Koffer in ihrem Zimmer auf den Boden, warf den Mantel auf ihr Bett und schaute ihre Post durch, die ihre Mutter ihr hingelegt hatte. Ein Brief sprang ihr gleich in die Augen, er trug die Handschrift ihres Kollegen Meinhardt Meyer. Sie öffnete ihn und las:

Liebe Eva,
wie Du weißt, bin ich mit einer Aufarbeitung dessen beschäftigt, was an unserer Universität in der Zeit während des Dritten Reiches geschehen ist.

Was ich Dir in diesem Brief in Kopie beigelegt habe, sind die Gesprächsprotokolle, die bei der Inhaftierung des Kollegen Kerner 1938 aufgezeichnet wurden. Aus ihnen geht hervor, dass er einwilligte, mit der Gestapo kooperativ zu sein. Im Gegenzug ließ sie ihn frei, und er konnte seine universitäre Laufbahn fortsetzen. Aus einem späteren internen Bericht geht hervor, dass Kollege Kerner mehrere jüdische Familien während der Zeit der verstärkten Deportationen denunziert hat. Leider sind alle Zweifel an der Echtheit der Dokumente ausgeschlossen.

Bitte melde Dich umgehend nach Deiner Rückkehr bei mir.
Ich wollte, dass Du als Erste im Kollegium davon erfährst.
Es ist mir ein Bedürfnis, dass Du nicht durch Dritte davon
hörst, sondern von jemandem, der seit Jahren mit Dir zu-
sammenarbeitet und die Beziehung, die zwischen Dir und
Professor Kerner besteht, richtig deuten kann.

Ich verbleibe mit freundschaftlichen Grüßen
  Meinhardt Meyer

Danksagung

Ich widme dieses Buch meinem Mann Alexander und meiner Schwiegermutter, Linde, die es leider nicht mehr in ihren Händen halten kann.

Alexander hat mich all die Jahre immer wieder bestärkt, an dieser Geschichte dranzubleiben. Auf unseren Spaziergängen kamen ihm immer wieder großartige inspirierende Ideen in den Sinn. Danke für Deine Unterstützung und Deine Hilfe!

Linde hat in mühevoller Arbeit, die ersten Versionen korrigiert und stand mir immer mit ihren Kenntnissen in der deutschen Rechtschreibung zur Seite.

Zu meinen unermüdlichen Helfern und Unterstützern gehören auch meine drei Töchter Lea, Nora und Aina. Bei Lea möchte ich mich für ihr fundiertes Testlesen bedanken. Bei Nora und Aina für ihr Verständnis, mit einer Mutter zu leben, die oft schreibend an ihrem Schreibtisch sitzt und in Gedanken bei ihren Figuren ist. Ihr seid das Größte für mich und keine Heldin meiner Geschichten kann Euch das Wasser reichen.

Weiter bedanke ich mich recht herzlich bei Roy Oppenheim. Er hat mir den Antisemitismus, der in der Schweiz in

277

Teilen der Bevölkerung in den Dreißigerjahren herrschte, beschrieben und hat mir Einblicke in seine Jugend gewährt, die ich so nie recherchieren hätte können.

Einen ganz besonderen Dank geht an meine Testleserinnen Anja von der Ahé, Heidrun Caanitz und Verena Nauck. Ihr habt mir damit sehr geholfen und so manche Stellen ändern, streichen und verbessern lassen.